DIESES BUCH

Helena Johnson hat eigentlich alles, was sie zum Leben braucht, und zudem finanzielle Probleme, die ihr fast den Boden unter den Füßen wegreißen. Unfreiwillig wird sie zur persönlichen Assistentin von Adrian Whiteman, dem begehrtesten Junggesellen der Stadt, und muss sich fortan tagtäglich mit dem arroganten CEO herumschlagen. Helena schwört sich, ihm das Leben zur Hölle zu machen, doch hat sie nicht damit gerechnet, dass der charismatische Adrian jedes Spiel, das sie beginnt, perfekt beherrscht. Und als der Einsatz um ihr Herz erhöht wird, setzt er alles daran, das Spiel für sich zu entscheiden.

1

Seufzend schließe ich den Tab des Browsers und schüttle den Kopf. Ich hasse es, dass die Presse behauptet, dass ich mich mit meinen Eltern überworfen habe, bloß, weil ich nicht in ihrer Firma arbeite. Mein Vater ist allerdings ein verdammter Lügner, denn vor der Presse behauptet er, dass alles in bester Ordnung sei, obwohl dem nicht so ist. Wir haben uns gestritten, nachdem ich mein Wirtschaftsstudium abgeschlossen habe. Es hieß immer, dass ich Johnson Trust irgendwann übernehme, doch an jenem Tag offenbarte er mir, dass er sie eher verkaufen als unter meiner, wie er es ausdrückte, Herrschaft sehen würde. Seither haben wir kein Wort mehr miteinander gewechselt und ich habe Miami verlassen, um mein Glück in New York zu finden.

Das Telefon klingelt. Das Display verrät mir, dass Leon Whiteman, der Bruder des Chefs, anruft. »Was will der denn von mir?«, frage ich mich leise.

»Hallo?«, melde ich mich verwirrt.

»Versuchen Sie es noch mal, Miss Johnson«, verlangt er streng und ich erwische mich bei der Überlegung, ob er es spielt oder es ihn wirklich nervt, dass ich mich mit »Hallo« gemeldet habe.

Ich räuspere mich. »Buchhaltung, Helena Johnson am Apparat, was kann ich für Sie tun?«

»Wunderbar, es geht doch.« Nun klingt er amüsiert. »Kommen Sie bitte in Mister Jamesons Büro.«

»Sofort?«

»Ja, ich bin auch auf dem Weg dorthin.«

»Okay, ich bin in fünf Minuten dort.«

»Sofort, nicht erst in fünf Minuten«, sagt er entschieden und legt auf.

Ich atme tief durch, dann knalle ich den Hörer auf die Gabel und erhebe mich. So schnell, wie ich in diesen High Heels laufen kann, mache ich mich auf den Weg zu meinem Vorgesetzten.

Mr. Whiteman ist bereits dort und steht neben dem Abteilungsleiter der Buchhaltung, sein Blick ist auf den Bildschirm gerichtet.

Ich räuspere mich. »Sie erwarten mich?«

Beide schauen zu mir, doch nur Whiteman nickt. »Ja, Miss Johnson, setzen Sie sich.«

Schüchtern nähere ich mich ihnen und nehme in einem der Lederstühle vor dem Schreibtisch Platz. »Habe ich etwas verbrochen?«

Leon Whiteman schüttelt den Kopf. Im Gegensatz zu seinem Bruder, der die Firma leitet, sieht man ihn ständig durch die Gänge flanieren. »Nein, keine Sorge.«

Mein Vorgesetzter räuspert sich. »Mister Whiteman plant eine Spendenaktion und da Sie sich sehr aufopferungsvoll um die letzte gekümmert haben, möchten wir Sie bitten, sich auch diesmal darum zu kümmern.«

Ich hebe eine Augenbraue. Das letzte Mal habe ich bloß der Partyplanerin, die ich aus meiner Schulzeit kenne, ein paar Tipps gegeben, was die High Society besonders schätzt, aber ich habe mich nicht aufopferungsvoll darum gekümmert. »Eine Gala oder eine Aktion auf der Straße, bei der Geld gesammelt werden soll?«

»Es dreht sich um eine Spendenaktion zu Weihnachten für finanziell benachteiligte Kinder. Mein Bruder will keinen Prunk und Pomp, sondern eine einfache Spendensammlung«, erklärt Whiteman geduldig.

Ich habe das Gefühl, dass sich der Kragen meiner Bluse enger um meinen Hals legt, weshalb ich einen Finger hineinschiebe, um ihn zu lockern. »Ich kenne mich mit solchen Spendensammlungen nicht aus.«

»Dann lesen Sie sich ein. Wir verlassen uns auf Sie, Miss Johnson«, sagt Leon Whiteman.

Meine Miene gefriert. »Mister Whiteman, ich habe noch die Quartalszahlen zu bearbeiten und werde ausschließlich dafür bezahlt, nicht dafür, irgendwelche Sammelaktionen zu planen. Es tut mir leid, aber bitte suchen sie sich jemand anderen für die Organisation.«

»Es würde ein Bonus winken«, meint er und ich werde hellhörig.

»Das heißt?«, möchte ich wissen und sehe ihn aufmerksam an.

»Da das heißt, dass Sie einige freie Abende opfern müssen, sind wir bereit, Ihnen dafür Tausend Dollar extra zu bezahlen.«

Ich atme tief durch. Verdammt, ich kann das Geld

wirklich gut gebrauchen, da mir mein Vermieter im Nacken sitzt und diese Firma nur den Mindestlohn bezahlt, wenn man nicht zur Führungsebene gehört. »Was wünschen Sie sich?«

»Eine Spendenaktion. Es ist zweitrangig, was Sie planen, wichtig ist, dass überhaupt etwas zustande kommt.«

Skeptisch betrachte ich ihn. »Sie wollen mir sagen, dass es unwichtig ist, dass diese Spendenaktion erfolgreich ist?«

»Richtig. Mein Bruder muss wegen des letzten Skandals um seine Person seine Weste reinwaschen, also bitte kümmern Sie sich darum.«

Ich erhebe mich schnaubend. »Die Tausend Dollar klingen verlockend, aber unter diesen Umständen können Sie sich jemand anderen suchen, denn ich bin nicht dafür da, den Namen Ihres Bruders reinzuwaschen.« Mit diesen Worten mache ich auf dem Absatz kehrt und lasse die beiden allein. Das ist ja wohl die Höhe. Mein oberster Chef verspielt es sich mit den Medien, anschließend soll ich seinen Namen aus dem Dreck ziehen. Das sehe ich nicht ein. Der Kerl ist arrogant und so ätzend, dass ich es nicht einsehe, ihm zu helfen.

»Ich bezweifle, dass mein Bruder gern hören wird, dass Miss Johnson abgesagt hat«, höre ich Leon Whiteman sagen, aber mir ist es egal.

Meine einzige Begegnung mit Adrian Whiteman war nicht besonders erfreulich. Es hatte geregnet, ich lief über den Gehweg und seine Limousine preschte durch eine Pfütze neben mir. Aus dem Grund kam ich wie ein begossener Pudel in die Firma. An jenem Tag fand ein Meeting statt, an dem auch er teilnahm, und nach dem Ganzen wurde ich von ihm angemacht, weil ich seinetwegen so schmuddelig aussah. Seitdem hasse ich diesen Kerl leidenschaftlich. Gern würde ich kündigen, aber es ist heutzutage nicht leicht, einen anderen Job zu finden, obwohl man meinen könnte, dass man mitten in Manhattan ohne Weiteres eine neue Stelle finden kann.

Kaum bin ich wieder in meiner kleinen Bürobox, atme ich tief durch.

Neben mir räuspert sich jemand. »Miss Johnson?«

Am liebsten würde ich die Augen verdrehen, doch beherrsche ich mich und schaue zu Mr. Whiteman hoch. »Ja, Mister Whiteman?«

»Würden Sie es sich bitte noch einmal überlegen?«

Daraufhin schüttle ich den Kopf. »Es tut mir leid, aber ich spiele dieses Spielchen nicht mit. Ich habe viel zu tun und kann die Zeit, die die Planung erfordert, nicht aufbringen.«

»Wie wäre es, wenn wir Sie dafür in bezahlten Urlaub schicken?«, erkundigt er sich.

»Es wäre nett, dennoch bin ich nicht daran interessiert.«

Leon Whiteman seufzt. »Sind Sie sicher?«

»Absolut.«

»Was müsste ich Ihnen bezahlen, damit Sie sich darum kümmern?«

Ich verziehe das Gesicht. »Mister Whiteman, wie wäre es, wenn Sie dafür jemanden aus der PR fragen oder noch mal die Partyplanerin vom letzten Mal engagieren? Ich habe beim letzten Event nur zwei oder drei Kleinigkeiten zur Planung beigetragen, weil ich mit der

Dame in der Pause war, deshalb bin ich wirklich die falsche Ansprechpartnerin.«

Er nickt. »Sie haben recht, aber besagte Kollegin hat Sie empfohlen, sonst wären wir nicht auf Sie gekommen, Miss Johnson.«

Es kribbelt mir in den Fingern, abzuwinken, aber wieder einmal beherrsche ich mich. »Ich werde es nicht übernehmen, tut mir leid.«

»Ist das Ihr letztes Wort?«

»Ja, denn ich arbeite in der Buchhaltung, weil ich Wirtschaft studiert habe, statt in der PR, dafür fehlt mir die Ausbildung.« Ich atme tief durch. »Es tut mir leid, Mister Whiteman.«

»Schon in Ordnung, ich werde jemanden aus der PR-Abteilung damit beauftragen.«

»Danke.«

»Ich danke Ihnen für Ihre Zeit, Miss Johnson.«

Ich schenke ihm ein halbherziges Lächeln, dann wende ich mich wieder dem Computer auf dem Schreibtisch zu.

Er lässt mich allein, was mich erleichtert aufatmen lässt, dennoch habe ich die Befürchtung, dass meine Absage einen Rattenschwanz hinter sich herziehen wird. Ärger kann ich nicht bekommen, denn ich bin nur für meine Aufgaben innerhalb der Buchhaltung zuständig, nicht aber für die Organisation irgendwelcher arschrettender Spenden- und Sammelaktionen. Was glaubt Adrian Whiteman eigentlich, wer er ist? Ach ja, er hält sich für einen Gott, bloß weil er ein Firmenimperium unter seinem arroganten Arsch hat.

Feierabend und ich bin froh, dass ich diesen Freitag hinter mich gebracht habe. Gerade, als ich meine Sachen zusammenpacke, räuspert sich jemand. Ich drehe mich mit meiner leeren Kaffeetasse in der Hand um. »Oh.« Ich bin wie erstarrt, als ich ihn dort stehen sehe.

Mr. Whiteman, Adrian Whiteman, sieht mich aufmerksam an, dabei lehnt er sich lässig gegen den Türrahmen. »Auf ein Wort, Miss Johnson.« Er lässt keinen Widerspruch zu.

Ich sehe mich um. »Hier?«

»In mein Büro. Sie können Ihre Sachen mitnehmen.« Er deutet auf die Tasse, die ich fest umklammert hallte. »Die sollten Sie vielleicht stehen lassen.«

Hektisch nicke ich, stelle sie zurück auf den Schreibtisch und schnappe mir meine Handtasche sowie meinen Blazer, während er mich nicht aus den Augen lässt.

Als er sieht, dass ich alles habe, wendet er sich ab. »Kommen Sie.«

Ich atme tief durch und folge ihm durch die Abteilung. Einige Kollegen, die noch Überstunden machen, sehen mich fragend an, aber ich kann ihre Blicke nicht beantworten.

Wir erreichen den Aufzug, er zückt eine Karte und die Türen seines Privatlifts öffnen sich. »Nach Ihnen, Miss Johnson.«

Ich schlucke. »Habe ich etwas verbrochen?«, erkundige ich mich und habe ein unfreiwilliges Déjà-vu, denn dieselbe Frage habe ich seinem Bruder heute Nachmittag auch schon gestellt.

»In den Aufzug«, verlangt er bestimmt.

Um keinen Ärger zu riskieren, betrete ich die Kabine. Mit gesenktem Blick bleibe ich an der Wand stehen.

Er folgt mir, die Türen schließen sich und die Fahrstuhlkabine fährt nach oben.

Mr. Whiteman führt mich in sein Büro. Mein Blick schweift durch den Empfangsbereich und schließlich stehen wir in einer seiner heiligen Hallen, in der sein Schreibtisch steht. Er nimmt im Ohrensessel dahinter Platz.

Ich habe das Gefühl, dass er mir gleich anbietet, ihm meine Seele zu verkaufen, weil er wie der Teufel höchstpersönlich wirkt, so wie er hinter dem antiken Schreibtisch sitzt. Ich schlucke.

»Setzen Sie sich, Miss Johnson.«

Kein Befehl zur Bewegung dringt durch meinen Körper, obwohl mein Kopf ihn unmissverständlich weitergibt.

Er sieht mich mit zusammengezogenen Augenbrauen an. Es lässt ihn unheimlich streng wirken und mir geht der Arsch auf Grundeis. »Muss ich mich wiederholen?«

Hektisch kopfschüttelnd setze ich einen Fuß vor den anderen und nehme schließlich in einem der Ledersessel vor dem Monstrum von Tisch Platz.

Mr. Whiteman stützt die Ellenbogen auf der Tischplatte ab, legt seine Fingerspitzen aneinander und sieht mich darüber hinweg an.

»Darf ich fragen, warum Sie mich in Ihr Büro zitiert haben?«, frage ich vorsichtig und einen Ticken zu kleinlaut. Ich muss selbstbewusster klingen, damit er sich nicht überlegen fühlt.

Er betrachtet mich stoisch, dann atmet er tief durch. »Miss Johnson, was glauben Sie, was ich den lieben langen Tag so mache?«

Wieder schlucke ich. »Arbeiten, denke ich.«

»Und?«

Daraufhin zucke ich mit den Schultern.

»Sprechen Sie es aus. Was tue ich, außer zu arbeiten?«

»Ich weiß es nicht, Mister Whiteman.«

Er hebt eine Augenbraue. »Sind Sie sicher?«

Ich deute ein Nicken an.

»Miss Johnson, was sagten Sie meinem Bruder, warum Sie die Spendenaktion nicht organisieren wollen?«

Scheiße! Der Mistkerl hat mich verpetzt. »Ich sagte, dass ich nicht dafür da bin, Ihren Ruf zu retten.«

»Soso, und warum sind Sie das nicht? Sind Sie keine Angestellte dieses Unternehmens, die darauf hofft, dass die Firma weiterhin erfolgreich ist?«

»Doch schon, aber …«

»Und sind Sie sich darüber bewusst, dass ich eine Arbeitsverweigerung abmahnen kann?«

»Ja, Mister Whiteman«, antworte ich mit hängenden Schultern.

»Soll ich Sie vielleicht abmahnen oder entlassen, weil Sie die Aufgabe verweigert haben?«

»Wenn Sie es für nötig halten, bitte, aber ich bin nicht dafür da meinen Job in der Buchhaltung, zu vernachlässigen, um eine Spendenaktion zu organisieren, wenn Sie eine ganze PR-Abteilung für so etwas haben.«

»Sie sind gefälligst für all das, was ich für Sie vorsehe, da. Haben wir uns verstanden?«

»Mister Whiteman, wenn Sie ein Mädchen für alles haben wollen, stellen Sie eines ein, aber halten Sie mich nicht von der Arbeit ab. Das wäre außerordentlich nett und aufmerksam von Ihnen.« Mir ist bewusst, dass ich Kopf und Kragen, sogar meinen Job riskiere, aber ich will mir die Behandlung, die er mir zuteil werden lässt, nicht gefallen lassen.

Mr. Whiteman funkelt mich aus seinen blauen Augen heraus an. »In Ordnung. Miss Johnson.« Er räuspert sich und seine schmalen Lippen verziehen sich zu einem Grinsen. »Herzlichen Glückwunsch, Sie haben die Stelle als meine persönliche Assistentin erhalten. Sie fangen ab sofort um sieben an und haben um sechs, manchmal auch sieben oder acht Uhr Feierabend.«

Meine Gesichtszüge entgleisen. »Sie wissen schon, dass ich in der Buchhaltung gebraucht werde, oder?«

Mein Boss schüttelt den Kopf. »Ich brauche Sie hier. Entweder Sie nehmen diese Stelle an oder Sie können sich bei einer anderen Firma bewerben.«

Ich beiße die Zähne zusammen. Der Kerl hat es drauf, jemanden eiskalt zu erwischen. Er wird ganz genau wissen, dass der Arbeitsmarkt brach liegt und man nur mit Glück eine Anstellung findet. Na ja, jedenfalls eine, bei der man nicht für einen Hungerlohn arbeiten muss, auch wenn ich hier nicht wesentlich besser bezahlt werde. »Wo ist der Arbeitsvertrag?«

Mr. Whiteman erhebt sich. »Einen Augenblick.« Er verlässt sein Büro und ich koche einsam und allein vor mich hin.

Als ich nach einer Weile aufstehe, um meinen Kram zu nehmen und abzuhauen, kommt er mit Mr. Miller, dem Leiter der Personalabteilung zurück. Der Personalleiter hat einen Schriftsatz bei sich. »Guten Abend, Miss Johnson.«

»Guten Abend, Mister Miller«, erwidere ich freundlich.

Whiteman setzt sich wieder, ich mich ebenfalls und der Personalleiter nimmt in dem Sessel neben mir Platz. »Mister Miller wird den Vertrag mit Ihnen durchgehen.«

Ich sehe Mr. Miller an, anschließend fällt mein Blick auf den Arbeitsvertrag in seinen schwieligen Händen. »Wie hoch wird mein Gehalt sein?«

Der Personalchef fängt meinen Blick auf. »Es bleibt gleich.«

Daraufhin schüttle ich den Kopf. »Sorry, aber bei fünfzehn Wochenstunden mehr, möchte ich ein besseres Gehalt bekommen.«

Whiteman räuspert sich. »Wie viel haben Sie sich vorgestellt, Miss Johnson?«

»Ich werde Ihre persönliche Assistentin, also sollte schon ein ordentlicher Aufstieg auf der Gehaltsleiter möglich sein.«

»Nennen Sie mir eine Zahl«, verlangt er herrisch.

»Ich möchte zweitausend Dollar mehr im Monat haben.«

Er lacht auf, dann wird er schlagartig ernst. »Nein.«

»Dann sagen Sie mir bitte, wie viel Sie zu zahlen bereit sind.«

»Sie bekommen das gleiche Gehalt, wie meine letzte Assistentin.«

»Das wie hoch wäre?«, bohre ich tiefer.

»Sie erhalten zweitausendsechshundertsiebenunddreißig Dollar.«

»Pro Woche?«, möchte ich wissen. Den Kerl in den Wahnsinn zu treiben, ist unheimlich amüsant.

Er schnaubt. »Natürlich nicht.«

»Sondern?«

Mr. Whiteman reißt die Arme hoch. Ich erkenne, dass er die Schnauze voll hat. »Sie bekommen wöchentlich fünfhundert Dollar mehr.«

Wow, also bekomme ich doch die verlangten zweitausend Dollar mehr pro Monat. Mit dem Gehalt dürfte ich dann auch problemlos mein Apartment bezahlen können, denn leider Gottes kostet es einen dicken Batzen Geld und oftmals musste ich die Miete ein wenig kürzen, um überhaupt über die Runden zu kommen. Dass mein Vermieter mich noch nicht rausgeworfen hat, ist ein Glücksfall. Ich ging davon aus, dass ich bei Whiteman besser bezahlt werden würde, weshalb ich natürlich eine Bleibe an der Upper East Side der in Little Italy vorgezogen habe. Ich schenke meinem Boss ein Lächeln und ernte einen Blick, der mir bittersüße Rache verspricht.

Mr. Miller geht den gesamten Vertrag mit mir durch.

~

Nachdem ich unterschrieben habe, hat Mr. Whiteman mich in den Feierabend entlassen. Ich stehe vor dem Aufzug und warte darauf, dass dieser endlich erscheint, denn im Gegensatz zu meinem Boss muss ich auf die Fahrstühle für alle zurückgreifen, statt einen Privataufzug zu haben.

»Schönen Abend, Miss Johnson«, sagt er, als er an mir vorbeigeht.

»Ebenso, Mister Whiteman.«

»Denken Sie dran, dass Sie morgen früh um sieben hier sind.«

Ich nicke ihm zu. Vielleicht hat er ja ein wenig Charme und bietet mir an, mit ihm in seinem privaten Lift nach unten zu fahren. Etwas hoffnungsvoll schaue ich zu ihm, doch die Türen schließen sich hinter ihm. Ich seufze schwer, als ich mich wieder auf die Etagenanzeige vor mir konzentriere.

»Miss Johnson?«

»Ja?« Ich blicke erneut zu ihm, erkenne, dass er zwischen den Schiebetüren steht.

»Kommen Sie.«

»Danke, Mister Whiteman.« Ich laufe zu ihm.

Da er in der Tür steht, schlüpfe ich an ihm vorbei in die Kabine, dabei steigt mir sein Duft in die Nase. Eine frische Mischung, die meine Sinne umspielt. Dem Kerl werden sicher reihenweise Frauen zu Füßen liegen, weil er nicht nur verdammt gut riecht, sondern auch wahnsinnig gut aussieht. Leider gehört er zu den Männern, die es auch wissen und keineswegs bescheiden sind.

Er kommt mit in die Fahrstuhlkabine und gibt einen Code ein, dann betätigt er den Knopf. »Sie werden morgen verschiedene Aufgaben von mir erhalten.«

Ich nicke schweigsam.

»Diese Aktion war übrigens ein Test.«

»Das heißt?«, frage ich vorsichtig. Der Kerl wird sich noch wundern, welches Monster er mit dieser Aussage heraufbeschworen hat. Ich werde ihm das Leben so was von zur Hölle machen.

»Dass Sie Termine koordinieren werden, Meetings beiwohnen, mich zu Terminen begleiten und vieles mehr.«

»Aber ich werde keine Charity-Events planen?«

Er lacht. »Ich bitte Sie, Miss Johnson, dafür haben wir eine PR-Abteilung und viele Partyplaner, mit denen wir Hand in Hand zusammenarbeiten.«

»Gut zu wissen, falls Sie mich noch mal wegen solcher organisatorischen Dinge ansprechen.« Ich schenke ihm ein aufgesetztes Lächeln. Dieser aalglatte Schmierlappen, der so unverschämt gut aussieht, betörend riecht und charismatisch ist, hat es verdient, zu leiden. Er weiß ja nicht, mit wem er sich anlegt.

»Nach wie vor: Sie tun, was ich sage, wenn ich es sage«, sagt er entschieden.

»Sie wissen schon, dass ich nicht Ihre Leibeigene, sondern Angestellte bin, oder?«

Mr. Whiteman baut sich vor mir auf, weshalb ich den Kopf in den Nacken legen muss, um zu ihm aufzuschauen, dabei trage ich schon High Heels. »Sie sind, was auch immer ich sage, was Sie sind. Haben Sie mich verstanden?«

Ich verenge meine Augen zu Schlitzen. »Aber sicher.« *Blödes Arschloch!* Ich weiß, warum ich immer froh war, nie etwas mit dem Kerl zu tun haben zu müssen, aber jetzt habe ich die goldene Arschkarte gezogen.

»Wunderbar, Miss Johnson.« Er zieht sich zurück und

im nächsten Moment hält der Aufzug an. Ohne ein weiteres Wort verlässt er die Kabine und geht auf den Ausgang zu.

Ich folge ihm in einigem Sicherheitsabstand. Als ich rausgehe, kann ich sehen, dass er in eine Mercedes Limousine steigt. Es regnet, weshalb ich die Handtasche über meinen Kopf halte. Eilig laufe ich zur U-Bahn. Es bringt nicht viel, ich werde trotzdem nass, aber das ist eine hervorragende Ausrede dafür, später in die Badewanne zu gehen, statt mich mit Alec und Jo zu treffen. Die beiden sind meine besten Freunde. Mit Alec war ich auf dem College und Jo, die eigentlich Joanne heißt, hat mich tätowiert. Sie und ich waren sofort auf einer Wellenlänge. Geplant war, dass wir heute miteinander ins Kino gehen, aber ich musste zwei Stunden länger in der Firma bleiben und bin total erledigt. Ich bin müde, genervt und vor allem koche ich noch immer vor Wut, weil Whiteman so ein aufgeblasener Mistkerl ist.

2

Klasse. Es ist mein typisches Glück, dass die U-Bahn seit zwanzig Minuten im Tunnel steht und sich nicht bewegt. Seit einer Viertelstunde versuche ich, Mr. Whiteman zu erreichen, aber die Leitung ist dauerbesetzt. Seufzend wähle ich die Zentrale an, um mich mit seiner Sekretärin verbinden zu lassen.

»Whiteman Inc., Sie sprechen mit Belinda Burkley«, meldet sie sich nur wenig später freundlich.

Gott, es ist so peinlich, dass ich gleich an meinem ersten Tag in der Position zu spät komme. »Hi, Misses Burkley, hier spricht Helena Johnson, es tut mir sehr leid, aber ich werde mich verspäten. Die U-Bahn steht seit zwanzig Minuten im Tunnel und bewegt sich nicht.«

»Oh, das ist bedauerlich. Ich werde Mister Whiteman informieren.«

»Vielen Dank.«

»Was glauben Sie, wann Sie hier sein werden?«

»Ich weiß es leider nicht.«

»Dann werde ich es so weitergeben.«

»Danke«, wiederhole ich und trenne die Verbindung. Ich muss mich auf Ärger gefasst machen, denn Mr. Whiteman wird mir sicher den Kopf abreißen. Dieser Mann hat den Ruf, Unpünktlichkeit nicht ausstehen zu können und entsprechend zu handeln, aber vielleicht habe ich Glück und er versetzt mich nur zurück in die Buchhaltung, statt mir zu kündigen. Nein, eher wird er mich mit einem Arschtritt auf die Straße befördern. Ach Fuck! Warum muss die U-Bahn ausgerechnet dann eine Panne haben, wenn man es am wenigsten gebrauchen kann? Ich glaube, ich sollte mich jetzt schon mal bei der Arbeitsvermittlung melden, damit ich wenigstens genug verdiene, um meinen Lebensunterhalt zu sichern. Ich muss ganz dringend etwas an meinem Lebensstil ändern, um Ersparnisse anhäufen zu können. Was heißt, dass ich wohl oder übel umziehen muss. Am besten sehe ich in der Mittagspause, sofern ich sie überhaupt erlebe, in die Annoncen der Tageszeitung oder durchstöbere mit meinem Smartphone das Internet nach Wohnungsangeboten.

Eineinhalb Stunden später komme ich in der Chefetage von Whiteman Inc. an.

»Miss Johnson, Mister Whiteman möchte Sie sehen«, sagt Mrs. Burkley, als sie mich entdeckt.

»Alles klar«, sage ich leise und zeige auf die Tür, auf der in schwarzen Lettern sein Name steht. »Sofort?«

»Er sagte umgehend.«

Nickend gehe ich darauf zu und klopfe.

»Herein!«

Nachdem ich tief durchgeatmet habe, betrete ich das Büro meines Chefs. »Guten Morgen, Mister …«

Er hebt die Hand, um mich zum Schweigen zu bringen, dann telefoniert er ungerührt weiter.

Ich gehe bis vor seinen Schreibtisch und bleibe meine Hände knetend davor stehen.

Zehn geschlagene Minuten lässt er mich warten, bis er das Telefonat beendet, allerdings fallen die neunzig, die ich ihn warten ließ, schwerer ins Gewicht. Adrian Whiteman sieht mich vernichtend an. »Es ist Ihr erster Tag als meine persönliche Assistentin und Sie kommen zu spät.«

»Es tut mir sehr leid, aber die U-Bahn hat festgesteckt. Ich konnte nicht aussteigen, sonst wäre ich …«

»Ruhe!«, herrscht er mich so laut an, dass ich zusammenzucke. »Sind Sie sich darüber im Klaren, dass Sie eineinhalb Stunden zu spät sind und das an Ihrem ersten Tag?«

»Ja, Mister Whiteman.«

Er erhebt sich und kommt vor den Schreibtisch. Er lehnt sich dagegen, mustert mich. »Dafür müsste ich Sie entlassen.«

»Aber?«, frage ich kleinlaut.

»Aber Sie haben Glück, dass ich heute nicht allzu schlecht gelaunt bin. Sie bekommen noch eine Chance, Miss Johnson, nutzen Sie sie.«

Ich nicke hektisch. Scheiße, ich wollte dem Kerl das Leben zur Hölle machen, stattdessen dreht er den Spieß einfach um.

»Ich werde Sie im Auge behalten.« Er greift hinter sich und drückt mir ein Diktiergerät in die Hände. »Tippen Sie diese Briefe ab – fehlerfrei.«

»Ja, Mister Whiteman.«

»Danach legen Sie sie mir vor.«

»Ja«, wiederhole ich.

»Und, Miss Johnson?«

Ich sehe fragend in seine blauen Augen.

»Dass mir keine Klagen über Sie kommen.«

»Ich werde mir die größte Mühe geben, Mister Whiteman.«

Er spricht weiter, gibt mir zahlreiche Aufgaben, die ich bis zur Mittagspause erledigt haben soll, womit ich nur bis zwölf Uhr Zeit habe. Jetzt ist es Viertel vor neun. Der Kerl wird mich umbringen, wenn ich das nicht schaffe. »Und nun gehen Sie in Ihr Büro.«

»Das haben Sie mir gestern nicht gezeigt.«

Whiteman atmet tief durch. »Ich zeige es Ihnen.« Er stößt sich von seinem Schreibtisch ab, dann geht er zu einer Glastür, die in die Wand eingelassen ist. »Kommen Sie.« Anschließend öffnet er jene Tür.

Ich folge ihm in den Raum. Dieser ist viermal so groß wie die Officebox in der Buchhaltung, doch entfalten kann ich mich hier auch nicht. Ein massiger Schreibtisch steht in der Mitte vor einem Fenster, das der großen Glasfront in seinem Büro in nichts nachsteht. Ich habe also durchgehend Tageslicht im Rücken. Doch stehen allerhand Kartons im Raum, sowie Regale an den Wänden.

»Ich lasse die Kisten ins Archiv bringen, ignorieren Sie sie einfach«, sagt er. »Ihr Passwort für den Computer können Sie sich in der IT holen und danach kümmern Sie sich bitte als Erstes um die Briefe.«

»Ja, Mister Whiteman.« Als er nicht hinsieht, verziehe ich das Gesicht. Ich komme mir total unterwürfig vor, dabei gehöre ich eher zur renitenten Sorte Mensch. Das wird ein harter Job, das weiß ich.

»Wenn Sie Fragen haben, kann Misses Burkley Ihnen helfen oder Sie wenden sich an mich.«

»Alles klar«, entgegne ich und sehe, dass er durch die Verbindungstür unserer Büros in seines verschwindet.

Seufzend betrete ich mein kleines Sekretariat und setze mich, da räuspert sich Whiteman hinter mir. Eins ist klar: Ich hasse die Verbindungstür jetzt schon. Einerseits kann sie praktisch sein, aber in diesem speziellen Fall ist sie eine Zumutung. Ich werde mir das Spiel, das er spielt, nicht allzu lang ansehen und teilnehmen werde ich schon gar nicht. Ich werde die Spielmacherin sein.

»Miss Johnson?«

»Ja, Mister Whiteman?« Ich drehe mich mitsamt des Stuhls um. »Was kann ich für Sie tun?«

»Haben Sie die Briefe abgetippt?«

Ohne dass ich etwas dagegen tun kann, flippt meine Augenbraue in die Höhe. »Äh nein ... Ich komme gerade aus der IT zurück und wollte jetzt loslegen.«

Er schnaubt. »Sie sollten sich ranhalten, ich brauche diese Briefe.«

Mühsam unterdrücke ich den Drang, die Augen zu verdrehen. »Ich werde mich sofort darum kümmern.«

»Danach befassen Sie sich bitte mit den Bilanzen, die aus der Buchhaltung gekommen sind.«

»Und was muss ich dabei beachten?«, erkundige ich mich.

Mr. Whiteman schenkt mir ein Lächeln, das diabolischer nicht sein könnte. »Ob es im Vergleich zum Vorjahr Differenzen gibt.«

»Wo finde ich die Bilanzen vom vergangenen Jahr?«

»Im Archiv natürlich.«

»Und das ist wo?«, hake ich weiter nach.

»Im Keller, Miss Johnson. Misses Burkley wird Ihnen mitteilen, in welchem Raum Sie die Ordner finden werden.«

»Vielen Dank, Mister Whiteman.«

»In einer Stunde habe ich die Briefe auf dem Tisch, um 15 Uhr möchte ich Ihre Rückmeldung wegen der Umsätze.«

»Aber sicher.« Ich lächle ihn an. »Und wann darf ich Ihnen eine Jungfrau opfern?« Am liebsten würde ich mir auf die Zunge beißen, weil mir dieser dumme Spruch rausgerutscht ist.

»Jungfrauen reizen mich nicht, Miss Johnson.« Er zwinkert mir zu, dann wendet er sich ab und lässt mich erneut allein.

Ich drehe mich zurück zum Schreibtisch und lasse meine Stirn auf die Tischplatte fallen. Etwas zu fest. »Autsch.« Nach einem tiefen Atemzug und einer imaginären Standpauke meines Unterbewusstseins, richte ich mich auf, um die Briefe abzutippen, die Whiteman bis zur Mittagspause haben will.

Achtzehn(!) Briefe hat diese miese Schweinebacke auf das Diktiergerät gesprochen und bei acht Empfängern hatte ich keine Ahnung, wie sich ihre Namen schreiben, woraufhin ich erst mal Google befragen musste. Schlauer wurde ich dadurch auch nicht, deshalb habe ich Misses Burkleys Hilfe in Anspruch genommen. Sie konnte mir glücklicherweise weiterhelfen. Ich hätte sie am liebsten fest umarmt, weil sie mir damit den Arsch gerettet hat. Ich möchte keinen Rekord im Gekündigtwerden aufstellen, weshalb ich mir Mühe gebe, Whiteman zufriedenzustellen. Dennoch habe ich wirklich Schiss, dass er mich heute Nachmittag in die Wüste schickt. Dem Kerl ist alles zuzutrauen. Leider.

Die Gegensprechanlage auf meinem Schreibtisch knistert und knackt. »Miss Johnson, bringen Sie mir bitte die Briefe, die ich Ihnen zum Abtippen gegeben habe.«

Ich atme erneut, wie so oft heute, tief durch, nehme den Stapel Schreiben aus dem Papierfach des Druckers und gehe in Whitemans Büro. Ohne ein Wort reiche ich ihm die Schreiben.

Er nimmt sie entgegen und überfliegt den ersten Brief. »Ich sagte fehlerfrei.«

»Das weiß ich, Mister Whiteman.«

»Warum schreiben Sie dann solchen Kauderwelsch?«

Ich hebe eine Augenbraue. »Was meinen Sie?«

»Ich meine, dass sich hier ein Rechtschreibfehler an den anderen reiht.«

»Darf ich sehen, was Sie meinen?«, möchte ich wissen.

»Sie haben diesen Murks doch verzapft, wieso sollte ich es Ihnen noch einmal zeigen?«, hakt er wütend nach. Die Briefe wirft er mir vor die Füße. »Ich sagte Ihnen, dass Sie die letzte Chance, die ich Ihnen gegeben habe, nutzen sollen, aber nein, Sie produzieren hier den größten Müll der Firmengeschichte. Packen Sie Ihre Sachen zusammen, Miss Johnson.«

Mit großen Augen sehe ich ihn an. »W-wie bitte?«

»Ich kann Sie hier oben nicht gebrauchen. Sie gehen zurück in die Buchhaltung, dort haben Sie Ihren Job wenigstens richtig gemacht.«

Ich schnaube. »Wissen Sie, dass Sie ein total mieses Arschloch sind?«, hake ich nach, als ich in die Hocke gehe, um die Schriftstucke aufzuheben.

»Reißen Sie sich zusammen, sonst sind Sie Ihren Job schneller los, als sie das Wort Kündigung buchstabieren können.«

Einmal mehr schnaube ich. Mein Blick fällt auf die Briefe. »Ich sehe hier übrigens keine Rechtschreibfehler. Vielleicht sollten Sie Ihre Kenntnisse aufbessern, statt andere für sich tippen zu lassen.« Ich schleudere den Papierstapel auf seinen Schreibtisch. »Warum habe ich überhaupt diesen Job angenommen, statt bei Maxwell Inc. anzufangen?«, frage ich mich leise, als ich zurück in mein kleines Büro gehe.

»Miss Johnson, bleiben Sie stehen.«

Mit dem Rücken zu ihm bleibe ich stehen, aber ich

werde mich nicht umdrehen. Wenn ich ihn jetzt ansehe, gehe ich ihm an die Gurgel.

»Haben Sie mich allen Ernstes Arschloch genannt?«

»Das habe ich.«

Er nähert sich mir und ich spüre schließlich seine Wärme in meinem Rücken, weshalb ich mich umso gerader halte. »Und was veranlasst Sie dazu, mich so zu betiteln?«

»Es ist meine Meinung über Sie und ich halte mich damit nicht zurück, wie die anderen Angestellten.«

Adrian Whiteman kreist wie ein Geier um mich, bis er vor mir stehen bleibt. Er mustert mich kritisch. »Ich mag es, wenn man ehrlich zu mir ist, aber ich verbitte mir, dass Sie mir solche Dinge an den Kopf werfen. Gehen Sie wieder an die Arbeit.«

»Also soll ich meine Sachen nicht packen?«

»Nein. Sie bleiben mir hier oben erhalten.«

»Na dann«, murmle ich und will an ihm vorbeigehen, als er mich am Oberarm festhält.

Whiteman nähert sich meinem Gesicht und sieht mir in die Augen, wobei mir das erste Mal auffällt, wie tiefblau seine Iriden sind. »Seien Sie nicht noch einmal dermaßen respektlos, sonst werde ich dafür sorgen, dass Sie nie wieder einen Fuß auf den Boden bekommen, weil sich niemand mehr wagen wird, Ihnen einen Job zu geben. Haben Sie mich verstanden?«

»Klar und deutlich«, entgegne ich, jedoch kann ich den Trotz in meiner Stimme nicht vermeiden.

»Wunderbar. Die Briefe haben mir in einer Stunde fehlerfrei vorzuliegen und wehe, Sie erlauben sich auch nur einen Interpunktionsfehler.«

Ich löse mich aus seinem Griff. »Jawohl, Sir.« Ich bin kurz davor, zu salutieren, doch reiße ich mich am Riemen. Dieser Kerl wurde von mir unterschätzt. Es scheint wohl so, als würde er mir das Leben zur Hölle machen, statt andersherum. Verdammt, warum kann ich nicht einfach die Firma meiner Eltern übernehmen? Dad könnte sie mir problemlos überschreiben, aber nein, er hält mich für ungeeignet. Firmenchefs scheinen von Natur aus, blöde Ärsche zu sein!

»Zurück an die Arbeit, Miss Johnson.«

Nickend gehe ich auf die Verbindungstür zu, betrete mein Büro und schließe sie hinter mir.

3

Zwei Wochen später

»O Gott, Adrian, ja, genau so«, stöhnt eine Frauenstimme, als ich die In-Ear-Kopfhörer aus den Ohren ziehe. Ich durfte wieder einmal Briefe abtippen und frage mich, wozu Mrs. Burkley überhaupt da ist, wenn ich ihre Aufgaben übernehme, während es in Whitemans Büro offenbar heftig zur Sache geht.

»Gott, ja!«, ruft sie wieder.

Ihn vernehme ich zum Glück nicht. Ich glaube, würde ich ihn stöhnen hören, könnte ich ihn nicht mehr ernstnehmen. Aber warum legt er in seinem Büro eine Frau flach? Hat der Kerl kein Zuhause?

Lieber stecke ich mir die Kopfhörer wieder in die Ohren, um mir dieses Schauspiel nicht länger anhören zu müssen. Ich gebe zu, dass ich neugierig bin, was er mit seiner Gespielin anstellt, aber ich werde nun keinen Blick durch die angelehnte Verbindungstür werfen. Außerdem würde Whiteman mich umbringen, wenn ich ihm dabei zusehe, wie er irgendeine Frau fickt. Der Kerl kann mich genauso wenig ausstehen wie ich ihn. Am liebsten würden wir uns gegenseitig an die Gurgel gehen, auch wenn ich mich meinerseits wirklich bemühe, es nicht zu tun. Doch er macht mich regelmäßig nieder, nennt mich dumm oder schnauzt mich aus Spaß an der Freude an. Ich war bereits mehrmals kurz davor, mich an den Betriebsrat zu wenden, doch würden die Mitglieder auf seiner Seite stehen. Niemand verdirbt es sich mit dem Unternehmenschef, nicht einmal für die persönliche Assistentin, die ebenfalls einen mächtigen Namen hat – allerdings ist er in diesem Staat nicht ganz so mächtig, in Florida hingegen würde man mir metertief in den Arsch kriechen. Me-ter-tief. Ich schwör's, in dem Fall lohnt sich auch die Betonung jeder einzelnen Silbe, doch hier bin ich ein Nichts. Adrian Whiteman ist ein unumstrittener Star am CEO Himmel, genauso wie Tristan Maxwell, Nathaniel Hartman oder andere Männer, die in seiner Liga spielen. Diesen Männern gehört die Welt, die sie schon sehr jung übernommen haben. Allerdings würde ich wesentlich lieber für Maxwell oder Hartman arbeiten, denn beide haben einen unheimlich guten Ruf. Auch wenn Nathaniel Hartman seine Firma in San Diego hat. Hier bleiben mir neben Maxwell Inc. und Whiteman Inc. nicht allzu viele Möglichkeiten.

Ich verwerfe die Gedanken an einen Jobwechsel, weil ich das Gefühl habe, hier in einem High-Society-Puff gelandet zu sein, und konzentriere mich wieder auf die Arbeit.

~

Ich schreie auf, als sich plötzlich eine Hand auf meine Schulter legt. Sofort ziehe ich die Stöpsel aus den Ohren, erhebe mich und drehe mich um. »Machen Sie das nie wieder!«, herrsche ich meinen Boss an.

»Wie weit sind Sie mit der Koordination meiner Termine?«

»Damit bin ich bereits fertig und Ihre Briefe habe ich auch abgetippt.« Ich greife zur Papierausgabe des Druckers und reiche sie ihm. »Ich hoffe, die Akten, die ich Ihnen heute Morgen gebracht habe, sind noch heil.« Diese Spitze konnte ich mir nicht verkneifen.

Adrian Whiteman hebt eine Augenbraue. »Wie bitte?«

Ich zeige zu den heruntergelassenen Jalousien. »Na, Sie hatten doch eben eine ganze Menge Arbeit auf dem Tisch.«

Er schnaubt amüsiert. »Sind Sie etwa eifersüchtig, Miss Johnson?«

Meine Augenbraue flippt in die Höhe. »Ich? Ganz sicher nicht.«

Triumphierend sieht er mich an, während der Duft von billigem Frauenparfum regelrecht mein Büro verpestet.

Herrgott, ich bin eifersüchtig, aber worauf? Ich kann den Kerl nicht ausstehen und würde ihn gern aus dem Fenster schubsen – leider lässt es sich hier oben nicht öffnen.

Whiteman nimmt mir die Briefe aus der Hand, die

ich seit einer Minute wie eine Blöde vor ihn halte. »Da sich Ihre Rechtschreibung deutlich verbessert hat, werde ich mir das Korrekturlesen heute sparen.«

Ich nicke bloß, dann fällt mein Blick auf seine Schuhe. »War es das?«

»Nein, rufen Sie bitte meinen Bruder an und bestellen Sie ihn her. Ich habe etwas Wichtiges mit ihm zu besprechen.«

Meine Augen klettern seine Hosenbeine hoch, verharren einen Moment auf dem offenen Reißverschluss seiner Hose, weshalb ich mir das Kichern verkneife, und schließlich sehe ich geradewegs in seine tiefblauen Iriden. »Ihr Hosenstall ist offen.«

Whitemans Blick fällt nach unten, dann dreht er sich weg. »Pardon.«

»Schon okay, ich habe ja nichts Verbotenes gesehen.«

Als er mich wieder ansieht, kann ich mir das Grinsen nicht verkneifen. »Miss Johnson, alles, was in diesen Räumen passiert, bleibt in diesen Räumen. Ich hoffe, dass es Ihnen klar ist, dass ich Sie andererseits kündigen muss.«

»Mister Whiteman, ich habe eine Verschwiegenheitserklärung unterzeichnet, bevor ich in Ihrem Unternehmen angefangen habe, weshalb Sie sich keine Sorgen machen müssen, dass irgendetwas über diese Firma, oder was hier getrieben wird, nach außen dringt. Ich halte mich an solche Verträge.«

»Sehr gut«, sagt er nickend. »Das nächste Mal könnten Sie mich etwas dezenter darauf hinweisen, dass meine Hose nicht ordnungsgemäß sitzt.«

»Wie denn?«

Daraufhin zuckt er mit den Schultern. »Lassen Sie sich etwas einfallen.«

»Na schön.«

»Oh, da ich gerade hier bin. Buchen Sie zwei Hotelzimmer in Paris, ich habe dort einen Geschäftstermin und Sie werden mich begleiten.«

Meine Augenbraue flippt erneut in die Höhe. »Warum soll ich Sie begleiten?«

»Weil Sie meine persönliche Assistentin sind, womit es Ihre Pflicht ist, mich auf Geschäftsreisen zu begleiten und mir, wie Sie es so schön sagen würden, den Arsch nachtragen.« Er zwinkert mir zu.

»Haben Sie einen besonderen Wunsch?«

»Mit Blick auf den Eiffelturm und nicht weniger als Fünf Sterne.«

»Also direkt in die Luxussparte«, stelle ich fest.

»Richtig. Eine Suite und was auch immer Sie brauchen.« Er legt den Kopf schief. »Denken Sie an Abendgarderobe, wir werden dort zu dem einen oder anderen Galadinner gehen, um neue Geschäftskontakte zu knüpfen.«

»Abendgarderobe?«

»Cocktailkleider, keine Abend- oder Ballkleider, das wäre lächerlich.«

Ich räuspere mich. »Ich besitze keinerlei passende Garderobe.«

»Dann sollten Sie für Paris sparen, denn dort finden sich die besten Boutiquen.« Er wirft einen Blick auf die Briefe in seiner Hand.

»Wann werden wir nach Paris reisen?«

»Am Montag.«

»In vier Tagen?«, hake ich perplex nach.

Er geht zur Tür, die unsere Büros miteinander verbindet. »Enttäuschen Sie mich nicht.«

»Ich gebe mein Bestes«, sage ich leise, dann setze ich mich wieder an den Schreibtisch.

Ich habe Whitemans Bruder nach oben bestellt und das Hotel gebucht, doch wegen der Flüge war ich unsicher, weshalb ich Mr. Whiteman vor Feierabend noch mal ansprechen werde. Die Tickets für den Flieger kann ich auch von zu Hause aus buchen, sofern er mich gleich gehen lässt. In den letzten Tagen habe ich zahlreiche Überstunden gesammelt, kaum geschlafen und morgens beinahe verschlafen, allerdings habe ich es geschafft, seit meinem zweiten Tag als seine PA, immer pünktlich zu sein. Noch einmal traue ich mich nicht, zu spät zu kommen. Whiteman würde mich sicher umbringen.

Es klopft an der Tür. »Herein«, sage ich leise und hebe den Blick vom Bildschirm, um zu sehen, wer mich aufsucht.

»Hey, hey«, sagt Alec gut gelaunt. »Bereit, den Central Park unsicher zu machen?«

Ich verziehe das Gesicht. »Wollten wir etwa joggen gehen?«

»Jepp«, erwidert er grinsend, betritt mein Büro und nimmt vor meinem Schreibtisch Platz. »Du hast es vergessen, nicht wahr?«

Schuldbewusst nicke ich. »Ja.«

»Und jetzt kannst du nicht weg, hm?«

Ich hole tief Luft. »Ich bin eigentlich fertig. Alles andere kann ich morgen erledigen, aber ich werde mich bei Whiteman abmelden müssen.«

Alec sieht mich skeptisch an. »Fragst du ihn auch, ob du zur Toilette gehen darfst?«

»In der Regel nicht«, entgegne ich. »Aber ich habe hier sowieso noch ein paar Akten für ihn, also kann ich mich direkt in einem von ihm verabschieden.«

Mein bester Freund lacht leise. »Dann mach das mal.«

Daraufhin stehe ich auf, greife zum Aktenstapel und gehe an die Verbindungstür, an die ich klopfe.

»Kommen Sie rein, Miss Johnson.«

Ich betrete Whitemans Büro und nähere mich seinem Schreibtisch. »Ich habe hier die Goliath Akten und wollte mich für heute verabschieden.«

Er winkt mich heran und nachdem ich mich genähert habe, nimmt er mir den Aktenstapel aus den Händen. Anschließend fällt sein Blick auf die Uhr. »Sie haben noch eine Stunde.«

»Brauchen Sie mich denn noch?«, erkundige ich mich.

»Haben Sie denn all Ihre Aufgaben erledigt?«, möchte er hingegen wissen.

»Das habe ich und ich habe Ihnen alles Wichtige per E-Mail geschickt, damit Sie es direkt auf Ihrem Computer haben.«

Er nickt. »Wann haben Sie gestern Feierabend gemacht?«

»Gegen neun Uhr.«

»Ach richtig. Dann machen Sie Feierabend.«

»Danke, Mister Whiteman.«

»Bis morgen, Miss Johnson.«

Ich wende mich ab, doch dann fällt mir die Sache mit dem Flug nach Paris ein, weshalb ich mich wieder zu ihm umdrehe. »Oh, eine Frage, soll ich auch Flüge nach Frankreich buchen?«

Er lacht auf. »Nein, wir werden den Firmenjet nehmen. Das Hotel haben Sie aber gebucht, nicht wahr?«

»Das habe ich getan. Für Sie die Präsidentensuite, für mich ein Zimmer«, lasse ich ihn wissen.

»Großartig. Dann verschwinden Sie.«

»Alles klar.« Ich mache auf dem Absatz meiner High Heels kehrt und laufe zurück in mein Büro.

»Und hat der Sklaventreiber erlaubt, dass du Feierabend machst?«, erkundigt sich Alec.

»Nenn ihn nicht so«, zische ich.

»Das hat sich vorgestern beim Cocktailtrinken noch ganz anders angehört«, stellt er amüsiert in den Raum.

Ich verdrehe die Augen. »Vielleicht solltest du das hier nicht so laut sagen, denn Whiteman hat seine Ohren überall.«

Alec grinst spitzbübisch. »Ein Chef, über den nicht gelästert wird, macht irgendwas falsch.«

»Ah ja«, stoße ich trocken aus. »Ich muss nach Hause, bevor wir joggen gehen können.«

»Kein Problem, du wohnst ja direkt um die Ecke vom Park.«

Ich nicke ihm zu.

»Ich bin mit dem Auto da, wir dürften es also früher als sonst schaffen.«

»Wir sollten uns angewöhnen, vor der Arbeit joggen zu gehen«, lasse ich ihn wissen.

Alec, dessen Haare ziemlich zerzaust aussehen, sieht mich beinahe panisch an. »Wie bitte?«

»Joggen, vor der Arbeit, besser als abends«, sage ich stichwortartig.

Daraufhin schüttelt mein bester Freund vehement den Kopf. »Hat der Kerl dir eine Gehirnwäsche verpasst?«

»Nein, aber ich würde abends oder nachmittags lieber geradewegs auf meine Couch gehen, statt noch zwei Stunden durch den Central Park zu laufen«, antworte ich aufrichtig.

»Du solltest zusehen, dass du früher Feierabend machst.«

»Geht nicht, ich bin seine persönliche Assistentin und müsste eigentlich bleiben, bis er ebenfalls Büroschluss macht.«

Alec schnaubt. »Whiteman lebt doch in seiner Firma.«

»Keine Ahnung«, zucke ich mit den Schultern, schalte den PC aus und schnappe mir meine Handtasche sowie den Mantel. »Wollen wir?«

»Aber sicher.« Alec bietet mir seinen Arm an. »Darf ich bitten?«

»Aber sicher«, äffe ich ihn hochgestochen nach, hake mich bei ihm ein und gehe mit ihm zu den Aufzügen. Ich beneide Mr. Whiteman immer noch um seinen Privatlift, doch kann ich ihn schlecht um eine Schlüsselkarte dafür bitten. Er würde mich sicher nach der Häufigkeit meiner Pulsschläge fragen, da er zu gut erzogen wurde, um sich nach meiner geistigen Gesundheit zu erkundigen.

»Ist der Kerl eigentlich immer noch so … überheblich und unverschämt?«, möchte mein bester Freund wissen.

Ich zucke mit den Schultern. »Es geht. Heute durfte ich mir anhören, wie er irgendjemanden auf seinem Schreibtisch flachgelegt hat.«

Alecs Augenbraue gleitet in die Höhe. »Wie bitte?«

»Er hat jemanden, ich denke mal, dass es eine Frau war, auf seinem Schreibtisch gevögelt.«

»Wow, also ich dachte, ich würde bei Maxwell Inc. viel erleben, aber in Wahrheit scheint hier der Bär zu toben.« Er grinst.

Ich verdrehe die Augen. »Du bist unmöglich.«

»Nein, ich bin bloß realistisch«, sagt er schmunzelnd. »Was denkst du, was er mit ihr angestellt hat.«

Daraufhin verziehe ich das Gesicht. Für mich sind Vorgesetzte asexuell und in keiner Weise aktiv, also will ich mir nicht mal in meinen Albträumen ausmalen, wie Adrian Whiteman im Bett ist. »Alec, bitte, ich will mir meinen Boss nicht beim Sex vorstellen müssen«, wispere ich. »Und jetzt hör auf, ich darf nicht über die Dinge, die in der Firma geschehen, reden.«

»Alles klar, ich bin still.« Er schenkt mir sein breites Lächeln, das mir jetzt schon sagt, dass das letzte Wort noch nicht gesprochen ist. Warum muss mein bester Freund denn auch so abartig neugierig sein?

»Danke.«

Ich überprüfe noch einmal die Schnürsenkel meiner Laufschuhe, während Alec sich neben mir aufwärmt.

»Wird das heute noch was?«, möchte er wissen.

»Jaha, ich bin so weit.«

»Du musst dich noch aufwärmen.«

»Ist mir bewusst«, entgegne ich genervt, stelle den Fuß auf die Bank und lege die Hände auf meine Oberschenkel. Ich will gar nicht joggen, aber ich konnte heute nicht wieder absagen. Mir tut sowieso alles weh, dann muss ich es nicht noch mit einem Muskelkater krönen, allerdings sieht mein bester Freund die Sache anders. Es wird mir also nichts übrig bleiben, als mich eine Stunde oder länger von ihm durch den Central Park scheuchen zu lassen. Schöne Scheiße!

»Geht das immer noch nicht schneller?«, hakt er ungeduldig nach.

Ich richte mich auf und sehe ihn an. »Also, wenn du willst, dass ich mir einen Muskelfaserriss zuziehe, dann sag es und ich laufe gern ohne Aufwärmen los.«

Er schnaubt. »Als ob ich das wollen würde.«

»Scheinbar ja, sonst würdest du mich nicht hetzen.«

»Ich hetze dich nicht, ich bin bloß ungeduldig, weil ich dank des Energydrinks voller Energie bin.«

Meine Augenbraue flippt in die Höhe. »Du spinnst.«

»Und ich bin aufgedreht, weil Tristan Maxwell mich zum stellvertretenden Leiter der Personalabteilung ernannt hat.«

Vor lauter Überraschung klappt meine Kinnlade herunter. »Was?«

»Ich wurde zum stellvertretenden Personalleiter ernannt. Mein Vorgänger wurde gekündigt, weil er irgendwelche krummen Dinger gedreht hat. Glaube, der ist auch schon anderswo rausgeflogen, aber Maxwell hatte ihm damals noch eine Chance gegeben, die er auch nicht genutzt hat.«

»Wow, Glückwunsch.« Ich stoße mich von der Bank ab und umarme Alec. »Das ist wirklich cool und ging erstaunlich schnell.« Ich räuspere mich. »Ich meine, mit neunundzwanzig schon eine Abteilung zu leiten, auch wenn es nur stellvertretend ist, ist wirklich cool.« Die Umarmung wird noch etwas fester, woraufhin er spielerisch keucht. »Ich bin unheimlich stolz auf dich. Ich dachte, du würdest dort in deiner kleinen Office Box versauern, weil du erst so spät mit dem Wirtschaftsstudium angefangen hast.«

»Nein nein, der Mann weiß eben, wer seine besten Angestellten sind«, sagt er großkotzig.

Ich löse mich ruckartig von Alec. »Blöder Spinner.«

Lachend legt er seinen Arm um meine Schultern. »Wenn du beim letzten Abendessen bei Jo dabei gewesen wärst, wüsstest du es schon.«

»Es tut mir leid, dass der Kerl mich die Galeere allein rudern lässt.«

Noch immer schüttelt es ihn, weil er sich so sehr über mich amüsiert. »Du wolltest doch immer hoch hinaus.«

»Ja, aber nicht als persönliche Assistentin des großkotzigsten und arrogantesten Schnösels des Landes.«

»Möglicherweise leitest du irgendwann doch noch die Firma deines Vaters.«

»Ich bezweifle es. Die Worte meines Dads waren sehr deutlich, als er mir offenbart hat, dass ich Johnson Trust nicht bekomme.«

»Ich bezweifle, dass du in einer Firma, in der es um Investmentfonds geht, glücklich geworden wärst. Whiteman Inc. ist eher deine Kragenweite.«

»Weil der Kerl Unternehmen zerschlägt und weiter verkauft?«

»Ja, der ist genauso rücksichtslos wie du, wenn es ums Geschäft geht.«

»Wann war ich denn mal rücksichtslos?«, hake ich überrumpelt nach.

Alec grinst, dann läuft er los.

»Alec, jetzt warte!«, rufe ich, anschließend folge ich ihm.

Der Mann ist zu schnell für mich. Ich glaube, ich sollte ihn zukünftig von jedem Kühlschrank, in dem sich Red Bull befindet, fernhalten. Das Zeug dreht ihn zu sehr auf und nach dessen Genuss, rennt er mir immer davon.

»Komm schon, du schlappe Nudel!«, feuert Alec mich an, als wir durch den Central Park joggen. Die Blätter an den Bäumen haben sich bereits verfärbt oder sie sind schon gefallen. Ich mag das Knistern des trockenen Laubs unter meinen Schuhen, schöner finde ich nur das Geräusch von knirschendem Schnee. Mein Winterurlaub sollte unbedingt mal wieder nach Aspen gehen, allerdings gehört die Berghütte meinen Eltern und ich bezweifle, dass ich sie für ein oder zwei Wochen besetzen darf. Abgesehen davon habe ich auch berechtigte Zweifel daran, dass Adrian Whiteman damit zurechtkommt, wenn ich ihn über vierzehn Tage allein lasse. Er würde es sicher nicht genehmigen.

»Ich gebe dir gleich schlaffe Nudel, du Mistkerl!«, entgegne ich ungehalten und beschleunige meine Schritte, doch Alec macht dasselbe und rennt weiterhin zwei bis drei Meter vor mir her. »Wenn ich dich in die Finger kriege, reiße ich dir deine verdammten Beine ab. Wie groß kann ein Mensch eigentlich sein?«

Er lacht. »Ich finde nicht, dass ich zu groß bin.«

»Du bist fast so groß wie mein Boss.«

»Dafür bin ich aber netter als dein Boss.«

»Na ja, ihr könnt beide Arschlöcher sein«, halte ich dagegen.

»Stimmt, aber es gibt nette und blöde Arschlöcher«, kontert Alec amüsiert. Ihm macht es nicht halb so viel aus wie mir, dass er laufen und gleichzeitig reden muss.

Ich hingegen habe das Gefühl, dass ich jeden Moment ein Sauerstoffzelt benötige. Meine Kondition hat in den letzten Wochen beträchtlich nachgelassen, warum auch immer es so ist, wenn man eine Weile nicht joggen geht. Ab heute sollte ich es definitiv nicht mehr schleifen lassen, damit ich nicht mein letztes Bisschen Sportlichkeit einbüße.

»Na los, Johnson, streng dich mal ein wenig an, um mit mir mitzuhalten.«

Genervt schnaube ich, wobei ich mich sowieso schon so anhöre, als wäre ich ein Elch mit Asthma, der Brunftschreie ausstößt. Da ich wie einer hechle, keuche und nach den paar hundert Metern bereits stöhne, als hätte man mir den Gnadenstoß versetzt.

»Ich will heute mindestens vier Meilen schaffen, du weißt, was das heißt.«

»Ja, dass ich am Ende dieser Joggingtour tot bin«, erwidere ich und bemühe mich, meine Seitenstiche zu ignorieren.

»Sag mir Bescheid, wenn du eine Pause brauchst.«

»Ja ja«, entgegne ich.

»Nein danke.«

»Schade aber auch, ich dachte, ich könnte mir heute das Duschen sparen«, schnappe ich.

»Nicht in diesem Fall, Kleine.«

Es wurden drei Meilen, länger habe ich einfach nicht durchgehalten. Jetzt ist mir schlecht und ich trinke aus einer Flasche Wasser, die Alec an einem Hot Dog Stand ergattern konnte, bevor der Verkäufer seine Sachen zusammengepackt hat. Ich sitze auf der Bank, an der ich mich vorhin aufgewärmt habe, schaue aufs Manhattan Plaza und atme tief durch. Meine Beine fühlen sich bleischwer an und in meinen Ohren höre ich meinen Pulsschlag, aber ich versuche, beides zu ignorieren.

»Alles okay?«, möchte er wissen.

»Ja, geht schon.«

»Bist du sicher?«

Ich nicke. »Ich glaube, ich sollte langsam wieder anfangen.«

»Du hast in den letzten Wochen ziemlich krass nachgelassen, Hel, du solltest es jetzt nicht schleifen lassen.«

»Oh, dann willst du am Montag mit nach Frankreich fliegen, um mich zu ermutigen, weiter zu laufen?«

Alec sieht mich irritiert an, was im Schein der Straßenlaterne etwas gruselig aussieht. »Wieso fliegst du nach Frankreich?«

»Geschäftsreise. Ich muss Whiteman zu einigen Terminen begleiten.«

»Wie lange wirst du weg sein?«

»Zehn Tage.«

»Krass, aber dann solltest du schön an der Seine entlanglaufen oder den Eiffelturm hochlaufen.«

Daraufhin zeige ich ihm meinen ausgestreckten Mittelfinger. »Nein danke.«

Alec lacht auf und fährt sich durch die dunkelbraunen Haare, die er zu einem Dutt gebunden hat. Es ist unglaublich, dass er mit der Frisur und dem Stil eine leitende Position bekleidet. Andererseits spricht das sehr für Tristan Maxwell. Denn es scheint ganz so, dass er wirklich die Leistung seiner Angestellten sieht und nicht das Äußere. Ich hatte ebenfalls ein Vorstellungsgespräch in Maxwells Firma, habe mich aber letztendlich für Whiteman Inc. entschieden, weil die versprochenen Erfolgschancen höher waren, außerdem bekomme, nein, bekam ich Provision, wenn das Geschäftsjahr erfolgreich war. Jetzt bekomme ich den ganzen Tag Befehle vom Oberaffenarsch, darf mich anschreien lassen und muss ihm auch noch den Arsch nachtragen. Das ist wirklich großartig. Nicht!

»Dann sollten wir morgen noch mal joggen gehen«, sagt Alec entschlossen.

»Wie wär's, wenn du joggst und ich setze mich auf

diese Bank, um wegen des Muskelkaters, den ich sicher haben werde, herumzujammern?«

»Das wäre scheiße, also läufst du mit mir.«

»Ich muss gucken, ob ich zeitig Feierabend machen kann. Whiteman lässt mich morgen sicher länger arbeiten, weil ich heute früher gegangen bin«, sinniere ich.

Alec legt den Kopf schief. »Ich wette, das kommt dir gelegen, hm?«

»Aber nicht doch«, stoße ich trocken aus. »Wie kommst du nur darauf?«

Sein Lachen vibriert in meinen Ohren. »Ich kenne dich, Hel.«

»Ich weiß, aber du bist genauso unbarmherzig wie mein Chef und ich will wenigstens nach Feierabend Ruhe vor diesem Drill haben. Lass uns einfach in ein Fitnessstudio wechseln, in das wir unter der Woche gehen, an den Wochenenden joggen wir. Dann müssen wir nicht im Dunkeln durch den Park rennen«, schlage ich vor.

»Welches Fitnessstudio schwebt dir vor?«

Daraufhin zucke ich mit den Schultern. »Weiß nicht. Ich schaue mich morgen online nach einem geeigneten Studio um und sage dir Bescheid, okay?«

»Klingt gut und vielleicht kriegen wir Jo auf diese Weise auch mal dazu, ein bisschen Sport zu treiben«, meint er.

»Die Frau braucht keinen Sport, so schlank und trainiert wie sie ist.«

»Ich wette, sie macht heimlich welchen«, grinst Alec.

Ich lache leise, dann trinke ich noch einen Schluck. »Was macht dich so sicher?«

»Keine Ahnung, aber du kannst mir nicht erzählen,

dass man so einen Körper bekommt, wenn man den ganzen Tag zeichnet und andere Leute tätowiert.«

»Vielleicht doch, weil die Kunden panisch sind und Jo sich mit ganzer Kraft auf sie stemmen muss, damit sie stillhalten.«

»Das weiß ich nicht.« Ich räuspere mich. »Gehen wir morgen lieber etwas trinken, dann bringe ich dir die Ergebnisse meiner Fitnessstudiorecherche mit, ist das ein Deal?«

»Dann ruf Jo an, um ihr Bescheid zu sagen, damit sie auch kommt.«

Ich hebe eine Augenbraue, als mir sein verträumter Blick auffällt. »Kann es sein, dass du in Jo verliebt bist?«

»Ich?«, hakt er nach und richtet sich schlagartig auf. »Wie kommst du denn darauf?«

»Ich bin eine Frau, ich merke so was. Nenn es weibliche Intuition oder schieb es darauf, dass ich dich seit Jahren kenne und es dir an der Nasenspitze ansehen kann, du Spinner«, antworte ich grinsend.

Alec seufzt. »Merkt man das wirklich so sehr?«

Ich nicke.

»Okay ja, ich stehe auf Jo, aber sie erzählt mir immer von ihrem schwertätowierten Kumpel, der ach so toll ist. Ich bezweifle, dass sie das gleiche für mich empfindet.«

»Hm«, mache ich nachdenklich. »Frag sie doch einfach, ob sie mal mit dir essen oder ins Kino geht. Ein Nein hast du sicher, aber ein Ja kannst du bekommen.«

»Ich weiß«, sagt Alec. »Aber du kennst mich, ich bin so lange selbstbewusst, bis ich auf jemanden stehe. Ich habe manchmal einfach keine Ahnung, worüber ich mit ihr sprechen soll.«

»Mein Gott, Alec«, stoße ich aus. »Du zeichnest gern und wirklich gut, du könntest ihr ein paar deiner Werke zeigen, statt dich hinter Sarkasmus und Humor zu verstecken. Frauen mögen humorvolle Männer, aber bevorzugen es, wenn man mit ihm auch über ihre Interessen sprechen kann. Bisher hast du das nie getan, wenn ich mit euch beiden unterwegs war. Also sprich mit ihr übers Zeichnen, dann findet ihr sicher noch mehr Themen, die euch beide ansprechen«, erkläre ich ihm.

»Wie kann man mit sechsundzwanzig nur so klugscheißerisch veranlagt sein?«, fragt er trocken.

Lachend knuffe ich ihn in die Seite. »Du bist ein Blödmann, Alec Welsh.«

»Ich weiß, aber ich bin ein netter Blödmann, denn ich bringe dich jetzt nach Hause.«

»Jetzt bist du mein Held des Tages«, lasse ich ihn wissen und lege meinen Kopf an seine Schulter. »Aber ich glaube, ich kann keinen weiteren Schritt mehr gehen.«

»Los jetzt, krieg den Arsch hoch, Johnson, sonst jage ich dich durch den Central Park.«

Ich lache und erhebe mich, wobei ich stöhne, weil sich nicht mehr nur meine Beine wie Blei anfühlen. »Warum quälst du mich nur so?«

»Damit dein Arsch knackig und deine Oberschenkel straff bleiben«, antwortet er sarkastisch.

»Arschloch.«

»Ich weiß, aber ich bin ein nettes Arschloch, genauso wie ich ein netter Blödmann bin.«

»Ich sollte dir nicht mehr so viele Steilvorlagen bieten«, stelle ich fest.

»Stimmt.« Alec legt seinen Arm um meine Schultern, wodurch ich das Gefühl habe, gekrümmt zu gehen, und zieht mich an sich. »Hel, ich bin froh, dass ich mit dir über alles reden kann.«

»Möchtest du vielleicht noch einen Kaffee trinken?«

»Bei dir?«

»Ja, ich meine, der Abend ist noch jung und wir könnten gemeinsam nach einem Fitnessstudio suchen.«

»Klar, wieso nicht?«

Ich schaue zu ihm hoch. »Das war eine rhetorische Frage, oder?«

Alec nickt knapp und grinst mich an.

Als wir wenig später bei mir sind, bin ich froh, aus meinen Laufschuhen rauszukommen. »Hast du etwas dagegen, wenn ich duschen gehe?«, möchte ich wissen, als er sich bereits an den Esstisch gesetzt und meinen Laptop aufgeklappt hat.

»Nein, wenn du mir das Passwort eingibst, damit ich schon mal nach einem Studio suchen kann, kannst du gern duschen gehen«, antwortet er.

Ich gehe zu ihm, schalte den Computer an und gebe schließlich mein Passwort ein.

»Diese Apple Geräte sind wahnsinnig schnell.«

»Ja, aus dem Grund habe ich eins, damit ich nicht ewig warten muss, bis das Ding mal hochgefahren ist.« Ich zwinkere ihm zu.

Daraufhin haut Alec mir auf den Hintern. »Geh duschen, du stinkst.«

Mit offenstehendem Mund sehe ich ihn an. »Wie bitte?«

»Du stinkst, wie ein Iltis, der schon seit ein paar Tagen tot auf der Straße liegt.«

»Mistkerl«, stoße ich aus, wende mich ab und gehe ins Schlafzimmer, um mir ein Shirt und Shorts sowie saubere Unterwäsche zu holen.

Nachdem ich geduscht und hoffentlich all meine verspannten Muskeln gelockert habe, habe ich mich abgetrocknet und angezogen. Meine nassen rotblonden Haare habe ich in ein Handtuch eingedreht, das nun wie ein Turban auf meinem Kopf sitzt. So gehe ich zu Alec, der schon einige Tabs im Safari Browser geöffnet hat. »Läuft's gut?«

»Ja, ich habe schon Kaffee aufgesetzt, der müsste gleich fertig sein.«

Ich neige den Kopf und betrachte ihn. »Hast du schon ein Studio gefunden?«

»Ich habe ein paar rausgesucht, die nicht in Problemvierteln liegen, aber die sind alle in der Stadt verstreut. Ich weiß nicht, ob du so weit fahren willst, um ein bisschen Sport zu machen«, antwortet er gedankenverloren.

»Sind sie wenigstens in Firmennähe?«

»Ja, in der Nähe von Maxwell Inc., aber keines in der Nähe von Whiteman. Ich weiß nicht, warum um seine Firma herum nur Pubs und Coffeeshops sind.«

»Wahrscheinlich, weil man sich die Arbeit bei ihm schönsaufen muss, um sie durchzuziehen, und der Kaffee, um wachzubleiben«, schlage ich amüsiert vor und setze mich neben ihn an den Tisch.

»Also was denkst du? Du müsstest mich zukünftig von der Arbeit abholen, wenn du in Firmennähe trainieren willst«, meint Alec.

»Ich weiß es nicht. Vielleicht ist es doch besser, weiter im Park joggen zu gehen. Ich meine, es ist zwar gefährlich, dort bei Dunkelheit unterwegs zu sein, aber wir sind ja zu zweit«, entgegne ich nachdenklich.

»Hm. Ich würde auch sagen, dass wir dann beim Joggen im Park bleiben, immerhin sind die Beiträge ziemlich hoch und ich bin froh, dass ich einigermaßen mit meiner Kohle auskomme.«

»Du hast bloß finanzielle Probleme, weil du dir ständig irgendwas kaufst, was du gar nicht brauchst.«

»Die Lederbezüge für die Autositze habe ich gebraucht«, grummelt er.

»Die vielleicht, aber was war mit dem neuen Radio und den Boxen, die du unbedingt haben musstest, damit dein Auto eine Disco auf Rädern ist?«, hake ich nach.

»Dädädä«, äfft er mich nach und schließt den Browser.

Lachend stehe ich wieder auf. Die Dusche hat definitiv nicht ihren Job getan, denn meine Beine, die sich vor wenigen Minuten noch leicht angefühlt haben, fühlen sich nun wieder wie Bleigewichte an. Scheiße Mann, warum muss so was mir passieren? Ich weiß, ich habe den Sport für zwei Wochen schleifen lassen, aber kein Körper kann so schnell seine Sportlichkeit verlieren. Oder etwa doch? »Ich gehe den Kaffee holen.«

»Alles klar.«

»Schwarz, wie immer?«

»Richtig.«

»Gut, bekommst du.«

»Am besten einen ganzen Eimer, ich bin total müde«, sagt Alec.

Ich kichere. »Ich nehme mir eine Tasse und du kannst aus der Kanne trinken.«

»Das lässt du mich sowieso nicht machen. Ich kenne dich.«

Daraufhin schnaube ich amüsiert. »Stimmt, aber ich gebe dir meine größte Tasse.«

»Das ist doch dieser Ein-Liter-Becher, oder?«

»Richtig«, entgegne ich und gehe in die Küche. Ich liebe mein Apartment, insbesondere die bodentiefen Fenster, die es sehr hell machen. Bloß abends nervt es, weil ich sämtliche Vorhänge schließen muss, um schlafen zu können. Wenn ich es nicht tue, ist es taghell hier drin und das nervt jemanden wie mich, der nur bei absoluter Dunkelheit schlafen kann. Ich weiß nicht, wieso ich beim geringsten Lichteinfall nicht einschlafen kann, aber so war es schon immer. Meine Eltern haben damals extra schwarze geräuschschluckende Vorhänge für mein Zimmer besorgt, die ich dann auch mit nach Boston genommen habe, um sie in meiner Studentenwohnung aufzuhängen. Die hatten Mom und Dad mir noch bezahlt, aber seit ich mit ihnen gebrochen habe, weil ich Johnson Trust nicht übernehmen darf, ist der Geldhahn zu. Dabei hätte ich wirklich die ein oder andere Finanzspritze brauchen können. Die meisten Möbel in meiner Wohnung habe ich auf Raten gekauft und diese vielen kleinen Beträge häufen sich zu einem großen an, der mir inzwischen fast das Genick bricht. Zusätzlich ist die Miete unverschämt hoch, aber ich Idiotin musste ja auch direkt an den Central Park ziehen. Es ist klar, dass die Mietpreise um diesen herum explodieren, weil jeder an der grünen Lunge New Yorks leben will. Ich sollte es wie Alec und Jo machen und nach Williamsburg ziehen, das ist zwar auch nicht gerade günstig, aber immer noch günstiger als Manhattan. Hoffe ich jedenfalls. Aber mit einem Umzug kämen neue Probleme auf mich zu. Ich müsste noch früher zur Arbeit aufbrechen als jetzt und wäre abends länger unterwegs. Adrian Whiteman hat zwar mein Gehalt erhöht, aber letztlich habe ich nichts davon, weil das ganze zusätzliche Geld für die Verzugszinsen der Ratenkredite draufgeht. Ja, es kam schon vor, dass ich mal die eine oder andere Rate nicht bezahlt habe, aber ich konnte schlecht von Luft und Liebe leben. Außerdem musste ich andere Rechnungen bezahlen, sonst hätte ich hier im Dunkeln gesessen. Ich meine, ich kaufe mir wirklich nichts, was ich nicht brauche. Meine Kleidung ist nicht gerade die neueste, mein Handy auch nicht und das MacBook habe ich seit Studienbeginn. Ich gehe nicht essen und wenn ich mit meinen Freunden ausgehe, übernehmen sie meistens die Getränke, weil sie wissen, wie meine finanzielle Situation aussieht. Es wundert mich allerdings, dass Alec sich nicht wegen des Fitnessstudios gewundert hat, immerhin wäre das auch wieder eine zusätzliche Belastung gewesen. Am besten lasse ich das Thema auf sich beruhen, immerhin haben wir uns dafür entschieden, weiterhin im Central Park joggen zu gehen. So entstehen mir wenigstens keine weiteren Kosten.

Als ich den Kaffee in die Becher eingegossen habe, gehe ich zurück ins Wohnzimmer. Alec hat sich inzwischen auf die Couch gesetzt und den Fernseher eingeschaltet. »Unglaublich.«

»Was denn?«, erkundige ich mich.

»Dieser Steuerskandal. Hast du das nicht mitbekommen?«

»Du meinst, diese ganzen Anwälte, Ärzte und Firmenchefs, die dieses Schlupfloch ausgenutzt haben, um Milliarden von Steuern abzusetzen?«

»Ja genau. Das sind mittlerweile achtzig Milliarden Dollar.«

»Euro, dachte ich.«

»Ja, dann eben Euro, ist doch alles dasselbe.«

»Hm nicht ganz, aber egal«, entgegne ich und setze mich zu ihm. »Hier ist dein Kaffee.«

Alec bedankt sich, als er mir die Jumbotasse abnimmt. »Du hast mir wirklich diesen Riesenbecher gegeben, das wundert mich.«

»Na ja, du musst schnell trinken, damit er nicht kalt wird.«

»Schon klar, aber damit kann ich leben.«

»Das beruhigt mich.«

4

»Entspannen Sie sich, Miss Johnson, in einem Privatjet fliegt es sich komfortabler als in einer Passagiermaschine.«

»Ist das hier nicht auch eine Passagiermaschine?«, erkundige ich mich. Mr. Whiteman hat mich heute Mittag zu Hause abgeholt und direkt mit zum Flughafen genommen. Ich bin nicht besonders begeistert, in den nächsten Stunden mit ihm im Flieger zu sitzen, ohne ihm aus dem Weg gehen zu können, aber ich glaube, ich werde einfach den verpassten Schlaf vom Wochenende nachholen. Jo, Alec und ich waren Freitagabend miteinander tanzen, Samstagabend im Kino und anschließend noch etwas trinken und gestern musste ich verdammt früh aufstehen, um die Wäsche, die ich für Frankreich einpacken wollte, zu waschen. Ich stand von morgens neun bis abends acht in der Waschküche – natürlich mit Unterbrechungen –, um die Sachen von Waschmaschine A in Wäschetrockner B zu räumen und hinterher so zu bügeln, damit sie möglichst wenig Platz in meinem kleinen Trolley wegnehmen.

»Stimmt, aber diese hier ist wesentlich komfortabler als ein Jumbo Jet.«

»Wenn Sie das so sagen«, stoße ich aus und ziehe den Gurt fest.

»Guten Morgen, Mister Whiteman, willkommen an Bord«, sagt ein Mann mittleren Alters.

»Guten Morgen, Mister Wheeler, wann können wir starten?«

»Wir warten noch aufs Volltanken, dann kann es losgehen«, erklärt Mr. Wheeler, ich nehme an, dass er der Pilot ist. Sein Blick fällt auf mich. »Guten Morgen, Madam.«

Ich reiße die Augen auf. Hat er mich gerade wirklich Madam genannt? Madam? Ich bin sechsundzwanzig Jahre alt und auf alle Fälle zu jung, um Madam genannt zu werden. »Guten Morgen, Mister Wheeler«, entgegne ich, nachdem ich mich mental gefangen habe. »Ich würde mich ja erheben, um Ihnen die Hand zu reichen, aber ich traue diesen kleinen Flugzeugen nicht so sehr wie den großen.«

Er lacht leise. »Ihnen kann nichts passieren.«

Whiteman räuspert sich. »Was denken Sie, wann es losgehen wird?«

»Ich schätze, in einer halben Stunde können wir abheben«, antwortet der Pilot.

Mein Boss nickt. »Sehr gut.«

Mr. Wheeler verabschiedet sich ins Cockpit, dann kommt eine junge Frau in Stewardessenuniform. Sie begrüßt uns, mich eher unfreundlich, Mr. Whiteman sehr freundlich. Es wundert mich, dass ihre Bluse ordnungsgemäß zugeknöpft ist, so sehr wie sie sich an ihn heranmacht. Herrgott, warum fällt mir so etwas sofort auf? Ja, er ist ein Mann und gutaussehend noch dazu, aber er ist auch ein Schwein, das sicher nicht meinen Männergeschmack trifft. Okay doch. Es bringt nichts, mich selbst zu belügen.

»Miss Johnson?«

Ich blinzle schnell. »Ja?«

»Möchten Sie etwas trinken?«, erkundigt sich mein Chef.

Ich winke ab. »Nein danke.«

»Möchten Sie sich vielleicht hinlegen?«

»Geht das denn mit den Sitzen?«, möchte ich wissen.

»Entweder das oder sie nehmen das Schlafzimmer hinten im Flieger.«

Ich hebe eine Augenbraue. »Hier gibt's ein Schlafzimmer?«

»Sicher, denn manchmal muss ich auf Geschäftsreisen rund um die Welt gehen und habe keine Zeit, in Hotels abzusteigen.«

»Und gleich erzählen Sie mir, dass Sie auch ein Schlafzimmer in Ihrer Firma haben.«

»Das habe ich tatsächlich, aber es ist ein ganzes Penthouse, das über der Chefetage liegt.«

Mit großen Augen sehe ich ihn an, doch ihn scheint es nicht zu kümmern, denn er beschäftigt sich wieder mit der Stewardess. Es ist offensichtlich, dass er mit ihr flirtet, aber ich werde mich sicher nicht einmischen. Ich drehe den Kopf zur Seite und schaue auf den Flughafen, auf dem wir uns befinden, dann schließe ich die Augen. Es ist das Beste, wenn ich den Flug nach Frankreich verschlafe, denn es gibt nichts Besseres als die Stunden dazu zu nutzen, Schlaf nachzuholen.

Ich werde unsanft gerüttelt. »Miss Johnson, Sie schnarchen ziemlich laut. Könnten Sie bitte aufwachen, damit ich nicht das Bedürfnis habe, Sie mit einem der Zierkissen zu ersticken?«

Widerwillig schlage ich die Augen auf. »W-wie bitte?«

»Ich sagte, dass wir gleich da sind und Sie aufwachen sollen«, sagt mein Chef.

Ich hebe eine Augenbraue. »Dann habe ich mir die Sache mit dem Schnarchen und dem Ersticken durch ein Zierkissen sicher eingebildet, oder?«

»Natürlich, so was würde ich doch niemals sagen«, meint er und grinst mich an, dann zwinkert er mir auch noch zu.

Ich atme tief durch. »Wie lange fliegen wir noch?«

»Noch etwa sechs Stunden.«

»Das heißt, dass ich Sie ab sofort hassen muss«, stelle ich leise fest.

»Warum?«, möchte er wissen.

»Weil ich es hasse, in Flugzeuge zu steigen, und die Zeit am liebsten verschlafe, aber Sie haben mich geweckt.«

»Hätten Sie nicht versucht, die Wälder Kanadas abzuholzen, während Sie geschlafen haben, hätte ich Sie nicht geweckt.«

»Ich schnarche nicht«, verteidige ich mich.

Daraufhin nimmt er sein Diktiergerät vom Tisch. »Sicher? Ich habe es aufgenommen, damit Sie mir glauben.« Er spielt die Aufnahme ab und er hat recht. Mein Schnarchen war fast ohrenbetäubend laut. »Ich hoffe, der Mann, der Ihr Bett teilt, weiß, dass Ohropax wahre Wunder wirken.«

Ich schnaube. »Ich werde den nächsten, der es mit mir teilt, darauf hinweisen.«

»Und ich hoffe, dass unsere Zimmer nicht zu nah beieinander liegen, damit ich nachts nicht wachliege, um Ihnen dabei zuzuhören, wie Sie dem Baumbestand der gesamten westlichen Welt auf die Pelle rücken.«

»Mister Whiteman, ich weiß, ich soll meine Zunge hüten, aber Sie sind ein wirklich richtig mieses …« Ich verstumme, als er seine rechte Augenbraue hochzieht.

»Bitte, sprechen Sie sich aus, Miss Johnson, ich weiß gern, was meine Angestellten von mir denken.«

»Nein, ich denke, ich lasse Sie diesbezüglich im Dunkeln tappen«, entgegne ich und atme tief durch. Ich schaue aus dem Fenster. Unter uns sehe ich bloß Wolken, es ist ein wunderschöner Anblick, aber ich bevorzuge es, festen Boden unter den Füßen zu haben. Die Ungewissheit, nicht zu wissen, ob ich heil und in einem Stück an meinem Ziel ankomme, macht mich jedes Mal fertig und stresst mich tierisch. Der Jetlag zudem auch. Wir kommen erst diese Nacht in Paris an, weil der Flug so unwahrscheinlich lang dauert, weshalb ich mich jetzt schon auf mein Hotelzimmer freue. Ich bewohne eines im gleichen Hotel wie Mr. Whiteman, aber er sitzt weiter oben in der Luxussuite, während ich mir bloß ein Zimmer gebucht habe. Ich wollte nicht, dass er zu viel

Geld für mich ausgeben muss. Ich meine, ich bin nur seine persönliche Assistentin und brauche keinen Luxus, um ein paar Tage in Paris hinter mich zu bringen. Es ist mir wichtiger, mir die Stadt anzusehen, statt mich im Hotel zu verkriechen. Ich hoffe bloß, dass ich Zeit dafür finde, denn die Termine sind wirklich eng getaktet, sodass wir, außer abends, fast immer unterwegs sind. Es gibt nur zwei der zehn Abende, an denen wir zu einem Essen mit anderen Geschäftsleuten und zu einer Spendengala müssen. Auf die Gala habe ich weniger Lust und da ich keine Abendgarderobe und ebenso wenig Geld dafür habe, werde ich es sicher schwänzen können. Er wird mich bestimmt nicht im Businesskostüm mitnehmen. Das will ich jedenfalls schwer hoffen, denn ich habe keine Lust darauf, mich zwischen den Frauen der französischen High Society underdressed zu fühlen. Es reicht schon, dass es mir so geht, wenn ich in Whitemans Nähe bin, weil er nichts von der Stange trägt. Jemand wie ich sieht, dass ein Anzug maßgeschneidert ist, und bisher trug er nur solche, die ihm direkt auf den Leib geschneidert wurden.

»Möchten Sie nun etwas trinken, Miss Johnson?«, erkundigt er sich schließlich.

»Ja bitte.«

Mr. Whiteman drückt einen Knopf, wenige Augenblicke später kommt die Stewardess.

»Was kann ich für Sie tun, Mister Whiteman?«, säuselt sie und klimpert mit ihren Wimpern. Ihren falschen Wimpern.

Erde an Hel, Libido aus, Hirn an, tadle ich mich in Gedanken.

»Miss Johnson wünscht ein Getränk«, erwidert er und vertieft sich wieder in die Akte, die er in den Händen hält.

Mich sieht sie an, als sei ich ein Mistkäfer, dem man den Garaus machen müsste. »Was darf ich Ihnen bringen?«

»Falls möglich hätte ich gern einen Latte macchiato und eine Cola«, erwidere ich.

»Haben Sie irgendwelche Wünsche, was die Milch betrifft?«

»Vollmilch«, sage ich lächelnd. Wenn jemand unfreundlich ist, sollte man so freundlich wie möglich sein, damit sich die Person ärgert. Das hat mein Vater mir als Kind eingetrichtert. Genauso den festen Händedruck, wobei ich diesen inzwischen verlernt habe. Ich traue mich kaum, mit voller Kraft zuzupacken, weil ich Angst habe, jemandem die Finger zu brechen. Wobei das meiner nichtvorhandenen Stärke gar nicht möglich ist. Dennoch finde ich es unangenehm, weil das Gegenüber dann auch mehr Kraft aufwendet. Und meine Finger knacken in dem Fall gern.

»Kommt sofort.«

»Danke.«

Sie macht auf dem Absatz kehrt und lässt uns wieder allein.

»Sie sind die erste Frau, die ich treffe, die keine Sojamilch in ihrer Latte haben will«, unterbricht Whiteman die Stille.

»Warum sollte ich Sojamilch wollen?«, erkundige ich mich. »Sojamilch schmeckt für mich nach nichts, aber sie ist ein Segen für Laktoseintolerante, Vegetarier und Veganer.«

Er zuckt kurz mit den Schultern. »Vielleicht, weil Sie auf Ihre Linie achten wollen. Ich habe doch keine Ahnung, warum jemand Sojamilch bevorzugt, wenn Vollmilch wesentlich schmackhafter ist.«

»Davon habe ich genauso wenig Ahnung, deshalb beschäftige ich mich lieber mit Dingen, von denen ich Ahnung habe.«

Er nickt und legt die Akte auf den Tisch zwischen uns. Ich weiß nicht einmal, warum er sich mir gegenüber hingesetzt hat. Vielleicht will er mich im Auge behalten. Andererseits hätte er auf einem der anderen Plätze Ruhe vor meinem Schnarchen – das mir immer noch peinlich ist – gehabt. »Erzählen Sie mir ein wenig über sich, Miss Johnson.«

Ich hebe eine Augenbraue. »Ich bin Ihre PA, das sollte genügen.«

»Stimmt, aber ich weiß gern etwas mehr über meine Angestellten. Also?«

Daraufhin ziehe ich die Schultern hoch. »Was möchten Sie denn wissen?«

»Wo haben Sie studiert?«

»In Harvard und Sie?«

»In Yale«, antwortet er unbeeindruckt. »Und Sie haben Wirtschaft studiert?«

Ich nicke. »Das habe ich.«

»Haben Sie Geschwister?«, erkundigt sich Whiteman weiter.

»Ich habe einen jüngeren Bruder, der noch studiert, und eine ältere Schwester, die in Deutschland lebt.«

»Und was macht sie dort?«

Ich zucke mit den Schultern. »Ich weiß es nicht. Meine Schwester und ich standen uns nie sehr nah.«

»Was studiert Ihr Bruder?«

»Wirtschaft in Harvard.«

»Hat es einen Grund, warum Sie beide Wirtschaft als Studiengang gewählt haben?«

»Hat es, allerdings ist der privat. Ich würde gern das Thema wechseln.«

Whiteman hebt eine Augenbraue. »Ich würde es gern wissen.«

Ich atme tief durch. »Meinen Eltern gehört Johnson Trust in Florida. Eigentlich hätte ich die Firma nach meinem Studium übernehmen sollen, allerdings hat mein Vater sich dagegen entschieden. Ich schätze, da mein Bruder nun ebenfalls Wirtschaft studiert, wird er in dessen Fußstapfen treten.« Anschließend atme ich tief durch. »Natürlich weiß ich es nicht, da ich nicht mehr viel Kontakt zu meiner Familie habe.«

»Warum nicht?«

»Ich habe mit meinen Eltern gebrochen, nachdem mein Vater mir diese Nachricht überbracht hat. Mein Bruder und ich stehen uns zwar näher, aber wegen meiner Arbeit und seinem Studium schaffen wir es viel zu selten, miteinander zu telefonieren.«

Er nickt. »Ihr Vater ist also Aloysius Johnson?«

»Richtig.«

»Was er aus dem Nichts erschaffen hat, ist erstaunlich. Ich verfolge die Aktienkurse seiner Firma schon länger.«

»Wollen Sie sie auch zerschlagen und in Einzelteilen verkaufen?«, möchte ich wissen.

»Tatsächlich nicht, aber ich halte einige Aktien seiner

Firma, deshalb interessiert es mich natürlich, wie es um sie steht«, erklärt er.

»Sie machen Aktiengeschäfte?«, frage ich interessiert nach.

»Sicher. Jeder braucht ein wenig Nervenkitzel und neben ein paar Sportarten, die ich betreibe, ist der Aktienmarkt wirklich sehr nervenaufreibend.«

»Welchen Sport machen Sie?« Es ist so einfach, den Spieß umzudrehen, und er merkt es nicht einmal.

»Ich fahre Motocross, gehe klettern … Bungeejumping. All die Dinge, die man von mir nicht erwarten würde.«

Erstaunt betrachte ich ihn. »Bungeejumping?«

»Ja, mein Bruder, den Sie bereits kennen, hat mich dazu gebracht. Leon und ich gehen diesen Hobbys gemeinsam nach.« Er räuspert sich. »Und ich fahre leidenschaftlich gern Ski.«

»Das mache ich auch gern, allerdings war ich seit Jahren nicht mehr Skifahren.«

»Wo waren Sie immer?«

»In Aspen«, lasse ich ihn wissen.

»Dort habe ich ein Haus, also falls Sie mal wieder auf die Bretter steigen möchten, stelle ich Ihnen gern mein Ferienhaus zur Verfügung«, entgegnet er.

Oha, stopp, hat er mir gerade tatsächlich angeboten, in seinem Haus in Aspen Urlaub zu machen? Wahnsinn. Ich meine, ich werde dieses Angebot nicht annehmen, denn ich bin sicher lebenslänglich verschuldet, wenn ich dort etwas kaputtmache, aber es ist sehr nett von ihm. »Danke, aber ich denke, dass ich das Angebot nicht annehmen werde.«

»Warum nicht?«, fragt er gerade heraus.

»Ich glaube, es wäre keine gute Idee, wenn ich als Ihre Assistentin in Ihrem Ferienhaus absteige. Das würde die Gerüchteküche anheizen und ich kann ganz gut darauf verzichten, schon wieder ins Kreuzfeuer der Presse zu geraten.«

»Sie werden sowieso in diesem Kreuzfeuer landen, immerhin werden wir noch sehr viel Zeit miteinander verbringen.«

»Wie meinen Sie das?«, hake ich nach.

»Helena, ich darf Sie doch Helena nennen, oder?«

Ich nicke knapp, obwohl ich es bevorzugen würde, förmlich zu bleiben, immerhin ist er mein Boss. »Sofern ich Sie Adrian nennen darf?«

»Damit kann ich für die Dauer dieser Geschäftsreise leben.«

»Dann sprechen wir uns zurück in New York wieder förmlicher an«, sage ich entschieden aber freundlich.

»Einverstanden«, stimmt er mir zu. »Wie dem auch sei: Sie und ich arbeiten von morgens bis abends miteinander; wir besuchen gemeinsam Veranstaltungen und Geschäftstermine … Glauben Sie mir, Helena, Sie werden noch Bestandteil so mancher Schlagzeile sein. Ich hoffe nur, dass Sie damit zurechtkommen, denn die Presse ist unerbittlich, was meine Person betrifft.«

In meinem Fall ist sie genauso unerbittlich, doch habe ich es geschafft, unter deren Radar zu bleiben. Ich lege den Kopf schief, als sein Blick abschweift und betrachte ihn nachdenklich. Natürlich kann ich mir kein richtiges Urteil über ihn bilden, immerhin kenne ich nur den Firmenchef Adrian Whiteman, jedoch nicht den

Menschen dahinter. Das Meiste weiß ich auch nur aus den Schlagzeilen diverser Zeitungen und Klatschblätter, auch wenn sie mich nicht kümmern, aber oftmals sind die Artikel sehr glaubwürdig geschrieben. »Die meisten Behauptungen über Sie sind Lügen, nicht wahr?«

»Wie so oft im Leben«, erwidert er. »Wohingegen andere Dinge stimmen, bloß wurden sie sehr ausgeschmückt.«

»Zum Beispiel?«

»Dass ich bereits mit zweitausend Frauen geschlafen habe, das war hemmungslos übertrieben.«

Ich lache auf. »Na ja, das will ich gar nicht so genau wissen, Adrian. Am besten sprechen wir gar nicht über Ihre horizontalen Aktivitäten.«

»Sie haben recht, ich habe gerade vergessen, wer mir gegenüber sitzt.« Er räuspert sich. »Verzeihung.«

»Alles gut.«

Endlich werden die Latte macchiato und die Cola gebracht. Ich habe das Gefühl, zu verdursten, weshalb ich das Glas Coke dankbar entgegennehme.

»Das nächste Mal sollten Sie uns nicht so lange warten lassen, Miss Baker«, wendet Adrian sich tadelnd an sie.

»Verzeihung, Mister Whiteman.«

Er winkt ab. »Bringen Sie mir bitte eine Tasse Kaffee.«

»Schwarz oder mit Milch?«

Daraufhin holt er tief Luft und ich spüre, wie sich die Luft um ihn herum langsam statisch auflädt. Er wird sauer. »Wie lange arbeiten Sie schon für mich, Miss Baker?«, möchte er wissen.

»Ich … äh … Mister Whiteman, es tut mir … leid.«

»Mit zwei Stück Zucker und ohne Milch«, mische ich mich ein, da ich dem Kerl in den letzten Wochen oft genug Kaffee bringen musste.

»Sehen Sie, Miss Johnson arbeitet erst seit kurzer Zeit als meine persönliche Assistentin und bekommt es problemlos hin, sich zu merken, wie ich meinen Kaffee trinke. Eignen sie sich auch ein solches Gedächtnis an«, herrscht er sie an.

Miss Baker zieht den Kopf ein, dann nickt sie und verschwindet.

Ich sehe auf den Tisch vor uns. Am besten sage ich gar nichts dazu. Jeder weiß, dass Adrian Whiteman es nicht leiden kann, wenn man seinen Job nicht einwandfrei macht. Aber eine Stewardess, die ihn vermutlich nicht täglich sieht, anzuherrschen, weil sie nicht mehr weiß, wie er seinen Kaffee trinkt, halte sicher nicht nur ich für übertrieben.

5

Nachdem Adrian Miss Baker niedergemacht hatte, weil sein Kaffee nicht heiß genug war, haben wir uns angeschwiegen. Ich wusste einfach nicht mehr, worüber ich mich noch mit ihm unterhalten soll, außerdem wollte ich seine schlechte Laune nicht auf mich ziehen. Im Gegensatz zum Bordpersonal muss ich mich beinahe rund um die Uhr mit ihm abgeben und sollte meinen Mund halten. Ja, ich werde noch das eine oder andere Ding ins Rollen bringen, das ihn um den Verstand bringen wird, aber nicht jetzt. Noch nicht. Der Mann wird sich in ein paar Monaten wünschen, mich niemals als seine Assistentin eingesetzt zu haben.

Nun stehen wir an der Rezeption des Hotels und warten darauf, dass sich jemand um uns kümmert.

Die Dame hängt am Telefon fest und telefoniert in gebrochenem Deutsch mit jemandem. Ich habe keine Ahnung, wovon sie gerade spricht, aber die Sprache hört sich unwahrscheinlich schwierig an. Kein Wunder, immerhin soll Deutschland das Land der Dichter und Denker sein. Wer Goethe hervorgebracht hat, darf auch eine schwere Sprache sein Eigen nennen dürfen. Schließlich legt sie auf. »Bonsoir, Madame et Monsieur«, begrüßt sie uns.

Adrian lächelt sie an und erwidert den Gruß auf Französisch. Auch die folgende Konversation läuft in der für mich fremden Sprache ab.

Unbeholfen stehe ich daneben, werde jedoch stutzig, als die Hotelangestellte mich mitleidig ansieht. »Was ist los?«, wende ich mich an meinen Boss.

»Es gibt ein kleines Problem, da das Hotel überbucht ist.«

»Das heißt?«

»Dass nur die Suite zur Verfügung steht, aber kein Zimmer für Sie, Helena.« Er sieht sie wieder an, unterhält sich weiter mit ihr. Schließlich erhält er eine Schlüsselkarte.

»Und nun? Soll ich in einem anderen Hotel absteigen?«, möchte ich wissen.

»Nein, wir werden uns die Suite teilen. Sie hat zwei Schlafzimmer und es wäre sinnlos, wenn ich Sie nun in einem anderen Hotel unterbringen würde. Sie bekommen eines der Schlafzimmer und fertig«, erklärt er geduldig.

Ich schlucke. »Halten Sie das für eine gute Idee?«

»Halten Sie es für eine schlechte?«, hakt er hingegen nach.

Daraufhin räuspere ich mich. »Ich halte es jedenfalls nicht für Ihre beste Idee.«

»Warum nicht? So kann ich Sie jederzeit erreichen, ohne die Suite verlassen zu müssen«, hält er dagegen.

Ich seufze schwer. »Das hätten Sie so oder so nicht tun müssen, immerhin haben Sie mir vor unserer Abreise das iPhone gegeben, damit ich jederzeit für Sie erreichbar bin.«

»Und nun kann ich Sie sogar aus dem Bett werfen, wenn mir etwas einfällt, das Sie unbedingt erledigen müssen.«

»Na klasse«, stoße ich trocken und wenig begeistert aus.

»Ihre Begeisterung ist wahrlich greifbar, Helena.«

»Wunderbar, das war natürlich beabsichtigt«, entgegne ich sarkastisch.

»Ich weiß«, sagt er im gleichen Tonfall. »Nun kommen Sie, lassen Sie uns die Suite begutachten.«

Mit hängenden Schultern folge ich ihm zum Aufzug. Es war klar, dass wieder irgendwas passieren musste, das dafür sorgt, dass nichts reibungslos funktioniert. Dahin ist mein Plan, mich abends mit einer Schlammmaske im Gesicht ins Bett zu legen, Chips zu essen und fernzusehen. Scheiße!

Adrian sagt nichts, als wir auf dem Weg nach oben sind. Im Aufzug sind wir allein, leise Klänge von Mozart werden über kleine Boxen wiedergegeben und mit jedem Stockwerk, das der Lift uns höher bringt, wird mir mulmiger zumute.

Als wir schließlich oben angekommen sind, habe ich das Bedürfnis, die sechs Latte macchiatos, die ich in den letzten Stunden getrunken habe, auszukotzen. Was allerdings auch daran liegen kann, dass mir von zu vielen Latte gern schlecht wird. Abgesehen davon bin ich müde, habe während des Flugs nichts gegessen und bin generervt. Aber essen werde ich noch irgendwas, sofern ich Glück habe und die Karte nicht nur auf Französisch vorliegt.

Wir müssen die Suite nicht suchen, da es hier oben nur zwei gibt. Ich habe die luxuriösere für meinen Boss genommen, damit seine Ansprüche erfüllt sind. Jetzt hoffe ich allerdings, dass sie ihm auch gefällt, damit mein Hals nicht ganz schnell in der Schlinge landet.

Er öffnet die Tür und bleibt daneben stehen. »Nach Ihnen, Helena.«

Ich betrete die Suite. »Danke.« Mir stockt der Atem. Ich habe selten so ein wunderschön eingerichtetes Hotel gesehen. Schon das Foyer hatte mich überzeugt, aber diese Suite begeistert mich restlos.

Sich räuspernd tritt er neben mich. »Sie haben guten Geschmack bewiesen, allerdings fehlt mir der Blick auf den Eiffelturm.«

»Den hat man vom Schlafzimmer. Ich weiß nur nicht, welches diesen Ausblick bietet.«

»Dann werde ich mich mal umsehen. Warten Sie hier, um den Pagen mit dem Gepäck hineinzulassen?«

Ich nicke ihm zu. »Sicher.«

»Es ist doch kein Problem für Sie, dass ich das Schlafzimmer mit Blick auf den Eiffelturm nehme, oder?«

Daraufhin schüttle ich den Kopf. »Natürlich nicht. Ich bin froh, dass Sie mich hier aufnehmen, damit ich nicht in ein anderes Hotel umziehen muss.«

Er verzieht seine schmalen Lippen zu einem Lächeln. »Sie sind keine besonders gute Lügnerin, Helena.«

Ich spüre die Hitze in meinen Wangen aufsteigen. »Ich weiß, dennoch versuche ich es immer wieder.« Es ist peinlich, vor meinem Chef rot zu werden. Es ist das erste Mal, dass es passiert, und es ist verflucht unangenehm.

»Nichts für ungut, Helena, aber bleiben Sie mir gegenüber bei der Wahrheit.«

»Ich gebe mir Mühe.«

Lächelnd wendet er sich von mir ab und macht einen Rundgang durch die Suite.

Seufzend gehe ich zu dem mit beigefarbenen Stoff bezogenen Sofa und nehme Platz. Ich lehne mich zurück und schließe die Augen, da sie kribbeln. Ich hasse es, durch verschiedene Zeitzonen zu fliegen. Mein Körper spielt dann komplett verrückt und der Jetlag ist auch so richtig zum Kotzen. Am liebsten würde ich schlafen, jedoch muss ich auf den Hotelangestellten warten, da der neben meinem Koffer auch mein Handgepäck auf seinen Gepäckwagen gestellt hat. Ich habe also weder meine Kosmetika noch meine Kleidung bei mir.

Während ich mich entspanne, nähern sich Schritte. »Sind Sie eingeschlafen?«

Ich schlage die Lider auf. »Nein, bloß meine Augen brennen vom Make-up und ich wollte nicht riskieren, dass sie anfangen zu tränen und ich gleich aussehe, als hätte ich geheult.«

Er nickt und setzt sich in den Sessel, der links neben dem Sofa steht. »Ich werde Sie in den nächsten Tagen wohl häufiger ungeschminkt sehen, also müssen Sie keine Rücksicht darauf nehmen, dass ihr Make-up mal nicht perfekt ist.«

Schmunzelnd schüttle ich den Kopf. »Sicher nicht.«

»Haben Sie sich nicht so, Helena.«

Ich hole tief Luft. »Adrian, Sie sind mein Boss, ich

werde sicher nicht anfangen, in meinem Schlafanzug oder ungeschminkt vor Ihnen herumzulaufen.«

Adrian beißt sich kurz auf die Unterlippe. »Dann müssen Sie sich auf die Schnelle ein Bad einbauen lassen, denn das gibt es nur in meinem Schlafzimmer, aber nicht im anderen.«

Überrumpelt reiße ich die Augen auf. »Es gibt nur ein Bad?«

»Wunderbar, Sie haben mich verstanden.« Er lehnt sich zurück und legt seinen Knöchel auf sein Knie, seinen Kopf stützt er auf seinen angewinkelten Fingern ab. »Ich hoffe, dass das Gepäck bald kommt, denn ich könnte eine Dusche vertragen.«

»Da sind Sie nicht der Einzige.«

Im nächsten Moment erhebt sich Adrian. »Möchten Sie auch etwas trinken?«

»Essen wäre mir lieber.«

»Haben Sie schon in die Karte neben dem Telefon geguckt?«

»Nein.« Ich stehe ebenfalls auf und gehe rüber zur Telefonbank. Die Speisekarte ist blöderweise wirklich auf Französisch verfasst. »Könnten Sie mir die Karte übersetzen?«

»Aber sicher.« Er kommt zu mir, anschließend nimmt er sie mir aus der Hand. »Worauf haben Sie Hunger? Dann lese ich Ihnen nur vor, was von Belang ist.«

»Mir würden ein Burger und Pommes frites reichen.«

Adrian überfliegt die Speisekarte. »Das fällt dann wohl unter Extrawünsche. Ich bestelle für Sie. Was möchten Sie dazu trinken?«

»Suchen Sie etwas aus.« Ich gehe zurück zur Couch und nehme Platz, als es an der Tür klopft.

Adrian deutet dorthin, da er inzwischen das Telefon am Ohr hat.

Also erhebe ich mich erneut und laufe quer durch das große Wohnzimmer zur Tür.

»Bonsoir, Madame, …«

Ich sehe ihn irritiert an und verstehe kein Wort von dem, was er sagt. »Kommen Sie rein«, erwidere ich auf Englisch und trete einen Schritt zur Seite.

Er betritt die Suite. »Merci, Madame.«

»De rien«, antworte ich und bin froh, dass ich zumindest solche Kleinigkeiten hinbekomme.

Der Page fragt mich wieder etwas, aber einmal mehr habe ich keine Ahnung, was er von mir will.

Adrian wendet sich kurz an ihn, woraufhin der Mann nickend unsere Gepäckstücke in eines der Zimmer bringt.

Als er fertig ist, sieht er mich erwartungsvoll an.

»Oh«, stoße ich aus, gehe zu meiner Handtasche und hole eine Fünf-Dollar-Note heraus.

Irritiert schaut er auf den Geldschein, aber ich habe vergessen, mir bei der Bank Geld wechseln zu lassen. Ich entschuldige mich etwas umständlich und in gebrochenem Französisch, als er bereits durch die Tür ist, zu der ich ihm gefolgt bin.

Er schenkt mir ein Lächeln, dann ist er weg.

Seufzend schließe ich die Suitetür und lege meine Stirn an das Buchenholz.

»Das war wie im Kino«, stellt Adrian hinter mir fest. »Und möchten Sie bei mir schlafen oder warum hat der junge Mann Ihr Gepäck in mein Schlafzimmer gebracht?«

Perplex drehe ich mich zu ihm um. »Ich hatte keine Ahnung, was er von mir wollte. Ich dachte, Sie hätten ihm gesagt, wohin die verschiedenen Stücke sollen.«

»Ich sagte ihm bloß, dass er es in die Zimmer bringen soll, nachdem er Sie gefragt hat, wohin wir es haben möchten.«

»Dann hole ich mal mein Gepäck aus Ihrem Schlafzimmer, wobei ich werde erst mal duschen gehen und danach nehme ich mein Zeug mit in mein Zimmer.«

»Sicher. Ich werde hier warten, bis Sie fertig sind, damit Sie sich mir nicht ungeschminkt zeigen müssen.«

Was sowieso passieren wird, da ich an ihm vorbeigehen muss, um in mein Schlafzimmer zu gelangen, sagt mir meine innere Stimme. »Alles klar.«

~

Als ich mit meinem Koffer und dem Handcase aus seinem Schlafzimmer komme, sehe ich, dass sein Jackett über der Sessellehne liegt. »Ich bin fertig, Adrian«, lasse ich ihn wissen.

»Das Essen ist gekommen, als Sie duschen waren.«

»Ich nehme es gleich mit in mein Schlafzimmer und dann haben Sie für den Rest der Nacht Ruhe vor mir.«

»Setzen Sie sich doch an den Esstisch.«

»Nein, ich bin ungeschminkt, habe nasse Haare und bin im Bademantel.«

Daraufhin dreht er sich um. »Und Sie können sich trotzdem sehen lassen, Helena. Leisten Sie mir noch ein wenig Gesellschaft, nach so einem langen Flug kann ich selten schlafen.«

»Ich bin ziemlich müde und wollte nach dem Essen schlafen, Adrian«, entschuldige ich mich.

»Ich habe mir ebenfalls einen Burger bestellt, deshalb wäre es ganz nett, wenn wir gemeinsam essen.«

Ich seufze. »In Ordnung. Ich bringe bloß mein Gepäck in mein Schlafzimmer.«

»Alles klar.«

Ich bringe meine Sachen in mein Schlafzimmer, anschließend gehe ich zurück ins Wohnzimmer. Adrian sitzt bereits am Esstisch. Ich nehme ihm gegenüber Platz.

»Sie haben Ihr Haar geflochten«, stellt er fest.

»Das mache ich immer, wenn ich nach dem Duschen schlafen gehe.«

Er nickt. »Haben Sie sonst noch irgendwelche Marotten?«

»Ich denke schon, aber die sollten mein Geheimnis bleiben«, sage ich lächelnd.

Adrian sieht mich nachdenklich an. »Wieso sollten Ihre Marotten Ihr Geheimnis bleiben?«

»Weil Sie immer noch mein Boss sind.«

Daraufhin lacht er leise. »Ist das Ihr Ernst? Früher oder später werde ich sowieso davon erfahren, also können Sie sie mir jetzt auch verraten.«

Einmal mehr schüttle ich den Kopf. »Ganz sicher nicht.«

»Kommen Sie schon, Helena.«

»Nein«, wiederhole ich amüsiert.

Ich bin mir nicht sicher, ob sein Seufzen genervt ist

oder nicht, aber die Art und Weise, wie er es ausstößt, lässt mich das Schlimmste vermuten. »Nur eine.«

»Mister Whiteman … Adrian, ich glaube nicht, dass ich Ihnen eine meiner Macken verraten sollte. Es wäre doch viel spannender, wenn Sie es selbst herausfinden.«

»Es gibt vieles, das ich noch herausfinden muss.«

»Na dann.« Ich deute auf die Servierglocken. »Können wir essen?«

»Aber sicher.« Adrian erhebt sich, um sie von den Tellern zu heben, doch das, was ich sehe, finde ich eher abstoßend als ansprechend. »Stimmt etwas nicht?«

»Das sollen Burger sein? Das sieht aus, als läge ein halbes Schwein zwischen den Brötchenhälften«, stelle ich mehr oder minder angewidert fest.

»So werden die Burger wohl in diesem Hotel serviert.«

»Gibt es Besteck?«

»Aber sicher.« Er reicht mir Messer und Gabel.

»Danke.« Anschließend zerlege ich den Burger in seine Einzelteile und fange an, das Fleisch zu schneiden. Blutig. Und mir schießt nur ein Wort durch den Kopf: Ekelhaft. Ich bin kein Fan von blutigem Fleisch. Ich meine, ich bin doch kein Vampir, der das Blut aus dem Patty saugen will. Seufzend schiebe ich die viel zu dicke Frikadelle an den Tellerrand.

»Stimmt etwas nicht?«

»Das Fleisch ist blutig.«

»Oh.« Er sieht auf seinen Burger. »Das ist dann wohl meiner und ich habe die Teller verwechselt.«

»Sie essen blutiges Fleisch auf einem Burger?«

»Manchmal.«

»Ah.« Ich kann nicht anders, als das Gesicht zu verziehen. »Das ist abartig.«

Mein Boss lacht leise. »Nein, das ist das Ding mit verschiedenen Geschmäckern.«

»Nein, das ist das Ding mit der Sache, dass ich welchen habe und Sie nicht.«

Adrian lacht leise. »Geben Sie mir einfach den Burger, am liebsten in einem Stück.«

Kichernd baue ich den Burger wieder zusammen und deute mit der Gabel darauf. »Wollen Sie ihn sich runter nehmen oder soll ich ihn angrabschen?«

Daraufhin nimmt er seinen Burger von meinem Teller und deutet auf meinen, der auf seinem liegt. »Gleiche Frage bloß andersrum.«

Amüsiert nehme ich meinen Hamburger von seinem Teller und lege ihn auf meinen.

»Ich hoffe, es stört Sie nicht, dass ich schon einmal abgebissen habe.«

Ich schüttle den Kopf. »Nein, ich kann das Stück ja abschneiden.«

»Also stört es Sie«, stellt er fest.

»Nicht wirklich, oder haben Sie Herpes, Plaque oder irgendeine andere Mundfäule?«, hake ich grinsend nach.

Adrian lacht wieder. »Weder das eine noch das andere noch das nächste.«

»Super.« Ich nehme meinen Burger in die Hände und beiße hinein, jedoch an dem Ende, das er nicht angebissen hat. »Wie spät ist es eigentlich?«, erkundige ich mich, nachdem ich den Bissen heruntergeschluckt habe.

Er zuckt mit den Schultern. »Ich schätze, dass es in Richtung drei Uhr geht.«

»Oh, wann müssen wir morgen aufstehen?«

»Der erste Termin ist erst um sechzehn Uhr, wenn Sie ihn so vereinbart haben, wie ich Ihnen mitgeteilt habe.«

Mühsam unterdrücke ich den Drang, das Gesicht zu verziehen. »Ich muss nachsehen.«

»Nach dem Essen«, sagt er, als ich Anstalten mache, aufzustehen.

»Okay.« Ich rutsche auf dem Stuhl zurecht und nehme meinen Burger wieder in die Hände.

Eine Viertelstunde später haben wir das Essen schweigsam hinter uns gebracht. Ich habe mich zurückgelehnt und sehe auf meinen Teller, auf dem noch ein paar einsame Pommes frites liegen, die halb im Ketchup, das ich nachträglich auf das Porzellan gegeben habe, liegen.

»Das war ein wirklich guter Burger.«

»Ja, nachdem das Missverständnis aufgedeckt war, hat es sehr gut geschmeckt«, stimme ich zu. Ich atme tief durch. »Ich denke, ich sollte ins Bett gehen.«

Adrian kreist mit dem Zeigefinger über den Rand seines Weinglases und betrachtet mich. »Tun Sie das, aber sehen Sie vorher bitte nach, wann der morgige Termin stattfindet.«

Ich nicke ihm zu, erhebe mich und sehe auf das Gedeck auf dem Tisch. »Lassen Sie es gleich abholen?«

»Ja, vielleicht auch erst morgen früh, ich bin noch nicht sicher.«

»Alles klar.« Ich wende mich ab und gehe in mein

Schlafzimmer, das gegenüber von Adrians und somit auf der anderen Seite des Wohnzimmers liegt. Ich hole den Kalender, in den ich alle Termine, die wir in Paris haben, eingetragen habe, aus meiner Handtasche. Damit laufe ich zurück zu ihm.

»Wann findet der Termin mit Lacroix statt?«, erkundigt er sich.

»Um halb fünf.«

»Haben wir danach noch einen weiteren Termin?«

»Ja, um neun Uhr treffen Sie Mister Freeman in der Hotelbar.«

»Sie meinen, dass wir ihn treffen.«

»Ich dachte, dass es sich bei Mister Freeman um ein privates Treffen handelt.«

»George Freeman ist zwar ein Freund von mir, aber morgen geht es um etwas Geschäftliches, deshalb wäre es von Vorteil, wenn Sie anwesend sind. Jedoch können wir morgen noch entscheiden, ob ihre Anwesenheit von Nöten ist«

»Geht klar«, entgegne ich.

»Dann schlafen Sie gut, Helena.«

»Sie auch, Adrian.« Ich drehe mich um und begebe mich wieder in das Schlafzimmer, das ich für die nächsten zehn Tage bewohnen werde. Ich bin froh, wenn ich im Bett liege, auch wenn mein Kopf noch Hochtouren arbeitet. Ich ziehe den Bademantel aus, lege ihn über einen der beiden mit grauen Samt bezogenen Hocker, die am Fußende des Betts stehen, und gehe neben das Kopfende. Ich schlage die Decke zurück, dann lege ich mich hinein. Der Duft der Stärke, mit der der Bezug behandelt wurde, steigt mir in die Nase. Ich empfinde ihn nicht als unangenehm, aber ich habe schon Schöneres gerochen. Schließlich mache ich die Augen zu, um zumindest für ein paar Stunden zu schlafen.

Ntz, ntz, ntz … Gitarrensolo … Schlagzeugsolo … Geschrei … ntz, ntz, ntz … Und noch mal von vorn …

Ich schlage die Lider auf und schnaube. »Kennt dieser Mann keine Rücksicht?«, frage ich ins morgendliche Rockkonzert, die mich so unsanft geweckt hat. Mein Blick fällt auf die Uhr. Es ist halb sechs und ich habe nicht einmal drei Stunden geschlafen, dementsprechend übellaunig bin ich. Widerwillig richte ich mich auf, dann schlage ich die Decke zur Seite und schlüpfe aus dem Bett. Ich ziehe den Bademantel über, knote den Gürtel zu und verlasse das Schlafzimmer.

Adrian sitzt gelassen am Esstisch und tippt auf seinem Laptop, während mir fast die Ohren wegfliegen.

»Sind Sie neuerdings schwerhörig?«, brülle ich über den Krach hinweg.

»Was?«, erwidert er laut, dann hebt er den Blick vom Bildschirm. Die Musik verstummt.

»Ob Sie neuerdings schwerhörig sind?«, hake ich aufgebracht nach.

Adrian schürzt die Lippen. »Ich glaube, Ihre Schnarcharie im Flieger hat ihren Tribut gefordert.« Anschließend grinst er.

»Wissen Sie eigentlich, wie spät es ist?«

»Sicher, denn ich habe bisher noch nicht geschlafen,

sondern gearbeitet.« Er betrachtet mich kurz. »Und da Sie wach sind, können Sie mir Gesellschaft leisten.«

Ich schließe kurz die Augen, um die Wut in mich hineinzuschreien. Auch wenn ich keinerlei Töne von mir gebe, fluchen meine Gedanken richtiggehend hysterisch. »Brauchen Sie Hilfe oder wollen Sie bloß jemanden bei sich sitzen haben?«

»Ich langweile mich beim Einlesen, deshalb möchte ich Gesellschaft haben.«

Daraufhin hole ich tief Luft. »Sie scheinen keine Probleme mit dem Wechsel der Zeitzone zu haben, aber ich bin unglaublich müde, deshalb werde ich mich jetzt wieder hinlegen.« Ich wende mich von ihm ab.

»Kommen Sie schon, Helena. Nur eine kleine Weile.«

Kopfschüttelnd mache ich mich auf den Weg in mein Schlafzimmer, doch höre ich seine Schritte hinter mir. Ich lasse mich bäuchlings aufs Bett fallen. »Womit habe ich das eigentlich verdient?«, frage ich ins Laken.

»Ich weiß es nicht.«

Ich hebe den Kopf, um ihn ansehen zu können, auch wenn ich mich beim Blick über meine Schulter ziemlich verrenke. »Was wollen Sie?«

»Mich entschuldigen. Ich habe für den Moment vergessen, dass ich nicht allein bin. Normalerweise muss ich auf den Geschäftsreisen auf niemanden Rücksicht nehmen.«

»Oh wow, Sie haben also doch ein wenig Anstand«, stelle ich schnippisch fest.

Adrian hebt eine Augenbraue. »Helena, es tut mir wirklich leid. Das hat nichts mit meinem Anstand, den Sie scheinbar noch nicht bemerkt haben, zu tun, sondern damit, dass ich schlichtweg vergessen habe, dass Sie nebenan schlafen.«

»Ich habe keine drei Stunden geschlafen. Sie haben mich schon auf dem Flug hierher geweckt, jetzt schon wieder. Wenn das in den nächsten zehn Tagen so weitergeht, schulden Sie mir danach eine ganze Menge bezahlten Urlaub«, entgegne ich ruhiger.

»Ich werde ab sofort Rücksicht auf Sie nehmen.«

»Es wäre schöner, wenn Sie es nicht nur versuchen würden«, lasse ich ihn wissen.

»Ich gebe mir Mühe«, erwidert er und greift damit eine meiner bevorzugten Formulierungen auf.

Ich könnte diesen Kerl auf der Stelle erwürgen, aber dann wäre ich arbeitslos, was nicht förderlich wäre, um meine Schulden zu tilgen. »Gute Nacht, Adrian.« Ich stehe auf und ziehe den Bademantel aus, woraufhin er scharf die Luft einsaugt.

»Gute Nacht, Helena.«

Irritiert sehe ich ihn an. »Wollen Sie mir beim Schlafen zusehen?«

Adrian räuspert sich. »Nein, ich war bloß … in Gedanken.« Er zwinkert mir zu, sieht mich noch einmal von oben bis unten an, dann wendet er sich ab. »Schickes Nachthemd.«

»Danke.«

Er verlässt mein Schlafzimmer und ich lege mich wieder ins Bett. Hoffentlich kann ich bis mindestens elf Uhr schlafen, sonst werde ich wie ein Zombie durch die Straßen von Paris irren.

6

»Sie können zu dem Essen heute Abend keines Ihrer Kostüme anziehen«, sagt mein Boss, als ich aus meinem Schlafzimmer komme.

Ich sehe an mir herunter. »Es ist schwarz, somit edel und sicher auch für diesen Anlass geeignet.«

Adrian schüttelt vehement den Kopf. »Sicher nicht. Haben Sie keine Kleider dabei?«

»Ich besitze keine Cocktailkleider und genauso wenig Abendgarderobe, deshalb muss ich Ihre Frage mit Nein beantworten«, antworte ich freundlich, obwohl ich genervt bin. Der ganze Tag war zum Kotzen und unglaublich anstrengend. Sein Geschäftstermin lief nicht wie erhofft, also habe ich es am Ende abbekommen, womit er mir das erste Mal die Laune verhagelt hat. Dann habe ich mich beim Genuss einer Cola aus der Minibar versaut und musste mich umziehen, anschließend durfte ich mich deshalb noch von ihm auslachen lassen. Und jetzt bekomme ich gesagt, dass ein schwarzes

Businesskostüm nicht für das Essen mit seinem Bekannten geeignet ist.

»Holen Sie Ihre Handtasche. Wir gehen einkaufen.«

Ich hebe eine Augenbraue. »Adrian, das ist übertrieben.«

»Nein, das ist es nicht.«

»Ich kann mir leider keine großen Sprünge erlauben, auch wenn Sie mich gut bezahlen, also nein.«

»Helena, Sie holen jetzt Ihre Handtasche und Ihren Mantel, danach werden wir Ihnen vernünftige Abendgarderobe besorgen.«

»Aber …«

»Hören Sie auf, mir zu widersprechen!«, verlangt er entschieden und zeigt zu meinem Schlafzimmer.

Mit hängenden Schultern trolle ich mich, um meine Sachen zu holen. Der Kerl ist ein verdammter Mistkerl! Warum meint er, dass er mich herumkommandieren kann? Ach ja, weil ich seine persönliche Assistentin bin. Oder wie Alec es gern nennt: Seine Haus- und Hofsklavin.

Als ich zurückkomme, hat er sein Jackett angezogen und den Wollmantel über dem Arm liegen. »Bereit?«, möchte er wissen.

»Na ja«, entgegne ich knapp und steuere die Tür an.

Im Aufzug schweigen wir einander an und ich höre krampfhaft auf die Fahrstuhlmusik, während er mit seinem Handy beschäftigt ist.

Ich atme auf, als sich die Türen im Erdgeschoss öffnen. Beinahe fluchtartig verlasse ich die Kabine und mache mich auf den Weg zum Ausgang. In der frischen Luft angekommen, bleibe ich stehen.

Adrian kommt an meine Seite. »Wir gehen zu Fuß, in der Nähe ist eine nette Boutique, in der Sie sicher fündig werden.«

»Ich bevorzuge ein Kaufhaus, denn ich habe wirklich nicht das nötige Kleingeld, um in einer französischen Boutique einkaufen zu gehen.«

»Ich werde bezahlen, immerhin ist es Arbeitskleidung, die Sie brauchen.«

»Und als Nächstes wollen Sie mir noch Reizwäsche ans Herz legen, oder?«, hake ich nach.

»Ich denke nicht, immerhin bin ich nicht derjenige, der sie an Ihnen sehen wird«, erwidert er trocken, dann bietet er mir seinen Arm an.

Mit skeptischem Blick lehne ich ab.

»Dann nicht«, sagt er gut gelaunt.

Es ist irgendwie komisch, ihn so zu erleben, denn ich kenne ihn eher gestresst und grantig. Der Mann hat viele verschiedene Facetten, jedoch überwiegen die negativen. Deutlich. Ich habe keine Ahnung, warum er ist wie er ist. Manche Frauen stehen vielleicht darauf, aber ich reagiere langsam genervt. Nicht nur langsam. Es kotzt mich seit zwei Wochen an, dass er mich behandelt, als wäre ich sein Hund, statt seine Assistentin.

»Warum haben Sie mir nicht früher gesagt, dass Sie keine Abendgarderobe besitzen?«, erkundigt er sich, als wir gut zweihundert Meter weit gelaufen sind.

»Ich ging nicht davon aus, dass es von Bedeutung ist.«

»Es ist also nicht von Bedeutung, wenn ich sage, dass Sie daran denken sollen, weil wir eine Spendengala besuchen?«, hakt er nach und ich spüre, dass seine Laune sich mit dem Expressaufzug auf den Weg in den Keller macht.

»Natürlich ist es das, aber ich ging nicht davon aus, dass ich Sie wirklich begleiten muss.«

»Helena, Sie sollten meine Worte in Zukunft ernstnehmen, denn ich werde nicht immer so geduldig sein. Wenn Sie mich auf eine Geschäftsreise begleiten, dann auch zu den abendlichen Veranstaltungen, zu denen ich eingeladen wurde. Damit das ein für alle mal klar ist.«

»Ja, Mister Whiteman«, entgegne ich und bin bewusst förmlich. Ich denke, es ist definitiv besser, wenn ich ihn in Zukunft wieder bei seinem Nachnamen nenne, statt seinen Vornamen zu nutzen.

»Warum sind Sie nun wieder förmlich?«

»Es ist besser so.«

»Warum?«, bohrt er noch einmal nach.

»Sie sind mein Boss, ich Ihre Angestellte.«

Adrian schnaubt. »Helena, bleiben Sie bei Adrian. Ich bevorzuge es, denn Mister Whiteman war mein Vater.«

»Also soll die gesamte Firmenbelegschaft Sie in Zukunft mit Ihrem Vornamen ansprechen?«

»Nein, aber Sie sollen es, außer wir haben einen Kundentermin«, erklärt er.

»Warum?«, bin ich nun diejenige, die es hinterfragt.

»Weil es mir lieber ist«, entgegnet er knapp, jedoch entschieden.

»In Ordnung«, gebe ich mich einverstanden und richte den Blick wieder auf den Gehweg, der sich vor uns erstreckt.

»Da wären wir«, stellt Adrian fest, als wir wenige Minuten später vor einer Boutique stehen.

Ich hebe den Blick, lese das Schild und nicke schließlich.

»Gehen wir hinein.«

»Warum wollen Sie dabei sein?«, frage ich irritiert.

»Ich bezahle und ich sehe gern, wofür ich Geld ausgebe«, erwidert er lächelnd, danach betritt er das Geschäft.

Ich folge ihm und lasse meinen Blick schweifen.

Eine Verkäuferin kommt zu uns, doch er übernimmt das Reden. Ich verstehe nur Wortfetzen. *Noir*, *Mademoiselle* und so weiter. Er möchte also, dass ich ein schwarzes Kleid bekomme.

Ich habe inzwischen das dritte Cocktailkleid anprobiert, allerdings ist es anthrazitfarben. Ich fühle mich nicht wohl, verkleidet und aufgeplustert, weil der Rock ausgestellt ist.

»Das sieht gut aus«, meint Adrian, der entspannt in einem der roten Samtsessel sitzt.

Ich hebe eine Augenbraue. »Ich finde es furchtbar.«

»Warum?«

»Ich mag keine ausgestellten Röcke. Ich fände ein Kleid, das eng anliegt, besser.«

»Wir werden Ihnen sowieso mehrere Kleider kaufen, da wir nicht nur einen Termin haben, zu dem Sie sich edler kleiden sollen.«

Ich seufze. »Ich mag es trotzdem nicht.«

»Dann suchen Sie sich ein anderes aus.«

»Könnten Sie wenigstens in dem Café gegenüber einen Kaffee trinken gehen? Ich kann es nicht leiden, wenn jemand auf mich wartet«, lasse ich ihn wissen.

Adrian erhebt sich. »In Ordnung, ich warte dort. Schreiben Sie mir eine Nachricht, wenn Sie fertig sind, dann komme ich wieder her, bezahle und wir können gehen.«

»Alles klar.«

»Und ich hoffe, Sie kommen ohne Dolmetscher zurecht.«

»Ich spreche zwar nur ein wenig Englisch, aber verstehe alles«, mischt sich die Verkäuferin mit sehr starkem französischen Akzent ein.

»Wunderbar, dann bis gleich, aber denken Sie an ein richtiges Abendkleid für die Spendengala«, sagt Adrian und verlässt die Boutique.

Ich atme auf. Zum Glück ist er weg.

»Er ist nicht Ihr Mann, oder?«, erkundigt sie sich.

»Nein, er ist mein Chef.«

»Oh«, stößt sie aus. »Warum kauft er mit Ihnen ein?«

»Weil es Arbeitskleidung ist«, entgegne ich und seufze. »Darf ich mich umsehen?«

»Sicher.«

In dem anthrazitfarbenen Kleid gehe ich auf meinen Feinstrümpfen durch die Boutique. Ich schaue mir beinahe jedes Cocktail- und Abendkleid an.

Drei Cocktail- und ein Abendkleid, die mir gefallen, später schreibe ich Adrian eine SMS. Ich bin froh, dass seine Nummer im iPhone gespeichert ist, sonst hätte ich zu dem Café gegenüber laufen müssen.

Es dauert nicht lang, bis er das Geschäft betritt. »Sind Sie fündig geworden?«, möchte er wissen.

»Ja, ich habe insgesamt vier Kleider gefunden und wusste nicht, ob ich alle nehmen soll oder nicht.«

»Wir nehmen Sie«, sagt er und wendet sich auf Französisch an die Verkäuferin.

Nickend nimmt sie die Kleidungsstücke und geht damit an die Kasse.

Wir folgen ihr. Mein Boss holt sein Portemonnaie heraus und zückt eine schwarze Kreditkarte. Es war klar, dass er eine hat, auf der es kein Limit gibt. Ich wünschte, ich hätte meine schwarze Kreditkarte zurück, aber meine Eltern haben sie sperren lassen, nachdem ich ihnen sagte, dass ich nichts mehr mit ihnen zu tun haben will. Vollkommen normal, denn warum sollten sie noch etwas für mich bezahlen, nachdem ich den Kontakt zu ihnen abgebrochen habe? Ich denke, ich hätte genauso gehandelt.

Adrian bezahlt die Kleider und nimmt die Taschen mit den Kleiderhüllen entgegen. Als ich sie ihm abnehmen will, zieht er sie aus meiner Reichweite. »Ich werde die Taschen tragen.«

»Warum?«, möchte ich irritiert wissen.

»Weil Sie noch Schuhe brauchen und die können Sie dann selbst tragen.«

»Ich habe Schuhe dabei.«

»Auch welche, die zu den Kleidern passen?«

Ich nicke. »Ich habe mehrere Paare eingepackt.«

»Komisch, ich habe bei Ihrem Gepäck gar keine gesehen.«

»Ich zeige sie Ihnen, wenn wir zurück im Hotel sind«, entgegne ich und schenke ihm ein Lächeln.

»In Ordnung.«

Gemeinsam machen wir uns auf den Weg zurück ins Hotel.

~

Als wir wieder in der Suite sind, stellt Adrian die Taschen aufs Sofa. »Wo haben Sie Ihre Schuhe versteckt?«

»In meinem Koffer. Ich hole sie.« Ich wende mich von ihm ab und gehe in mein Schlafzimmer. Aus dem Trolley hole ich die verschiedenen Beutel mit meinen Schuhen. Drei Paar habe ich außer dem, das ich gestern getragen haben, in den Koffer bekommen. Ich nehme sie heraus und nehme sie mit ins Wohnzimmer. »Hier sind sie.« Anschließend packe ich sie aus.

»Sie haben zwei Paar schwarze Pumps und ein rotes Paar High Heels dabei. Keines davon passt zu Ihren Kleidern, außer den Schuhen, die Sie gerade tragen.«

»Man muss es angezogen sehen und kann es jetzt noch nicht wissen«, erwidere ich lächelnd.

»Ich bezweifle, dass es gut aussehen wird.«

Ich verdrehe die Augen. Ist er jetzt auch noch Modeexperte? Klar, er sieht nicht schlecht aus, sogar absolut atemberaubend, aber er kann doch nicht wissen, welche Schuhe zu welchem der neuen Kleider passen.

»Ich bin dafür, dass Sie heute Abend eines der schwarzen Kleider mit den schwarzen High Heels anziehen.«

Ich nicke knapp.

»Und stellen Sie irgendwas mit Ihren Haaren an, es ist kaum zu ertragen, dass Sie sie immer offen tragen.«

Meine Augenbraue flippt in die Höhe. »Wie bitte?«

»Sie sollten Ihr Haar hochstecken.«

»Warum?«

»Es sieht edler aus.«

Daraufhin entfährt mir ein Schnauben. »Ich werde sehen, was ich tun kann.«

»Sehr gut, dann sollten Sie sich jetzt fertigmachen. In eineinhalb Stunden müssen wir bei unserem Termin mit Mister Freeman sein.«

Genervt sammle ich meine Schuhe ein, nehme die Taschen an mich und bringe alles in mein Schlafzimmer. Als ich dort bin, hole ich schwarze Unterwäsche aus meinem Trolley, schnappe mir den Bademantel und gehe ins Bad. »O Gott, tut mir leid«, stoße ich aus, als ich Adrians nackten Hintern sehe. Aber ich bin erstarrt, ich kann nicht anders, als die ganze Zeit hinzuschauen.

Er räuspert sich. »Müssen Sie unter die Dusche?«

»Äh ja«, erwidere ich überfordert und hebe den Blick.

Über seine Schulter hinweg sieht er mich an. »Dann gehen Sie zuerst.« Er nimmt sich das Handtuch, das er über die Tür der Duschkabine gelegt hat, und bindet es um seine Hüften.

Als er an mir vorbeigeht, schaue ich auf den Boden. Gott, warum habe ich ihm auf den Arsch gestarrt? Warum muss dieser Kerl denn so unverschämt gut aussehen? Ist es nicht eher normal, dass so intelligente Männer aussehen, als wären sie aus irgendeinem Tunnel gekrochen? Nein, das ist oberflächlich und so bin ich nicht. Jedenfalls nicht immer.

Adrian hat die Tür hinter sich geschlossen und ich atme erleichtert auf. Ich entledige mich meines Kostüms, dann steige ich in die Duschkabine, die vollkommen verglast ist. Sie steht mitten im Raum und hat mehrere Duschköpfe, was ich schon gestern Abend unheimlich entspannend fand. Ich drehe das heiße Wasser an, reguliere die Temperatur mithilfe des kalten und schließe die Augen, als es ideal temperiert auf mich niederprasselt.

Ich seife meinen Körper ein, shampooniere mein Haar und genieße die Wärme, die meine Muskeln lockert.

Gerade, als ich meinen BH angezogen habe, klopft es. Adrian betritt das Bad. »Super, Sie sind fertig.« Er geht an mir vorbei, lässt das Handtuch fallen und steigt in die Duschkabine.

Ich bin etwas verdattert, aber werde nichts sagen. Ich ziehe den Bademantel über, dann verlasse ich den Raum. Hoffentlich hat er nicht zu genau hingesehen. Es ist befremdlich, dass er einfach so ins Bad kommt, während ich noch nicht ganz fertig bin. Er hätte doch warten können. Es wäre besser gewesen, wenn ich in einem anderen Hotel abgestiegen wäre, denn ich bezweifle, dass es auf Dauer gut geht, dass er und ich die Suite miteinander teilen.

Ich nehme die Bürste vom Nachttisch und kämme mein nasses Haar. Eigentlich müsste ich noch mal ins Bad, um es zu föhnen, doch werde ich es nicht betreten, bevor Adrian es verlassen hat. Ich muss zugeben, dass ich gern mehr von seinem nackten Körper sehen würde, aber diese Gedanken sollte ich mir schnellstmöglich aus dem Kopf schlagen. Er ist mein Boss, also würde es komplett in die Hose gehen, wenn ich in die Vollen gehe und mit ihm flirte. Vielleicht werde ich es aber doch tun und das nächste Spiel beginnen. Er soll merken, dass er nicht jede Frau haben kann. Allerdings hat er bisher jedes meiner Spiele so gut gespielt, dass ich am Ende diejenige war, die eine Niederlage einstecken musste. Im Moment führt er punktemäßig bei unserem kleinen Machtkampf.

Nachdem er endlich geduscht und sich angezogen hatte, bin ich noch einmal ins Bad gegangen, um mein Haar zu trocknen. Nun bin ich damit überfordert, es hochzustecken, weshalb ich mir einfach eine Spange aus meinem Kulturbeutel nehme, den Zopf eindrehe und ihn dann an meinem Hinterkopf feststecke. Make-up habe ich bereits aufgelegt, jedoch dezent, damit ich nicht aussehe, als hätte man mich angemalt. Es fehlt nur noch das Kleid. Strümpfe und Unterwäsche trage ich schon. Ich hole das schwarze Cocktailkleid, das an den Säumen mit Spitze abgesetzt ist, aus der Hülle und löse das Etikett ab, dann versuche ich, den Reißverschluss zu schließen.

Es gelingt mir nicht.

Seufzend steige ich in meine High Heels, schließe die Riemchen an meinen Knöcheln und gehe ins Wohnzimmer. »Adrian?«

Er hebt den Blick von seinem Tablet. »Ja?«

»Könnten Sie mir helfen, das Kleid zu schließen? Ich komme nicht an den Reißverschluss.«

»Sicher.« Mein Boss legt das Gerät auf den Tisch, steht auf und kommt zu mir. Er sieht zu mir herunter. »Sie müssen sich umdrehen«, raunt er, als unsere Blicke einander begegnen.

»Oh.« Ich drehe ihm den Rücken zu.

Seine warmen Hände greifen an den Zipper und das Kleid in meinem Rücken. Sie streifen meine Haut, als er den Reißverschluss langsam schließt.

Ich schließe die Augen, um das Gefühl seiner sanften Berührung zu genießen.

»Sie sollten Ihr Haar vielleicht doch offen tragen. Hochsteckfrisuren machen Sie älter.«

Aus der Traum von einem schönen Moment. Ich wende mich zu ihm um. »In Ordnung.«

»Vielleicht stecken sie einfach zwei Strähnen am Hinterkopf zusammen, so ist es nicht ganz offen, aber auch nicht zu streng nach oben gesteckt«, schlägt er vor.

Ich nicke ihm zu, dann gehe ich noch einmal ins Bad. Seufzend löse ich die Spange, kämme mein langes rotblondes Haar und stecke zwei Strähnen an meinem Hinterkopf fest.

»So gefallen Sie mir schon besser, Helena«, sagt er, als er zu mir kommt. Adrian stellt sich neben mich und greift nach einem Parfüm, von dem er zwei Spritzer aufträgt.

Der Duft umspielt meine Sinne. Es ist ein leichter

Duft, der ihn immer umgibt, aber nun kann ich endlich nachsehen, welcher es ist – na ja, sobald er den Raum verlassen hat. »Danke«, erwidere ich schließlich und trage ebenfalls etwas von meinem Parfum auf. Ich benutze kein teures, aber es scheint ihm zu gefallen, da er mir die diamantförmige Flasche aus der Hand nimmt.

»Wish von Chopard?«, fragt er.

»Ja, wieso?«

»Ich hatte Sie für jemanden gehalten, der süßere Düfte benutzt«, meint er und lächelt mich an, dann legt er die Flasche neben seine.

»Nein, ich mag keine süßen Düfte. Die riechen bei mir meistens, als hätte ich mich mit Marzipan eingerieben.«

Adrian lacht leise. »Dann sind Sie also ein nussiger Typ.«

»Was auch immer das zu bedeuten hat«, entgegne ich amüsiert. Ich kontrolliere noch einmal mein Aussehen im Spiegel, schüttle mein Haar ein wenig auf, damit meine Naturwellen zur Geltung kommen, und nicke meiner Reflexion zu.

»Können wir aufbrechen?«, erkundigt er sich.

»Ja, ich hole bloß meinen Mantel.« Anschließend lasse ich ihn allein.

Im Wohnzimmer treffen wir uns wieder. Ich trage meinen schwarzen Wollmantel über dem Kleid, er trägt einen anthrazitfarbenen über seinem dunkelblauen Anzug. Er nimmt die Schlüsselkarte an sich, danach geht er zur Tür. »Kommen Sie, Helena.« Er streckt seine Hand nach mir aus.

Ich schultere meine Handtasche, knöpfe meinen

Mantel zu und verknote schließlich den Gürtel. Dann lassen wir die Suite hinter uns.

Als wir auf der Straße stehen, fährt eine schwarze Limousine vor. Ein Mann steigt aus und spricht Adrian an. Wieder einmal unterhält er sich auf Französisch. »Er ist unser Chauffeur, falls Sie in den nächsten Tagen irgendwo hinfahren möchten, fahren Sie mit Pasquale.«

»Okay.«

Der Chauffeur öffnet die hintere Beifahrertür und Adrian lässt mich als Erstes einsteigen. »Merci«, wende ich mich an die beiden. Ich rutsche hinter den Fahrersitz und bin erstaunt, dass ich so viel Beinfreiheit habe, obwohl es sich hierbei um keine Stretch-, sondern um eine Mercedes Limousine handelt.

Adrian setzt sich neben mich, dann wird die Tür neben ihm zugeworfen, weshalb ich zusammenzucke. »Schreckhaft?«

»Manchmal«, antworte ich und spüre erneut Hitze in meinen Wangen aufsteigen.

Pasquale steigt ein und fährt ziemlich ruckartig los. Ich halte mich am Türgriff fest, bis sich sein Stil normalisiert hat und mich nicht mehr an einen NASCAR-Fahrer erinnert. Ich hoffe nur, dass ich in einem Stück im Restaurant und später auch wieder im Hotel ankomme.

Als ich zu meinem Boss schaue, tippt er auf seinem Handy herum. Ich kann bloß sehen, dass er eine WhatsApp Nachricht schreibt, aber nicht, was er genau formuliert. Bloß den Namen Leon kann ich erkennen. »Haben Sie eigentlich ein gutes Verhältnis zu Ihrem Bruder?« Irgendwie muss ich ja ein Gespräch anfangen, um die Fahrzeit totzuschlagen.

»Mal so, mal so.«

Ich betrachte ihn, als er den Blick vom Display hebt und mich ansieht. »Wie meinen Sie das?«

»Mal ist es sehr gut, mal ist es angespannt, weil wir verschiedene Meinungen vertreten. Wie es unter Geschwistern eben so ist.« Er zieht den rechten Mundwinkel hoch und zeigt mir ein halbes Lächeln. »Das Verhältnis zu Ihren Geschwistern ist nicht besonders innig, oder? Ich meine, Sie haben gestern so etwas gesagt.«

»Wir verstehen uns, aber sind ziemlich verschieden«, lasse ich ihn wissen. »Das Verhältnis zu meinem jüngeren Bruder ist ganz gut, aber zu meiner Schwester ist es recht kalt.«

Er nickt. »Sehen Sie die beiden regelmäßig?«

»Nein, nicht mehr, seit ich mit meinen Eltern gebrochen habe.«

»Dann feiern Sie auch kein Weihnachten mit Ihrer Familie?«

Daraufhin schüttle ich den Kopf.

»Das ist ziemlich traurig.«

»Das kann man sehen, wie man will. Ich vermisse es nicht, da die Weihnachtsfeste mit meiner Familie immer sehr stressig waren.«

»Ich finde es traurig. Gerade dieser weihnachtliche Stress macht das Fest doch erst zu etwas Besonderem.«

Ich kichere. »Finde ich nicht. Ich war immer froh, wenn es vorbei war.« Dann räuspere ich mich. »Feiern Sie Weihnachten mit Ihrer Familie?«

»Letztes Jahr nicht, da habe ich es in der Firma

verbracht, weil ein sehr wichtiger Deal meine Aufmerksamkeit erfordert hat.«

»Und kommendes Weihnachten?«, erkundige ich mich.

»Das werde ich wieder mit meiner Mutter, Leon und Freunden der Familie feiern.«

Ich nicke. »Klingt stressig.«

»Das ist es nicht. Wenn ich keine Lust mehr habe, ziehe ich mich zurück«, erzählt er lächelnd.

Ich erwidere es leicht. »Feiern Sie zu Hause?«

»Ja, meine Mutter veranstaltet dort immer ein großes Fest.«

»Klingt schön.«

»Und stressig, nicht wahr?«, sagt er gut gelaunt.

Ich verziehe meine Lippen zu einem breiteren Lächeln und ziehe die Schultern hoch. »Es klingt nach einem aufregenden, aber auch schönen Fest.«

Sein Blick fällt auf meinen Hals. »Was für eine Kette tragen Sie da?«

Ich lege meine Fingerspitzen auf den Anhänger. »Das ist ein Erbstück.«

Adrian beugt sich zu mir und schiebt meine Finger zur Seite. »Von wem?«

»Ich habe die Kette mit der Feder von meiner Großmutter bekommen, bevor sie gestorben ist«, lasse ich ihn wissen.

Er nimmt den Kettenanhänger zwischen seine Finger und betrachtet ihn. »Es ist ein wirklich schöner Anhänger.«

»Danke.«

»Legen Sie ihn je ab?«

Ich schüttle den Kopf. »Nein, ich trage diese Kette, seit ich sie bekommen habe.«

»Ihre Großmutter war sicher stolz auf Sie, nicht wahr?«, möchte er wissen, lässt die Kette los und richtet sich auf. Adrian sieht mir direkt in die Augen, wobei ich aufpassen muss, dass ich mich nicht in dem Blau seiner Iriden verliere.

»Ich weiß es nicht.«

»Hat Sie es Ihnen nie gesagt?«

Einmal mehr schüttle ich den Kopf. »Meine Großmutter war immer sehr distanziert. Ich glaube, das lag an ihrer eigenen Erziehung, aber sie hat mir trotzdem viel bedeutet.«

»Mein Vater war auch ein sehr distanzierter Mensch, meine Mutter ist es auch, aber sie haben uns trotzdem immer gesagt, was wir ihnen bedeuten«, meint er.

»Immerhin.«

»Haben Ihre Eltern es Ihnen nie gesagt?«

Ich hole tief Luft. »Meine Eltern sind ein Fall für sich.«

»Das heißt?«

»Wir wurden immer darauf gedrillt, Leistung zu bringen, aber sie haben uns nie besonders herzlich behandelt. Wir hatten Privatlehrer, Reitunterricht, sollten Instrumente lernen, aufs College gehen und ich sollte irgendwann die Firma übernehmen, nachdem meine Schwester sie nicht wollte … All das war das Ergebnis ihrer sehr … liebevollen Erziehung.«

»Es tut mir leid, dass Sie so streng erzogen wurden«, sagt er.

Daraufhin winke ich ab. »Dafür habe ich mir fest

vorgenommen, meine Kinder, die ich vielleicht mal habe, anders behandeln werde.«

»Das heißt?«, hakt er interessiert nach.

»Das heißt, dass ich ihnen jeden Tag zeigen werde, dass ich sie liebe und sie nicht unter Druck setzen werde«, antworte ich aufrichtig. »Aber dafür muss ich erst mal Kinder haben und derzeit sieht es nicht so aus, als würde der passende Partner um die Ecke kommen.«

Adrian legt den Kopf schief. Die Art und Weise, auf die er mich betrachtet, ist unangenehm. »Sind Sie sehr wählerisch, was Männer betrifft?«

»O Gott, müssen wir wirklich über dieses Thema sprechen?«

Er nickt. »Es würde mich sehr interessieren.«

»Warum?«

»Weil ich gern mehr über Sie erfahren würde. Ihre Personalakte ist sehr … geheimnisvoll.«

Ich verstehe einfach nicht, warum es ihn interessiert. »Was hat mein Männergeschmack mit meiner Arbeit zu tun?«

»Nichts, dennoch haben wir nicht immer nur in der Firma miteinander zu tun und vielleicht kenne ich jemanden, der zu Ihnen passen würde«, sagt er freundlich.

Überfordert lache ich auf. »Ich möchte mich nicht von Ihnen verkuppeln lassen, aber danke für das Angebot.«

Adrian seufzt. »Gut, dann lassen wir dieses Thema fallen.«

»Danke sehr«, stoße ich aus und bin froh, dass er von selbst darauf gekommen ist, dass ich nicht darüber sprechen möchte. Nun gut, ich habe ihm einen kleinen

Schubs in die richtige Richtung gegeben, aber trotzdem hat er es fast allein geschafft. Manchmal frage ich mich, warum Männer so begriffsstutzig sind.

Pasquale parkt und wendet sich an Adrian.

»Merci, Pasquale«, erwidert er und sieht mich wieder an. »Wir sind da.«

»Sehr gut, ich dachte schon, dass diese Fahrt nie enden würde.«

Pasquale steigt aus, anschließend wird die Tür neben Adrian geöffnet.

Wir verlassen die Limousine und auf dem Gehweg bietet er mir noch einmal seinen Arm an.

»Adrian, ich denke nicht, dass ich mich bei Ihnen einhaken sollte. Die Leute könnten annehmen, dass ich Ihre Partnerin statt Angestellte bin.«

»Ein Nein hätte ich auch gelten lassen, aber ich bin es gewöhnt, eine Dame in ein Restaurant zu führen.«

»Gut, dass ich keine Dame bin.« Diesmal zwinkere ich ihm zu und gehe vor ihm weg zum Eingang des Restaurants.

Adrian kommt an meine Seite und öffnet die Tür für mich. »Ich schätze, dass George schon da ist.«

Wir betreten das Lokal und werden von einem Kellner in Empfang genommen. Scheinbar kennt man Adrian, denn er wird mit Namen begrüßt und schon wenige Sekunden später werden wir zu einem Tisch geführt. Ich folge Adrian und dem Kellner und bemühe mich, meinen Blick nicht schweifen zu lassen. Das letzte Mal war ich mit zwölf in Paris, sonst sind wir in den Ferien in die Karibik geflogen, weil meine Eltern ständig dorthin wollten. Ich war immer diejenige, die nach

London, Paris, Rom und Madrid wollte, jedoch selten bis gar nicht erhört wurde.

»Adrian, großartig, dich zu sehen, mein Freund«, sagt Mister Freeman – da wir nur ihn treffen, gehe ich fest davon aus, dass er es ist – erfreut.

»George, hallo.«

Die beiden umarmen sich brüderlich, während ich daneben stehe.

»Darf ich dir Helena Johnson, meine persönliche Assistentin vorstellen?«, fragt Adrian schließlich.

Mr. Freeman sieht mich an. »Guten Abend, Miss Johnson, freut mich, Sie kennenzulernen.«

Ich schüttle seine Hand kurz. »Guten Abend, Mister Freeman, es freut mich ebenfalls.«

»Darf ich Ihnen den Mantel abnehmen?«, wendet sich Adrian an mich.

»Ich …«

Er hebt seine kantige Augenbraue.

»… danke Ihnen.« Ich öffne den Gürtel sowie die Knöpfe, bevor er hinter mich tritt, um mir aus dem Wollmantel zu helfen.

Adrian gibt meinen Mantel einem Kellner, der auch seinen an sich nimmt und wegbringt. Danach rückt er mir den Stuhl zurecht.

George Freeman betrachtet mich neugierig. »Seit wann sind Sie Adrians Assistentin?«

Ich sehe ihn ratlos an. »Seit etwa drei Wochen.«

Daraufhin nickt er. »Und Sie sind noch nicht schreiend weggelaufen?« Mr. Freeman sieht meinen Boss amüsiert an. »Das scheint ein neuer Rekord für dich zu sein, Adrian.«

Mein Boss erheitert sich ebenfalls darüber, doch sagt er nichts.

Ich beuge mich zu Adrians Freund, sodass er mir auch ein wenig entgegenkommt. »So ganz unter uns, Mister Freeman: Ich arbeite darauf hin, dass Mister Whiteman schreiend wegläuft.«

Adrian lacht auf. »Was denkst du, George, wie soll ich gegen so viel Schlagfertigkeit ankommen?«

»Schätze, du musst damit leben, dass dir endlich jemand gewachsen ist, Kumpel.«

Der Kellner kommt zu uns zurück. Fragend sieht er mich an, woraufhin ich Hilfe suchend zu Adrian schaue.

»Was möchten Sie trinken, Miss Johnson?«, erkundigt er sich.

»Ein Glas Wasser, bitte«, erwidere ich etwas überfordert.

George hebt eine Augenbraue. »Sprechen Sie kein Französisch?«

»Nein, leider nicht, aber andere Sprachen«, entgegne ich.

»So? Und welche?«

Ich atme tief durch. »Neben Englisch spreche ich Deutsch, Russisch und Italienisch.«

»Beachtlich, gerade Russisch ist eine sehr schwere Sprache«, sagt er anerkennend. »Und das ist eine Sprache, die unserem Adrian nie gelegen hat.« George schmunzelt.

»Bloß, weil sie mich nie so sehr interessiert hat, wie andere Sprachen«, kontert er. »Dafür habe ich andere Qualitäten.«

»Und er spricht fließend Französisch, was ich bewundernswert finde«, springe ich für ihn in die Bresche und würde mir am liebsten auf die Zunge beißen, als mich beide verwundert ansehen. »Pardon«, nuschle ich und sehe auf den Tisch vor mir. Nervös beiße ich mir auf die Unterlippe und hoffe, dass sie mich nicht noch einmal in ihre Unterhaltung miteinbeziehen.

»Nun, Miss Johnson, darf ich Sie Helena nennen?«, fragt George.

»Meinetwegen.« Ich hasse es, dass meine Kopfhaut und mein Nacken kribbeln, wenn ich nervös werde. Es ist wirklich zum Verrücktwerden, denn am liebsten würde ich mich durchweg kratzen, was ich in dieser Umgebung nicht tun kann. Es würde alle Blicke auf mich ziehen und das möchte ich tunlichst vermeiden.

»Also, Helena, wie ist es dazu gekommen, dass Sie für Adrians Firma arbeiten?«, erkundigt sich Mr. Freeman. »Und nennen Sie mich bitte George, es soll ja fair bleiben.«

»Es war ganz unspektakulär. Ich habe mich nach meinem Studium auf eine Stelle in der Buchhaltung beworben und sie bekommen«, erzähle ich mit einem weiteren Anflug von Unbehagen.

»Haben Sie nur eine Bewerbung geschrieben?«, fragt er weiter.

»Nein, ich habe mich bei allen größeren Unternehmen beworben«, erwidere ich, denn für mich ist es vollkommen normal, dass man nicht nur eine Bewerbung schreibt, wenn man einen Job will. Eigentlich hätte es gar nicht so weit kommen dürfen, da ich Johnson Trust übernehmen sollte, so war jedenfalls der Plan, bis mein Vater ihn mit einem einzigen Satz zerschmettert hat.

»Bei welchen?«, bohrt George tiefer.

»Hammerson Inc., Maxwell Inc., Hartman Inc. und bei einigen anderen Firmen.«

Nun wirkt Adrian ebenfalls sehr interessiert. »Auf welche Stellen haben Sie sich dort beworben?«

»Ich habe mich auf so ziemlich jede ausgeschriebene Stelle beworben.«

»Sie wissen, dass Hartman Inc. seinen Sitz in San Diego hat, nicht wahr?«, mischt George sich wieder ein und trommelt mit den Fingerspitzen gegen sein Weinglas, das im Gegensatz zu Adrians und meinen Gläsern bereits gefüllt ist.

»Ja, aber die genannten Firmen gehören zu den ganz großen, deshalb war es mir egal, wohin es mich nach dem Studium verschlägt«, lasse ich die beiden wissen.

»Hatten Sie von diesen Unternehmen auch Zusagen?«, fragt Adrian interessiert.

Ich nicke bloß. Oje, ich hätte nicht sagen sollen, dass ich mich auch bei anderen Unternehmen beworben habe.

Er hebt eine Augenbraue, außerdem wirkt er nun kühl und distanziert. »Bei welchen?«

»Bei allen, aber ich habe mich letztlich für Ihre Firma entschieden, weil mich der Job am meisten gereizt hat, außerdem fing mein bester Freund bei Maxwell Inc. an und ich wollte nicht, dass wir beide dort tätig sind und eventuell nicht mehr zum Arbeiten kommen, weil wir nur noch miteinander quatschen«, erkläre ich, während ich innerlich den Kopf über mich schüttle. Was geht es die beiden denn an, warum ich letztlich den Job in Adrians Unternehmen angenommen habe?

»Soso, Ihr bester Freund arbeitet also für Tristan«, stellt er tonlos fest. »Ich hoffe, Sie halten sich an Ihre Schweigepflicht.«

»Natürlich, Mister Whiteman«, entgegne ich im Brustton der Überzeugung. »Ich wüsste nicht, warum ich dagegen verstoßen soll.«

»Nun, Ihr bester Freund arbeitet für Tristan, der einer meiner größten Gegenspieler ist.«

»Allerdings sind Sie auch mit ihm befreundet, was Sie mir selbst erzählt haben«, gebe ich zu bedenken.

Adrian schnaubt. »Mag sein, dennoch weiß ich nicht, ob ich Ihnen nun noch mein Vertrauen schenken kann.«

»Mein bester Freund arbeitet dort als stellvertretender Personalleiter. Würde ich Firmengeheimnisse ausplaudern, säße er sicher gleich neben dem CEO und würde das Leben genießen, statt zu arbeiten.« Ich kann nichts dafür, dass ich schnippisch werde. Aber ich hasse solche Verdächtigungen, die weder Hand noch Fuß haben. »Ich versichere Ihnen, dass ich *nicht einmal* über Firmengeheimnisse gesprochen habe, außer es ist verboten, sich über seinen Chef auszulassen, weil dieser gelegentlich sehr unfreundlich ist«, fahre ich angesäuert fort.

George räuspert sich. »Ich bezweifle, dass Miss Johnson irgendwelche Firmengeheimnisse ausplaudert. Du übertreibst maßlos, Adrian.«

»Es ist nicht nötig, dass Sie für mich in die Bresche springen, George«, entgegne ich. »Und ich denke, es ist besser, wenn ich nun zurück ins Hotel gehe. Das hier ist ein privates Treffen, bei dem ich nicht zwingend anwesend sein muss.« Ich erhebe mich.

»Setzen Sie sich, Miss Johnson«, sagt Adrian bestimmt.

»Ich denke ja gar nicht daran«, schieße ich zurück, nehme meine Handtasche und wende mich vom Tisch ab. Dieser aufgeblasene, scheißarrogante und blöde Wichser! Ich weiß, warum ich meinem Chef menschlich nichts abgewinnen kann! Weil er ein verdammter Mistkerl ist, der unter Paranoia leidet. Ich lasse mir meinen Mantel geben und ziehe ihn ohne Hilfe an, weshalb der Kellner etwas überfordert wirkt, dann verlasse ich das Restaurant. Es ist mir schleierhaft, wie ich zum Hotel finden soll, aber schlimmstenfalls nehme ich mir ein Taxi. Aus Filmen weiß ich, dass man mit Kreditkarte bezahlen kann, ansonsten finde ich auf dem Weg zu einem Taxistand – sofern es hier so was gibt – sicher einen Geldautomaten. Ich hoffe es zumindest.

»Helena!«, ruft Adrian, aber ich bin schon zu weit vom Restaurant weg, als dass er mich überhaupt noch sehen könnte.

7

Ich koche vor Wut. Ich habe mehr als eine Stunde zum Hotel gebraucht und dort wollte man mir nicht einmal eine zweite Schlüsselkarte aushändigen, weil ich nicht die Hauptbewohnerin der Suite bin. Mein Vorschlag, Adrian anzurufen und sich meinen Aufenthalt in der Suite bestätigen zu lassen, wurde ignoriert. Nun sitze ich in der Lobby und warte darauf, dass er sich blicken lässt. Seit einer weiteren geschlagenen Stunde!

Gemeinsam mit George betritt er die Lobby schließlich. Adrian sieht mich und kommt auf mich zu. »Wir müssen uns dringend unterhalten.«

»Zuerst muss ich aus diesen Schuhen raus und mich beherrschen, Ihnen nicht den Kopf abzureißen«, erwidere ich ungewöhnlich ruhig, doch innerlich schreie ich ihn an. Ich erhebe mich und drehe mich weg, als er mich unsanft am Arm packt und zu sich zieht. Eingeschüchtert sehe ich ihn an.

»Wir unterhalten uns«, sagt er entschieden und mit rauer Stimme, wegen der es mir eiskalt den Rücken herunterläuft. »Haben wir uns verstanden?«

Ich schlucke. »Lassen Sie mich auf der Stelle los«, knurre ich.

Doch, statt meinen Wunsch zu erfüllen, bringt er mich, ohne mich loszulassen, zum Aufzug.

»Adrian, lassen Sie mich los«, verlange ich erneut.

»Adrian, lass sie los. Du übertreibst maßlos«, mischt sich George, der die Szene mitbekommen hat, ein.

»Fahr ins Hotel, George, das ist eine Sache zwischen meiner Angestellten und mir«, sagt mein Boss, ohne mich aus den Augen zu lassen.

»Lass Sie wenigstens los«, beharrt sein Freund entschieden.

Daraufhin lösen sich Adrians Finger von meinem Oberarm, doch ein gewisser Schmerz bleibt. »Steigen Sie in den Aufzug, Helena.«

»Ich werde mir ein anderes Hotel suchen«, lasse ich ihn wissen, bevor ich die Kabine betrete.

»Ich melde mich morgen wegen eines neuen Treffens, George«, verabschiedet sich Adrian von seinem Freund, dann folgt er mir.

»Bis dann«, entgegnet George perplex.

Adrian betätigt den Knopf für unsere Etage, die Türen schließen sich und ich ahne, dass ich mich im Auge des Sturms befinde. Gleich wird es erst so richtig losgehen und ein heilloses Chaos nach sich ziehen. »Sie sind also der Meinung, dass Sie mich vor einem Freund und Geschäftspartner bloßstellen können?«, beginnt er gefasst.

»Ich bin der Meinung, dass Sie mir Vertrauen entgegenbringen sollten, immerhin bin ich Ihre Assistentin.«

»Und Sie meinen, dass Sie das jetzt noch sind, nachdem Sie sich wie ein bockiges Kind verhalten haben?«, hakt er nach.

Ich weiche seinem Blick aus, senke meinen und sehe seine Schuhe in mein Blickfeld treten. Seine Hand umfasst mein Kinn, jedoch bin ich froh darüber, dass er dabei sanfter vorgeht, als vor wenigen Augenblicken in der Lobby.

»Denken Sie wirklich, dass Sie noch für mich arbeiten, Helena?«

»Ich denke, dass ich Ihnen, da ich nun arbeitslos bin, sagen kann, was Sie für ein mieses Arschloch sind und dass Sie mir den Flug zurück in die Staaten bezahlen werden«, antworte ich mit einem Anflug von Trotz. Niemand hat je behauptet, dass man mit sechsundzwanzig Jahren vollkommen erwachsen sein muss.

»Gut, dass wir uns einig sind, dass Sie gekündigt haben, dann muss ich mich auch nicht länger zusammenreißen.« Kaum hat er die Worte ausgesprochen, drückt er seine Lippen auf meine. Sein Kuss ist fest, unsanft und nach Leidenschaft suche ich vergeblich, doch zieht er mich völlig in seinen Bann. Adrian drängt mich gegen die Kabinenwand, seine linke Hand streift mein Bein und schiebt meinen Mantel sowie mein Kleid hoch, während seine rechte immer noch mein Gesicht festhält.

Ich weiß, ich muss mich gegen ihn wehren, aber ich bin in diesem Moment gefangen.

Schließlich gibt er mein Kinn frei, zieht seine Finger von meinem Bein zurück und schiebt seine Hände unter meinen Po. Er hebt mich hoch und ich spüre seinen Schwanz an meiner Mitte. Sein Kuss wird leidenschaftlicher. Adrian drängt seine Zunge in meinen Mund, forsch fordert er meine zu einem feurigen Tanz heraus. Und ich kann nicht anders, als mich darauf einzulassen. Schon nach kurzer Zeit löst er sich von meinen Lippen, neigt den Kopf und liebkost meinen Hals.

Ich schließe die Augen.

»Das will ich, seit ich dich in deiner Unterwäsche gesehen habe«, raunt er gegen meine Haut.

Mir läuft es eiskalt den Rücken hinunter. »Was tun wir hier?«, frage ich keuchend, weil er seine Härter fest gegen meine Mitte drückt.

»Das einzig Richtige, um uns abzureagieren«, antwortet er mit rauer Stimme.

Der Aufzug hält und er trägt mich über den Flur zur Suite. Davor setzt er mich ab, öffnet die Tür und ergreift meine Hand. Adrian bugsiert mich hinein, wirft die Holztür zu und zieht mich an sich. Er sieht mir in die Augen. »Ich weiß, dass du es auch willst.«

Mein Mund klappt auf und zu, doch Worte dringen nicht über meine Lippen.

»Erstaunlich, dass du auch mal sprachlos bist, Helena.«

Ich löse mich von ihm. »Ich sollte ins Bett gehen und morgen sprechen wir wie zwei normale Menschen über das, was heute Abend passiert ist.«

Adrian rückt nach. »Warum läufst du jetzt weg?« Er hebt seine Hand an meine Wange und streichelt mich.

Ich schließe die Augen, aber reiße sie einen Atemzug später wieder auf. »Mister Whiteman … Adrian …

Könnten Sie … Du … Aufhören!«, stoße ich überfordert aus und stolpere zurück. »Ich gehe jetzt ins Bett.« Danach wende ich mich ab und gehe in mein Schlafzimmer.

Er folgt mir. »Warum läufst du vor mir weg?«

In meinem Schlafzimmer drehe ich mich zu ihm um und stelle fest, dass er weder seinen Mantel noch sein Jackett trägt. Wann hat er beides ausgezogen? »Weil es ein Fehler wäre, Ihnen zu nahe zu kommen.«

Seine Augenbraue flippt in die Höhe, als er die Distanz zwischen uns überwindet. Wieder berührt er meine Wange und der Duft seines Parfums steigt in meine Nase, umspielt erneut meine Sinne. Adrians andere Hand greift in meinen Nacken, streichelt mich, bis er die Spange aus meinem Haar löst. Er betrachtet mich, während ich schwer atmend vor ihm stehe, dann öffnet er meinen Mantel für mich.

Und ich? Ich lasse es einfach mit mir machen. Mein Herz schlägt mir bis zum Hals, seine Nähe raubt mir den Verstand und doch weiß ich, dass es ein Fehler ist, ihn so nah an mich heranzulassen.

»Du bist so eine wunderschöne Frau, Helena«, raunt er.

»Wir sollten das wirklich nicht tun, Mister Whiteman«, wispere ich und sehe in seine blauen Augen.

»Und wenn ich es tun will?«, fragt er heiser, dabei streift sein Daumen meine Unterlippe.

Zitternd hole ich Luft. Jede einzelne seiner Berührungen fühlt sich unfassbar gut an. Ich will ihn auch, aber es *ist* ein Fehler. Einer, der mein ganzes Leben beeinflussen kann und es vermutlich auch wird.

»Du hast keine Einwände«, stellt er leise fest und sein

Daumen wird von seinen Lippen abgelöst. Diesmal ist sein Kuss voller Leidenschaft.

Ich lasse mich fallen, restlos überzeugt bin ich nicht und ich weiß, es wird einen Rattenschwanz nach sich ziehen, aber ich kann mich ihm nicht länger entziehen. Ich hebe meine Hände an seine muskulösen Oberarme und kralle mich in seinem Hemd fest.

Adrian greift in meinen Rücken. Langsam zieht er den Reißverschluss meines Kleides herunter. Ich schiebe es von meinen Schultern. Er saugt scharf die Luft ein, betrachtet mich, dann ergreift er meine Handgelenke und legt meine Hände auf seine harte Brust. Ich knöpfe sein Hemd auf und entblöße Stück für Stück seinen Oberkörper, der beweist, dass er eine Menge Sport machen muss. Ich frage mich, wann er die Zeit dafür findet, verwerfe den Gedanken aber schnell wieder.

Als ich den letzten Hemdknopf geöffnet habe, zieht er es aus. Adrian lässt es fallen, anschließend zieht er mich zu sich. Seine Hände landen auf meinem Rücken, dann schiebt er mein Kleid hinunter, dabei geht er in die Hocke. Als es auf dem Boden liegt, richtet er sich auf. Ich steige aus dem Cocktailkleid. Adrian zieht mich an sich und hebt mich hoch. »Wir gehen in mein Schlafzimmer.« Der Klang seiner tiefen erregten Stimme, sorgt für ein Ziehen in meinem Unterleib. Ich verzehre mich nach ihm und kann es kaum erwarten, ihn zu spüren. Ohne ein weiteres Wort zu sagen, trägt er mich durch die Suite in sein Schlafzimmer. Sein Bett steht erhöht, doch er steigt die fünf Stufen problemlos mit mir hinauf. Dann legt er mich auf sein Bett. Adrian bleibt stehen, hebt meine Beine hoch und zieht mir die High Heels aus. Die leichten Berührungen seiner Finger senden Blitze durch meinen Körper, die sich in meinem Unterleib entladen. Danach gleiten seine Handflächen meine Schenkel hinauf, bis sie die Spitze meiner halterlosen Strümpfe erreicht haben. Auch von diesen befreit er mich.

Als er meine Beine freigibt, setze ich mich auf und öffne seinen Gürtel, anschließend seine Hose. Adrian lässt sie zu Boden gleiten, steigt hinaus und drückt mich wieder auf den Rücken. Er kommt über mich, seine Lippen legen sich sanft auf meine und seine Fingerspitzen erkunden meinen Körper. Vorsichtig streifen sie an den Cups meines BHs und meinem Brustansatz entlang, bevor er sie ruppig herunterzieht. Zwischen Daumen und Zeigefinger zwirbelt er den Nippel meiner rechten Brust, bis sich dieser schmerzhaft fest zusammengezogen und aufgerichtet hat. Ich keuche in seinen Mund, wann immer er mich zwickt oder die rosigen Knospen meiner Brüste liebkost und neckt. Seine Lippen lösen sich von meinen, gleiten langsam meinen Unterkiefer entlang, verfolgen eine unsichtbare Spur über meinen Hals und legen sich schließlich um meine rechte Brustwarze. Er saugt an ihr, lässt seine Zunge um sie kreisen und knabbert an ihr, wodurch sich ein Knoten in meiner Mitte bildet. Meine Klit pulsiert und mein Verlangen wird immer größer. Mit einer Hand stützt er sich neben meinem Kopf ab, die andere erforscht meinen Körper. Seine Haut ist warm, elektrisiert meine und ich stöhne auf, als er seine Finger direkt auf meine pulsierende Mitte legt. »Dein Höschen ist feucht«, raunt er, dabei streift sein Atem meinen empfindlichen Nippel. Er schiebt seine

Hand in meinen Slip, zwei Finger zwischen meine Schamlippen.

Wieder entfährt mir ein Stöhnen und ich winde mich unter ihm. Mein Herz schlägt schmerzhaft fest gegen meine Rippen, als würde es versuchen, aus seinem knöchernen Käfig auszubrechen.

Er reibt meine Klit, als ich ins Hohlkreuz gehe und meinen BH öffne. Ich ziehe meine Arme aus den Trägern, während er durch seine Berührungen immer neue Wellen der Lust durch meinen Körper peitschen lässt. Ich lasse mich wieder ins Laken fallen und schließe die Augen. Meine Nerven sind zum Zerreißen gespannt und ich spüre, dass ich jeden Moment in diesem Tsunami der Gefühle ertrinken werde. Doch dann hört er plötzlich auf. Adrian löst sich von meiner Brust, zieht seine Hand aus meinem Slip und schiebt seine Daumen in dessen Bündchen. Langsam zieht er ihn mir aus, dabei streift er meine erhitzte Haut. Seine Berührungen hinterlassen eine Gänsehaut, die von meinem gesamten Körper Besitz ergreift. Er streift seine Boxershorts ab und spreizt meine Schenkel, zwischen die er gleitet. Ohne zu zögern dringt er in mich ein, was mich laut aufstöhnen lässt.

Adrian dehnt mich Zentimeter für Zentimeter, während er sein Becken in mir kreisen lässt. Er sieht zu mir runter und ich kann es kaum erwidern, weil ich immer wieder die Augen schließe. Als ich mir auf die Unterlippe beiße, um mein Stöhnen in meiner Kehle einzusperren, befreit er sie aus ihrer kleinen Gefangenschaft und küsst mich leidenschaftlich. Ich lasse mich in diesen Kuss fallen und bewege mich ihm bei jedem einzelnen seiner Stöße entgegen. Sie kommen schnell, hart, unerbittlich, dabei tun sie alles dafür, um mir das letzte Bisschen meines verbliebenen Verstandes zu rauben.

Sein Schambein reibt über meinen Kitzler, was mich zusätzlich stimuliert. Doch lässt er mich seine Stöße nicht lange genießen, sondern gleitet aus mir. »Geh auf alle Viere«, verlangt er rau und ich tue es sofort.

Ein weiteres Mal dringt er in mich ein, diesmal kraftvoller und so fest, dass mir ein Schrei der Lust entfährt. Mit einer Hand hält er mich fest, während er sich immer wieder in mir versenkt, mit der anderen umfasst er meine Brust und knetet sie, bis er sie über meinen Bauch zwischen meine Beine schiebt. Er reibt meine Klitoris, stößt in mich und ich genieße es, von so hart ihm gefickt zu werden. Dass es ein riesengroßer Fehler ist, vergesse ich in diesem Moment voller Wollust, die mich verzehrt.

»Fester«, verlange ich stöhnend.

Sein Becken klatscht fest gegen meinen Po.

Ich vergrabe meine Finger im Bettlaken, kralle mich in die Baumwolle und lasse die Wirklichkeit in diesem Augenblick los. Vom schwachen Licht, das von der Straße ins Zimmer dringt, werden unsere Schatten an die Wand vor mir geworfen.

Als meine Mitte fest um seinen Schwanz pulsiert und sich immer wieder um ihn zusammenzieht, hält er inne. »Du wirst nicht kommen«, befiehlt er, dabei zieht er seine Hand von meiner Klit. Er beugt sich über mich, dreht meinen Kopf und schiebt mir die Finger, mit denen er meinen Kitzler gerieben hat, in den Mund. Ich schmecke meine salzige Lust auf seiner Haut, als ich an ihnen sauge. Adrian zieht sie wieder zurück, dann küsst er mich.

Hart dringt seine Zunge in meinen Mund ein, umspielt meine und fordert sie zu immer neuen lustvollen Gefechten heraus. Ich verliere den Verstand, nein, ich habe ihn verloren, als er das erste Mal in mich gestoßen hat. Ich hätte nie gedacht, dass so etwas möglich ist.

»Beruhigt?«, fragt er leise, als er den Kuss beendet hat.

»Ja«, hauche ich und sofort stößt er wieder zu. Obwohl ich dachte, mich beruhigt zu haben, reißt es mich mit und ich komme mit einer Wucht, die ich noch nie zuvor erlebt habe.

Adrian dringt schwerfälliger in mich ein, meine zuckende Enge scheint es ihm zu erschweren, doch lässt er sich davon nicht abbringen. Plötzlich haut er mir auf den Hintern, aber ich bin wie im Rausch und stöhne bloß wieder auf. »Stehst du darauf?«

»O Gott«, stoße ich aus, als er es wiederholt. Die Haut an meinem Po brennt, aber es erregt mich unheimlich.

Adrian greift an meine Hüften, fest stößt er in mich, bis er sich gegen meinen Hintern drängt. Er stöhnt leiser als ich auf, als er kommt, doch spüre ich, dass er mit dem ganzen Körper verspannt. Als er sich beruhigt hat, beugt er sich über mich und haucht Küsse auf meine Schultern, meinen Hals und zuletzt auf meine Wange, dabei gleitet er schließlich aus mir. Ich lasse mich auf den Bauch sinken und strecke meine Beine aus. Er legt sich neben mir auf die Seite, dann zieht er mich mit dem Rücken an sich. Wir beide atmen noch schwer, als seine Hand sich zwischen meine Schenkel und auf meinen Venushügel bewegt.

»Hältst du es immer noch für einen Fehler?«, raunt er nach einer Weile.

Ich nicke langsam.

»Das ist … bedauernswert.«

»Für einen guten«, wispere ich, während ich seine Wärme genieße. Es war der beste Fehler meines Lebens, aber ja, es war immer noch ein Fehler. Ich sollte nicht noch einmal zulassen, dass wir so weit gehen.

»Doch nicht bedauernswert«, sagt er leise und seine Finger gleiten erneut zwischen meine Schamlippen.

Ich presse meine Schenkel zusammen. »Ich brauche eine Pause.«

»Sicher?«, fragt er heiser, als er meine Klit streift.

Ich stöhne überrascht auf. »Sehr sogar.«

Seine Hand kommt zum Stillstand, doch lässt er sie auf meinem Venushügel mit seinen Fingern zwischen meinen unteren Lippen liegen. Stattdessen küsst er meinen Hals. »Ich werde dich noch einmal wollen.« Er knabbert an der empfindlichen Haut und gibt mir so kaum die Möglichkeit, wieder zu Verstand zu kommen.

Aber ich liebe es. Ich liebe, dass er mich in diesem Augenblick begehrt, jedoch frage ich mich, wie lange es anhalten wird. Möglicherweise wird er mich nach dieser Geschäftsreise fallen lassen.

Adrian küsst meinen Hinterkopf.

Ich schließe die Augen und spüre, dass ich ruhiger werde. Vielleicht sollte ich mich öfter mit ihm streiten, wenn so wahnsinnig guter Sex die Folge ist. Möglicherweise sollte ich ein richtiges Biest werden. Nein, es wäre ihm gegenüber nicht fair. Dennoch werde ich meinen Plan, ihn verrückt zu machen, weiter verfolgen. Der

Mann hat mir drei Wochen meines Lebens zur Hölle gemacht, nun bin ich dran. Der Sex ist eine nette Beigabe, auch wenn mein Ziel ein anderes ist.

Die Euphorie der letzten Nacht ist am Morgen vollkommen verschwunden. Ich bin aufgewacht und spüre Adrians Wärme an meinem Rücken. Ich kann nicht sagen, ob er wach ist oder noch schläft, denn im Moment wirkt er wie versteinert. Vorsichtig hebe ich seinen Arm, den er um mich gelegt hat, an, dann rutsche ich von ihm weg. Nachdem ich aufgestanden bin, schaue ich zu ihm. Er schläft noch.

Eilig schnappe ich mir meine Unterwäsche, Strümpfe und Schuhe, dann verlasse ich sein Schlafzimmer. Auf leisen Sohlen begebe ich mich in meines, um mir saubere Kleidung zu holen.

Als ich alles habe, schleiche ich mich erneut an ihm vorbei, um ins Bad zu kommen. Das heiße Wasser der Dusche wird es richten und den gestrigen Abend sowie die letzte Nacht von mir abwaschen. Es wird niemals geschehen sein. Nein, es ist passiert und daran kann ich nicht rütteln. Adrian weiß es, ich weiß es und ich bin mir sicher, dass es wieder vorkommen wird. Es ist eine Tatsache, dass ich mich nicht wehren kann, wenn er seine Verführungskünste gegen mich einsetzt. Der Mann weiß zu gut, wie man eine Frau um den Finger wickelt. Und ich bin Wachs in seinen Händen, das er problemlos formen kann. Seufzend steige ich in die Duschkabine, drehe das Wasser an und atme auf, als mich die ersten warmen Tropfen berühren. Zum Glück kommt es nicht eiskalt aus den Brausen, sonst hätte ich ihn sicher mit einem erschreckten Aufschrei geweckt.

Ich seife gerade meinen Körper ein, als ich im Augenwinkel eine Bewegung wahrnehme. Ich drehe den Kopf, um sicherzugehen, und sehe Adrian auf die Kabine zukommen.

Ohne ein Wort zu sagen, kommt er zu mir herein. Er umschlingt mich von hinten und zieht meinen Rücken an seinen muskulösen Bauch. »Guten Morgen«, raunt er mir ins Ohr.

»Guten Morgen«, erwidere ich und winde mich, als er anfängt, meinen Hals zu küssen und meine Brust zu streicheln. »Adrian, ich möchte duschen.«

»Du kannst doch duschen.«

Ich schüttle den Kopf. »Das ist kaum möglich, wenn du mich festhältst und … Oh mein Gott«, stoße ich aus, als seine Hand meine Mitte erreicht und sich seine Finger sofort auf meine geschwollene Klit legen. »Bitte, hör auf.«

Sofort zieht er sich zurück. »Soll ich dich allein lassen?«

»Ja … Nein.« Ich seufze. »Was dir lieber ist.«

»Es sieht so aus, als würdest du dich gerade nicht wohlfühlen.«

»Ich bin ein bisschen durch den Wind«, sage ich mit dem Rücken zu ihm.

»Wegen gestern Abend?«

»Ja.«

»Warum?«

»Weil wir Sex hatten und das nicht hätte passieren dürfen«, antworte ich beschämt. Ich kann doch nichts dafür, dass es mich so mitnimmt. Ich dachte, ich könnte damit umgehen, aber nein, ich kann es nicht. Die Situation überfordert mich.

»Du arbeitest für mich und wir hatten Sex. Das ist nichts Schlimmes«, meint er.

Ich drehe mich zu ihm um, dabei sehe ich ihn perplex an. »Das ist nichts Schlimmes? Du bist mein Boss und ich … Nein, wir hätten professionell bleiben müssen.«

Er hebt eine Augenbraue, betrachtet mich skeptisch. »Du kannst wegen Sex nicht professionell bleiben?«

»Ich bemühe mich, es zu sein, aber das kann ich nicht, wenn du mich gleich wieder befingerst«, antworte ich resigniert.

Adrian tritt einen Schritt näher und mein Blick fällt auf seinen Schwanz. »Ich kann eben meine Finger nicht von dir lassen, seit ich weiß, wie du schmeckst. Oder hast du vergessen, dass ich dir letzte Nacht kaum eine Verschnaufpause gegönnt habe?«

Ich schlucke. »Nein, das habe ich nicht vergessen und ich gebe zu, ich habe es genossen, dennoch sollten wir heute zur Tagesordnung übergehen.«

Sanft umfasst er mein Kinn und hebt es an. Adrian sieht mir in die Augen. »Zur Tagesordnung?«

Wenn ich nicken könnte, würde ich es tun, aber es ist wegen seiner Hand nicht möglich.

»Ich will nicht zur Tagesordnung übergehen und so tun, als wäre nichts passiert, Helena.«

»Sondern?«

»Ich will das, was wir letzte Nacht geteilt haben, nicht aufgeben«, sagt er mit rauer Stimme. »Überleg, ob du es aufgeben willst, damit ich entsprechend handeln kann.«

Ich hole tief Luft. »Das heißt?«

»Solltest du es nicht fortführen wollen, werde ich deine Versetzung zurück in die Buchhaltung veranlassen.« Mit diesen Worten lässt er mein Kinn los und verlässt die Duschkabine.

Verdutzt bleibe ich zurück, doch starre ich seinen Rücken an. »Adrian?«

Er dreht sich zu mir um. »Hm?«

Ich spüle meinen Körper ab und verlasse die Kabine ebenfalls. »Das ist Erpressung.«

»Und?«

»Das ist nicht die feine Art.«

»Oh, ich habe dich letzte Nacht mehr als einmal auf eine nicht feine Art gefickt und jetzt verlangst du sie von mir?«, hakt er skeptisch nach.

Ich greife zum Handtuch und wickle es um meinen Körper. »Ich verlange sie, wenn es um meinen Job geht. Ich werde sicher nicht zurück in die Buchhaltung gehen.«

»Sondern?«

»Wenn du mich versetzen willst, werde ich zur Presse gehen.«

Er kommt auf mich zu. »Ein kleiner Hinweis: Was *du* hier betreibst, ist Erpressung.«

»Damit kann ich leben, aber kannst du mit den Schlagzeilenleben, die ich provozieren werde?«

Adrian schnaubt, dann greift er blitzschnell in mein nasses Haar. Unsanft zieht er meinen Kopf in den Nacken, jedoch geht er dabei nicht so brutal vor, dass es wehtut. »Willst du mich provozieren?«

»Ich will meinen Job behalten«, entgegne ich mutig, obwohl mir der Arsch auf Grundeis geht.

Er drängt mich zum Waschtisch, bis dessen Kante sich fest in meinen Rücken drückt. »Noch mal: Willst du mich provozieren?«

»Nein, ich will meinen Job behalten!«

Daraufhin hebt er mich auf die marmorne Armatur und spreizt meine Beine. »Ich lasse mich nicht von dir erpressen.« Adrian schiebt seine Hand zwischen meine Beine. »Hast du mich verstanden?« Seine Finger streifen meine Schamlippen.

»Ich erpresse dich nicht, sondern stelle dich vor die Wahl«, erwidere ich bemüht, denn wegen seiner Berührungen zittert meine Stimme.

Er zieht das Handtuch von meinem Körper, betrachtet ihn. »Weißt du, Helena, ich dachte, wir beide könnten etwas mehr Spaß haben, aber ich weiß Dinge über deine Familie, die dein Leben ruinieren würden, deshalb sorg nicht dafür, dass ich den Spieß umdrehe.«

Ich möchte das Frotteetuch wieder vor meine Blöße heben, doch er hindert mich daran. »Lass mich los.«

»Ich weiß, dass du mich willst. Du reagierst auf jede noch so kleine Berührung, die ich dich spüren lasse«, sagt er mit rauer Stimme.

Ich fange an, mich heftiger gegen ihn zu wehren, will ihn sogar ohrfeigen, doch er fängt meine Handgelenke ab und hält sie fest. »Sofort!«

Adrian nähert sich meinem Gesicht und sieht mir in die Augen. »Sonst was?«

»Werde ich dir dein verdammtes Leben zur Hölle machen!«

Sein kehliges Lachen ist wie Musik in meinen Ohren, obwohl ich wütend bin. Was will er über meine Familie wissen, was ich nicht weiß und mich ruinieren würde? Ich sehe in seine Augen, er in meine und dann kommt es über uns. Plötzlich küssen wir uns leidenschaftlich und ich drücke meinen Rücken durch, als er seine Hände auf meine Brüste legt. Ich stöhne auf, als er meine Nippel zwischen seine Fingerspitzen zwirbelt. »Hör auf«, verlange ich erregt.

»Ich denke gar nicht daran«, raunt er dicht an meinen Lippen. Seine Rechte gleitet über meinen Bauch zwischen meine Beine, seine Finger drängen sich langsam in meine Spalte. Fordernd massiert er meine Klit und sendet so einen Impuls nach dem anderen durch meinen Körper. Jeder einzelne entlädt sich wieder in meiner Mitte und sorgt dafür, dass mein Unterleib vor Verlangen zieht.

»Bitte, wir sollten es nicht tun«, wispere ich, doch er erstickt jeden Einwand mit einem weiteren Kuss, der mir die Luft zum Atmen raubt. Ich küsse ihn wie eine Ertrinkende, die nur so den benötigten Sauerstoff bekommen kann.

Adrian greift an meine Hüften und zieht mich näher zur Kante. Ich spüre seinen harten Schwanz an meiner Öffnung, dann dringt er mit einem einzigen festen Stoß in mich ein.

»Gott, Adrian«, keuche ich in seinen Mund, als er sich in mir versenkt. Ich lege meine Hände an seine Oberarme und kralle mich fest, weil er sich in keiner Weise zurückhält. Dennoch nimmt er mich für sich ein. Seine Zunge umspielt meine, seine Hände halten mich und zeigen mir, wie viel Kraft er hat. Er raubt mir nicht nur den Atem, sondern auch den Verstand. Insgeheim frage ich mich, ob er auch zärtlich sein kann, aber im Moment genieße ich, dass er sich an mir … nein, mit mir austobt. Ich meine, ich habe ja auch etwas davon.

Während er immer wieder aufs Neue in mich eindringt, gleitet seine Hand zwischen meine Beine. Fest und fordernd umspielt er meine Klit, die sich so sehr nach seinen Berührungen sehnt. Um mich ist es geschehen. Ich kann mich nicht zurückhalten und löse mich von seinen Lippen. Adrian greift mir wieder in die Haare, zieht meinen Kopf in den Nacken und sieht in meine Augen. »Ich will deine Lust sehen«, keucht er und stößt abermals fester in mich.

»O Gott«, stöhne ich auf und schließe die Lider.

»Sieh mich an!«

Sofort schlage ich sie auf, um ihn anzusehen. Ich atme schwer. Von Beherrschung keine Spur, man sucht sie in diesem Moment vergeblich, doch will ich sie auch nicht vortäuschen. Ich will loslassen, will mich verlieren und es genießen, auch wenn ein Streit den Ausschlag zum Sex gegeben hat. Wird es etwa so laufen, dass wir jedes Mal übereinander herfallen, wenn wir miteinander streiten? Ich hoffe nicht, sonst werde ich kaum noch zum Arbeiten kommen.

Mein Unterleib fängt an, um seinen Schwanz zu pulsieren, ihn zu massieren, was Adrian aufstöhnen lässt. Er lässt sich gehen. Abermals drängt er seine Lippen auf meine. Diesmal ist sein Kuss fest und fordernd, keineswegs so atemberaubend wie der vorherige. Seine Stöße werden abermals härter, doch zieht sich meine Mitte immer enger um seinen Schwanz zusammen. Und schließlich explodiert ein Feuerwerk in meinem Körper.

Ich verspanne, entspanne, verkrampfe, entkrampfe und kralle mich in seinen Armen fest.

Adrian presst sich gegen mich und kommt. Schwer atmend löst er sich von meinen Lippen und sieht mir in die Augen. »Willst du es immer noch aufgeben?« Es ist erschreckend, wie geschäftsmäßig sein Tonfall in diesem Moment ist.

Ich sehe ihn ratlos an.

»Helena?«

Mühsam schlucke ich den Kloß in meinem Hals herunter. »Ich will nicht mehr streiten.«

»Wenn es jedes Mal so eine Nummer nach sich zieht, würde ich nur noch mit dir streiten«, raunt er und gibt mein Haar frei. Er beugt sich zu meinem Gesicht. »Aber ich verstehe, was du meinst.« Sanft küsst er mich.

»Ich … wollte dich nicht erpressen«, wispere ich beschämt.

»Ich weiß und abgesehen davon würdest du sowieso nicht weit kommen, deshalb solltest du dir solche Gedanken aus dem Kopf schlagen.«

Arschloch, schreit meine innere Stimme, doch ich nicke bloß.

»Also?«

»Also was?«, frage ich perplex.

»Willst du immer noch aufgeben, was gerade erst angefangen hat?«, hakt er geduldig nach, dabei bohrt sich sein Blick in meinen.

»Ich weiß es nicht.«

»Dann warten wir es ab.«

Wieder kann ich ihm bloß ein Nicken zeigen.

Adrian zieht sich aus mir zurück. »Ich sollte

duschen.« Er sieht mich an. »Stehen heute irgendwelche Termine an?«

»Ich sehe gleich nach.«

»In Ordnung.« Anschließend wendet er sich von mir ab und geht in die Duschkabine.

Verdutzt bleibe ich auf dem Waschtisch sitzen.

Als Adrian das Wasser andreht, rutsche ich von der Armatur und wasche meinen Unterleib. Ich muss nicht noch mal duschen, bloß, weil wir Sex hatten. Ich trockne mich ab, putze mir die Zähne und föhne mein angetrocknetes Haar, dann verlasse ich das Bad, bevor er fertig ist. Schcinbar duscht cr genauso gern ausgiebig wie ich.

In meinem Schlafzimmer angekommen ziehe ich mir eines meiner Kostüme an. Heute das hellgraue mit einer mintfarbenen Bluse. Ich schlüpfe in meine Schuhe und gehe mit meinem Terminkalender an den Esstisch. Für heute stehen drei Termine an. Ein privater, zu dem ich ihn nicht begleiten muss, zwei geschäftliche, die ich ebenfalls wahrzunehmen habe. Es geht um die Übernahme von zwei europäischen Firmen, die Insolvenz angemeldet haben. Adrian ist mit dem Elend anderer Menschen reich geworden. Damals war Whiteman Inc. ein Immobilienunternehmen, doch hat er mit seiner Übernahme die Branche gewechselt. Damit ist er wesentlich erfolgreicher, als sein Vater es war. Meistens sorgt er dafür, dass die Angestellten der zerschlagenen Firmen übernommen werden, was wenigstens ein paar menschliche Züge zeigt.

»Möchtest du frühstücken?«, erkundigt er sich, als er ebenfalls ins Wohnzimmer kommt.

Ich hebe den Blick von meinem Terminplaner. »Ich möchte bloß eine Tasse Kaffee.«

Adrian hebt eine Augenbraue. »Du solltest frühstücken.«

Ich konzentriere mich wieder auf meine Planung der nächsten Tage, damit ich zwischen unseren Terminen ein wenig von der Stadt sehen kann. »Ich weiß, du bist nicht der Erste, der es mir sagt.«

»Dann solltest du es beherzigen«, meint er und setzt sich mir gegenüber an den Tisch.

»Ich weiß«, wiederhole ich. »Aber wenn ich frühstücke, wird mir schlecht, deshalb bin ich darauf umgestiegen, bloß Kaffee zu trinken.«

»Hm«, nickt er. »Vielleicht hast du das Falsche gefrühstückt.«

»Möglicherweise, aber ich werde es nicht ändern, weil ich mit meiner Methode ganz gut fahre.«

Adrian seufzt resigniert. »Es ist dein Körper.«

»Danke, das ist mir bewusst.«

»Was machst du da?«

»Pläne«, erwidere ich nachdenklich über den Terminkalender gebeugt, während ich ein paar Sightseeingtouren zwischen den Terminen eintrage, die ich mit meinem Handy gegoogelt habe. Die Handyrechnung wird mir definitiv das Genick brechen, da ich einen Vertrag habe, der nicht auf Auslandsreisen ausgelegt ist.

»Wofür?«

»Sightseeing.«

»Das ist ja eine sehr ausführliche Antwort«, stößt er trocken aus. »Was möchtest du dir ansehen?«

»Den Louvre, den Eiffelturm, die Champs-Élysées, den Triumphbogen und so weiter«, sage ich.

»Madame Tussaud's und Notre Dame stehen nicht auf deiner Liste?«, erkundigt er sich.

»Doch, aber die werde ich an einem anderen Tag besuchen müssen. Ich versuche gerade, alles mithilfe von Touristenführungen, die keine drei Stunden dauern, unter einen Hut zu bringen.«

»Du brauchst keinen Tourifführer, wenn du mich hast.«

Ich hebe den Blick von meinem Handy und sehe ihn skeptisch an. »Kennst du dich so gut in Paris aus?«

Adrian nickt. »Ich habe vor meinem Studium in der Stadt gelebt.«

»Wow«, stoße ich aus. »Das ist beeindruckend.«

»Was dachtest du, warum ich fließend Französisch spreche?«, hakt er grinsend nach.

»Ich dachte, dass du einen sehr guten Lehrer hattest.«

Er lacht leise. »Meine Mutter ist Französin und ich bin zweisprachig aufgewachsen.«

»Welche Sprachen sprichst du noch?«, möchte ich wissen und lehne mich zurück.

»Deutsch, aber nur gebrochen, spanisch und chinesisch, weil viele Geschäftspartner aus China stammen.« Er legt den Kopf schief. »Dass du Russisch sprichst, finde ich beeindruckend. Die Sprache ist äußerst schwer.«

Ich zucke mit den Schultern. »Damals hatte ich sehr großes Interesse an der Sprache.«

»Warum?«

Ich hole tief Luft. »Meine erste große Liebe war Russe.«

»Und seinetwegen hast du die Sprache gelernt?«

»Ja, seine Eltern sprachen nur sehr schlechtes Englisch und irgendwann hatte ich es satt, dass Dimitri alles übersetzen musste, deshalb habe ich mir ein Wörterbuch gekauft und es mit der Hilfe meines Ex gelernt.«

Adrian wird nachdenklich. »Ich habe meinen Horizont nie erweitert, weil ich verliebt war.«

»Warst du je verliebt?«, frage ich gerade heraus.

»Diverse Male, aber Liebe ist nichts für mich. Ich mag es nicht, mich an jemanden zu binden, deshalb solltest du auch keine Treue von mir erwarten.«

Ich hebe eine Augenbraue. »Aber ich soll nur mit dir schlafen?«

»Es ist mir egal, wer dich sonst noch fickt, Helena«, sagt er, als wäre es etwas vollkommen Unbedeutendes. »Die Frage ist nur, ob du zur Monogamie neigst, denn dann werde ich die Sache unverzüglich beenden.«

Ich lache leise. »Ich neige nicht einmal dazu, mich an einen Mann zu binden, indem ich mehrmals mit ihm schlafe.«

»Dann bevorzugst du One-Night-Stands?«, hakt er nach.

Daraufhin schüttle ich den Kopf. »Nein, im Moment bin ich lieber ungebunden.«

»Warum?«

»Muss ich dafür einen Grund haben?«

»Der wäre von Vorteil«, erwidert Adrian und greift

zum schnurlosen Telefon, das auf dem Tisch liegt. »Also nur Kaffee?«

»Ja bitte.«

Adrian bestellt ein Frühstück, das eine ganze Fußballmannschaft sättigen würde.

Ich rechne damit, dass er versuchen wird, mich dazu zu bewegen, ebenfalls zu frühstücken. Das kann ich gern tun, allerdings muss er damit rechnen, dass ich ihm dann auf die Tischplatte kotze.

Glücklicherweise hat er mich nicht zum Essen überredet und auch nicht mehr gefragt, warum ich momentan lieber ungebunden bin. Nun sind wir auf dem Weg zum ersten Termin, für den ich noch einige Unterlagen ausdrucken musste. Ich bin froh, dass die Angestellten von der Rezeption so freundlich waren, mich ihren Drucker benutzen zu lassen, sonst wäre ich aufgeschmissen gewesen. Adrian kam natürlich auch sehr früh darauf, dass er noch diverse Schriftstücke braucht. Es war ziemlich anstrengend, Mrs. Burkley zu überreden, mir die Unterlagen herauszusuchen und per Mail zu schicken, da ich sie mit meinem Anruf aus dem Bett geklingelt hatte. Aber Adrian hatte darauf bestanden, dass ich sie anrufe. Ich kann nichts dafür, dass er ihre Festnetznummer hat und sie benutzt. Es hat eine Stunde gedauert, bis sie in der Firma war, davor durfte ich mir einige Schimpftiraden anhören und ich weiß nun, dass ich bei der Frau auf Lebenszeit unten durch bin. Das wäre sie bei mir auch, wenn sie mich zu nachtschlafender Zeit aus dem Bett geworfen hätte, weil unser Boss nicht an die nötigen Unterlagen gedacht hat.

»War sie sehr sauer?«, erkundigt er sich, da meine Laune im Keller geblieben ist, seit ich mit Mrs. Burkley telefoniert habe.

»Sauer ist gar kein Ausdruck«, erwidere ich grummelig.

»Was hat sie gesagt?«

»Ich glaube, wenn ich das wiederhole, werden sie und ich gekündigt, deshalb behalte ich es lieber für mich.«

Adrian räuspert sich. »Ich bin dein Boss, du musst mir sagen, wenn jemand über mich herzieht.«

Ich atme tief durch. »Sie war nicht besonders freundlich. Weder war sie es zu mir noch hat sie besonders nette Kommentare für dich übrig gehabt.«

»Was sagte sie?«, hakt er nach.

Trotzig sehe ich aus dem Fenster. Ich möchte Mrs. Burkley nicht in die Pfanne hauen, also werde ich ihm nicht sagen, dass sie ihn als miesen Schweinehund und bloden Vollidioten bezeichnet hat, was noch das Netteste war. Einerseits hat er sich von mir schon schlimmere Bezeichnungen gefallen lassen, andererseits bin ich nicht sicher, wie er darauf reagiert, wenn Mrs. Burkley ihn beschimpft.

»Helena?«, sagt er mahnend.

Ich seufze schwer. »Sie sagte unter anderem, dass du ein blöder Vollidiot bist und das gehörte noch zu den netteren Dingen.«

»Was sagte sie über dich?«

»Dass ich eine Schlampe bin, die sich in Zukunft gefälligst selbst um ihren Scheiß kümmern soll.«

Er schnaubt. »Ich weiß nicht, warum Misses Burkley so ausgeflippt ist, aber ich werde mit ihr sprechen, wenn wir zurück sind.«

Daraufhin nicke ich. »In Ordnung.«

Der Termin war äußerst erfolgreich. Adrian konnte Mr. McMillan davon überzeugen, seine Firma an ihn zu verkaufen. Zwar mit einigen Abstrichen, aber er ist zufrieden. Ich bin mir nicht sicher, ob ich in irgendeiner Weise behilflich war, denn ich habe bloß die Vertragsentwürfe vorgelegt.

Nun sind wir spazieren.

»Was geht dir durch den Kopf?«, erkundigt er sich gut gelaunt.

Ich sehe gen Himmel. »Ich glaube, ich habe noch nie so eine schöne Stadt wie Paris gesehen.«

»Das ging dir wirklich durch den Kopf?«, hakt er verdutzt nach.

»Auch.«

Adrian ergreift meine Hand und zieht mich an sich. »Möchtest du wissen, was mir durch den Kopf ging?«

Ich lege den Kopf schief und schürze nachdenklich die Lippen. »Ich weiß nicht, ob es zu meinem Vorteil ist, deine Gedanken zu kennen.«

Er beugt sich zu mir runter. »Meine Gedanken drehen sich gerade darum, dich in die nächste dunkle Gasse zu drängen, hochzuheben und gegen die Mauer zu ficken, um unseren Erfolg zu feiern«, raunt er dicht an meinem Ohr.

Ich trete einen Schritt zurück. »Ich würde ungern dabei überrascht werden.«

»Gerade das macht den Reiz aus, Helena.«

Überfordert schaue ich in seine blauen Augen. »Nein, ich mache viel mit, aber das beschränkt sich auf vier geschlossene Wände und keine dunklen Gassen.«

»Du weißt, dass ich dich sowieso dazu kriege, oder?«

»Deshalb nehme ich jetzt Abstand«, sage ich lächelnd und will ihm meine Hand entziehen, doch Adrian hält sie fest.

Er sieht sich um. »Angst?«

»Nein, aber ich werde mich in keiner Gasse ficken lassen, Adrian.« Schließlich kann ich mich ihm entziehen.

»Gestern hast du dich im Aufzug fast von mir nehmen lassen.«

Ich räuspere mich. »Das war etwas Anderes.«

»Ach ja?«

»Ja, immerhin sind wir in der Suite verschwunden, um Sex zu haben.«

»Ich hätte dich in jenem Augenblick auch im Aufzug nehmen können, du hättest nichts dagegen gehabt«, sagt er überzeugt.

»Du täuschst dich.«

»Sicher?«, bohrt er tiefer.

»Hm«, mache ich und beschleunige meine Schritte, da mir kalt ist und ich auf dem Weg zum Hotel ein wenig von der Stadt sehen möchte.

»Ich bin mir da nicht so sicher, aber werde das Thema fürs Erste fallen lassen«, meint er amüsiert, während er mühelos mit mir Schritt hält. »Es wundert mich immer wieder, dass Frauen auf so hohen Absätzen laufen können.«

»Das ist alles eine Frage der Übung.«

»Wirklich? Dann sollte ich es vielleicht auch mal ausprobieren«, sagt er trocken.

Ich lache auf. »Nein, lieber nicht. Nicht, dass du dir noch den Hals brichst.«

»Stimmt auch wieder, aber Tim Curry hat es auch hinbekommen, wieso sollte ich es nicht hinkriegen?«

»Tim Curry hat ja auch einen transsexuellen Außerirdischen gespielt, ich glaube kaum, dass er privat so herumläuft.«

»Vermutlich nicht, aber in der *Rocky Horror Picture Show* war er große Klasse.«

»Ja und dank *ES* habe ich Angst vor Clowns«, gebe ich zu.

»Original oder Remake?«

»Wegen des Originals. Das Remake war nett und ich habe mich ein paarmal erschreckt, aber es hat mich nicht so nachhaltig beeindruckt wie die beiden ursprünglichen Filme«, erzähle ich.

»Du hast dir das Remake trotz deiner Angst vor Clowns angesehen?«

Ich nicke. »Ja, Ängste kann man nur überwinden, indem man sich ihnen stellt.«

»Das ist eine gute Einstellung«, sagt er anerkennend und ergreift erneut meine Hand. »Welche Interessen hast du noch?«

»Neben Sport und guten Filmen, esse ich unheimlich gern.«

»Sport?«, hakt Adrian nach.

»Ja, aber ich gehe bloß mit meinem besten Freund joggen«, entgegne ich gut gelaunt.

»Mit dem jungen Mann, der dich immer wieder mal von der Arbeit abholt?«

»Ja, das ist Alec.«

»Und dieser Alec ist für Tristan Maxwell tätig, nicht wahr?«

»Richtig.«

»Ich hoffe, du sorgst jedes Mal dafür, dass er keinen Blick auf die Unterlagen, die auf deinem Schreibtisch liegen, werfen kann«, meint Adrian.

»Die Unterlagen drehe ich immer um, sodass niemand sie lesen kann, und Alec ist kein Mensch, der schnüffelt. Wir haben miteinander studiert und kennen uns ziemlich gut, daher kann ich es reinen Gewissens sagen«, nehme ich meinen besten Freund in Schutz.

»Das ist beruhigend.«

»Warum bist du gestern so aus der Haut gefahren, als ich über meine Bewerbungen gesprochen habe?«, frage ich interessiert, denn ich würde immer noch gern den Grund dafür erfahren.

»Ich bin nicht wegen deiner Bewerbungen aus der Haut gefahren, sondern wegen der Art und Weise, wie du davon gesprochen hast. Auf mich wirkte es so, dass Alec und du Firmengeheimnisse austauschen, nachdem du erzählt hast, dass du bewusst in meiner Firma angefangen hast, nachdem er angefangen hat, für Tristan Maxwell zu arbeiten«, erklärt er nachsichtig. »Vielleicht war das eine übertriebene Reaktion, aber ich fand das, was gefolgt ist, äußerst befriedigend.«

»Ich weiß, du hast es viermal befriedigend gefunden«, erwidere ich grinsend.

Adrian lässt meine Hand los, dann legt er seinen Arm um mich. »Ich hoffe, dir ging es genauso.«

Daraufhin nicke ich, denn ich will nicht in aller Öffentlichkeit über den Sex, den wir hatten, sprechen. Schon gar nicht über das, was heute Morgen vorgefallen ist. Ich dachte, er bringt mich um, als ich ihn erpresst habe, und das hätte er mit dem Sex beinahe getan. Mein Herz hat so schnell geschlagen wie noch nie. Aber es war gleichzeitig so unglaublich heiß und befriedigend. Mein Unterleib zieht schon, wenn ich nur daran denke, ihn wieder zu spüren. Und ich spüre die Feuchtigkeit, die deshalb meinen String benetzt.

»Was ist los?«, möchte er wissen.

Ich schaue zu ihm hoch, da er trotz meiner hohen Schuhe immer noch einen Kopf größer ist als ich. »Nichts.«

»Sag's mir.«

Ich beiße mir auf die Unterlippe und wackle kurz mit den Augenbrauen.

»Soll das irgendein Zeichen sein?«, hakt er perplex nach.

»Hm, nein.«

»Sondern?«

»Wie war das noch mit der dunklen Gasse?«, frage ich leise.

Adrian sieht mich für einen Moment überrumpelt an, allerdings fängt er sich schnell wieder. »Sicher? Vor wenigen Minuten klang es noch so, als würdest du dich niemals in der Öffentlichkeit nehmen lassen?«

Ich nicke knapp. »Vielleicht sollte ich mich nicht so sehr auf einen Ort festlegen, um Sex zu haben.«

»*Das* gefällt mir«, raunt er und schaut sich um. »Komm.« Er führt mich etwas von der ruhigen Straße, durch die wir gegangen sind, weg und schließlich in eine wirklich sehr dunkle Gasse. Ich kann kaum meine Hand vor Augen sehen, aber Adrian scheint, sich zurechtzufinden.

Plötzlich drängt er mich mit dem Rücken gegen eine Mauer. »Du weißt gar nicht, wie sehr ich dich will«, sagt er heiser.

»Ich glaube, ich spüre es, wenn das dein Schwanz ist, der da gegen meinen Bauch drückt«, erwidere ich.

»Das ist er.« Er klingt amüsiert. Im nächsten Moment schiebt er meinen Rock hoch. Adrian ertastet meinen Tanga und zieht ihn zur Seite. Er streichelt meine Schamlippen, verteilt meine Feuchtigkeit und küsst mich leidenschaftlich. Es dauert nicht lang, da höre ich seinen Reißverschluss und er hebt mich hoch.

Als er in mich eindringt, muss ich mir auf die Zunge beißen, um niemanden auf uns aufmerksam zu machen.

8

Seit einer Woche sind wir in Paris und haben mehr als häufig Sex. Adrian ist ein wahnsinnig leidenschaftlicher Liebhaber, der allerdings nicht sehr viel von Zärtlichkeit hält. Ich mag harten Sex, aber irgendwann bin ich übersättigt, was so langsam der Fall ist. Außerdem kann ich kaum noch sitzen, weil mir alles wehtut. Heute Abend ist die Spendengala, die wir besuchen. Ich habe keine besonders große Lust, ihn dorthin zu begleiten, weil ich schon den ganzen Tag Migräne habe.

Adrian ist allein unterwegs, weil ich mich nicht in der Lage gesehen habe, den Geschäftstermin mit ihm wahrzunehmen. Er hatte Verständnis, war aber wenig begeistert, dass ich mich krankgemeldet habe. Ich liege mit einem Eisbeutel auf der Stirn in meinem Schlafzimmer, die Vorhänge habe ich zugezogen, damit kein Licht durch die Fenster hereindringt. Er müsste bald zurück sein, denn er ist schon vor drei Stunden aufgebrochen, und ich kann es leider nicht ändern, dass ich ihn vermisse. Es ist ungewohnt, nicht mit ihm unterwegs zu sein. Irgendwie kommt es mir falsch vor, weil ich sonst immer an seiner Seite bin, wenn er zu einem Geschäftstermin muss. In der Firma sitze ich dabei, hier in Paris habe ich ihn überall hin begleitet, außer zu dem zweiten Termin mit George Freeman. Er hat sich noch mal mit ihm getroffen, da mein Abgang das Treffen ruiniert hatte. Ich drehe mich auf die Seite, um die Migräneattacke zu verschlafen.

»Helena?«, fragt Adrian leise. Seit er weiß, dass ich Migräne habe, flüstert er, wofür ich ihm unheimlich dankbar bin.

»Hm?«, gebe ich von mir.

»Geht es dir besser?«

Ich schlage die Augenlider auf, um ihn anzusehen. Die Vorhänge sind immer noch geschlossen, doch jetzt versucht das Tageslicht nicht mehr, gegen sie anzukämpfen.

»Und?«, erkundigt er sich. Sorge liegt in seiner Stimme.

»Was hast du denn gefragt?«

»Ob es dir besser geht?«

Ich richte mich auf und stütze mich auf meinen Händen ab. »Wie spät ist es? Müssen wir nicht zu der Gala?«

»Es ist noch genügend Zeit. Geht es dir besser oder soll ich einen Arzt rufen?«

»Es geht schon. Ich brauche nur noch eine von

meinen Tabletten«, erwidere ich verschlafen. »Kannst du mir den Kulturbeutel von der Kommode geben?«

»Sicher.« Adrian erhebt sich, um zu holen, worum ich ihn gebeten habe. Mit meinem Kulturbeutel, der meine Reiseapotheke darstellt, kommt er zurück zum Bett. Er reicht ihn mir, anschließend nimmt er die Flasche Wasser vom Nachttisch und füllt das Wasser, das neben dem Flaschenkühler steht.

»Danke«, sage ich leise, als ich eine Tablette aus dem Blister hole.

»Was nimmst du da eigentlich?«, möchte er wissen.

Ich reiche ihm die Schachtel und nehme das Glas Wasser aus seiner Hand.

»Triptan?«, hakt er überrascht nach. »Du weißt, dass das Zeug üble Nebenwirkungen hat, oder?«

»Schon, aber es ist das einzige Mittel, das mir hilft.«

Adrian sieht mich skeptisch an. »Wie viele hast du heute davon genommen?«

»Es ist die zweite.«

Bevor ich die Tablette einnehmen kann, nimmt er sie mir aus der Hand. »Du solltest nicht zu viel davon nehmen.«

Ich seufze schwer. »Adrian, gib mir die Tablette.«

»Nein, ich lasse einen Arzt kommen. Das ist sicherer, als dich mit Triptan experimentieren zu lassen.«

»Was soll denn schiefgehen? Ich nehme die Tabletten so oft, dass mein Körper sich an den Wirkstoff gewöhnt hat«, halte ich dagegen.

»Helena, die Nebenwirkungen von diesem Medikament sind gefährlich. Du solltest es wirklich nicht zu oft nehmen und vor allem nicht so hoch dosiert, wie es auf der Packung angegeben ist«, entgegnet er ernst. Adrian scheint sich aufrichtig Sorgen um mich zu machen. »Ich rufe jetzt einen Arzt.«

Ich verdrehe die Augen. »Es rührt mich, dass du dir so große Sorgen um mich machst, aber das ist nicht nötig. Ich nehme dieses Mittel seit zehn Jahren, werde regelmäßig medizinisch durchgecheckt und bin abgesehen von der Migräne kerngesund. Du musst dir also wirklich keinen Kopf machen.«

Er schnaubt. »Nimm eine halbe Tablette, okay? Falls sie nicht hilft, kannst du immer noch die andere Hälfte nehmen.«

Ich seufze resigniert. »In Ordnung.«

Adrian bricht sie in zwei Hälften, eine reicht er mir, die andere steckt er zurück in den Blister. »Willst du mich zur Gala begleiten?«

Ich nicke ihm zu. »Ja, aber gib mir ein bisschen Zeit, bis die Tablette wirkt.«

»Wenn du dich nicht wohlfühlst, lasse ich die Gala ausfallen.«

Irritiert sehe ich ihn an. »Du kannst meinetwegen nicht absagen.«

»Ich kann sogar ohne irgendeinen Grund absagen. Um es mit deinen Worten zu sagen: Mach dir keinen Kopf, Helena.« Adrian zwinkert mir zu.

Ich nehme die halbe Tablette mit einem großen Schluck Wasser ein, dann stelle ich das Glas auf den Nachttisch.

»Leg dich hin, bis die Wirkung einsetzt. Ich sorge dafür, dass du eine Kleinigkeit zu essen bekommst.«

»Okay.«

»Hast du auf etwas Bestimmtes Hunger?«

»Mir reicht ein Truthahnsandwich, aber bitte ohne Mayonnaise oder Remoulade.«

»Ich bestelle dir eins beim Zimmerservice«, sagt er, danach lässt er mich allein.

~

Eine halbe Stunde später sitze ich am Esstisch und sehe mir das Sandwich, von dem ich bloß zwei Bissen genommen habe, an. Ich habe heute zwar noch nichts gegessen, aber Hunger will sich nicht so recht einstellen. Allerdings ist das vollkommen normal, wenn ich wegen der Migräne unter Übelkeit leide.

»Schmeckt es nicht?«, erkundigt sich Adrian.

»Doch, aber ich bin nicht wirklich hungrig.«

»Willst du Cracker?«

Ich schüttle den Kopf. »Ich werde noch etwas Wasser trinken und danach unter die Dusche gehen.«

»Bist du wirklich sicher, dass du mich begleiten willst?«, fragt er noch einmal.

»Ich kann meinen Boss doch nicht allein auf die Menschheit loslassen«, erwidere ich lächelnd, obwohl mir überhaupt nicht danach zumute ist. Am liebsten würde ich schlafen, jedoch habe ich heute schon einen Termin sausen lassen, dann kann ich nicht auch noch das wichtigste Event der ganzen Frankreichreise schwänzen.

»Dein Boss besucht solche Events seit seiner Kindheit, er wird das schon hinbekommen insbesondere, weil er derjenige ist, der Französisch spricht.«

»Adrian, ich komme mit.« Ich erhebe mich und schwanke ein wenig.

Er kommt an meine Seite und stützt mich. »Alles in Ordnung?«

»Ich bin bloß zu schnell aufgestanden.«

»Helena, ich will, dass du im Bett bleibst.«

»Und ich will dich begleiten«, entgegne ich entschieden. Ich löse mich von ihm und gehe in mein Schlafzimmer, um die Kleiderhülle mit dem Abendkleid zu holen. Ich werde ihn begleiten, ob er will oder nicht.

»Du siehst wirklich müde aus«, sagt er, als wir bereits auf der Gala sind.

»Dabei habe ich genügend Make-Up für fünf Frauen im Gesicht, um die Spuren des Tages zu verbergen«, erwidere ich lächelnd. Ich fühle mich ein wenig besser, jedoch ist mir immer noch übel. Außerdem fährt mein Kreislauf Achterbahn.

»Geht es dir denn wirklich besser?«, erkundigt er sich wieder, wie schon so oft, seit wir hier angekommen sind.

»Ja, Adrian, ich fühle mich besser, danke der Nachfrage.« Ich schenke ihm ein weiteres Lächeln, diesmal ist es aufgesetzt, weil es mich langsam nervt, dass er sich Sorgen um mich macht. Aber so ist es mir lieber, als einen Chef zu haben, der sich einen Scheiß dafür interessiert.

Er schnaubt, offensichtlich ist er nicht besonders glücklich darüber, dass ich mich dafür entschieden habe, ihn hierher zu begleiten. »Ich werde nicht mehr fragen.« Adrian nimmt ein Glas Champagner von einem Tablett, das uns ein Kellner unter die Nase hält. »Möchtest du ein Glas Orangensaft?«

»Gern.«

Adrian reicht mir eines. »Cheers.«

Ich stoße mit ihm an, dann nippe ich an dem Saft. Er ist bitter, weshalb ich mich bemühe, nicht das Gesicht zu verziehen.

»Stimmt etwas nicht?«

»Der Saft ist bloß sehr bitter«, lasse ich ihn wissen.

»Ach so.«

»Adrian Whiteman, es ist schön, dich hier zu sehen«, sagt eine junge Frau und streichelt seinen Oberarm.

Ich beobachte es missmutig. Warum fasst sie ihn an?

»Esme, was machst du denn hier?«, fragt er überrascht und küsst ihre Wange.

»Mein Vater hat mich gebeten, ihn zu vertreten. Wie geht's dir? Wir haben uns so lange nicht gesehen«, sagt sie lächelnd und legt ihre Hand auf seinen Unterarm.

Es scheint, als wären die beiden alte Freunde, doch ich würde ihr am liebsten ihre schlechten Extensions herausreißen. Ich schlucke meine Eifersucht herunter, schon im nächsten Moment wundere ich mich, dass ich sie überhaupt verspüre.

»Darf ich dir Miss Johnson, meine persönliche Assistentin, vorstellen?«, lenkt Adrian schließlich die Aufmerksamkeit auf mich.

Sie sieht mich an. »Guten Abend, Miss Johnson, mein Name ist Esme Beal.« Sie streckt ihre Hand aus.

Ich ergreife sie, schüttle sie kurz. »Freut mich, Sie kennenzulernen, Miss Beal.«

»Misses«, korrigiert sie mich.

»Verzeihung«, erwidere ich peinlich berührt.

»Du hast geheiratet?«, fragt Adrian überrascht. »Davon wusste ich nichts.«

»Du hast leider nicht auf meine Einladung reagiert.«

»Sehr schade.« Er klingt aufrichtig enttäuscht, dass sie nun unter der Haube ist.

»Wärst du schneller gewesen, würde ich nun vielleicht deinen Ring tragen«, neckt sie ihn und kichert.

»Dafür hätte unsere Beziehung halten müssen«, gibt Adrian zu bedenken. »Aber dein Mann ist ein Glückspilz.« Er beugt sich vor und haucht einen Kuss auf ihre Wange. »Herzlichen Glückwunsch.«

»Das kommt drei Jahre zu spät, Adrian«, sagt sie schmunzelnd.

Ich räuspere mich, doch sie beachten mich gar nicht mehr. »Mister Whiteman?«, mache ich beide schließlich auf mich aufmerksam.

Sie sehen mich an. »Ja, Miss Johnson?«

»Ich schnappe etwas frische Luft. Es ist sehr warm hier.«

»Das stimmt«, meint Mrs. Beal. »Ich habe vorhin schon darum gebeten, dass die Klimaanlage eingeschaltet wird, aber scheinbar wurde ich nicht erhört.«

»Soll ich Sie begleiten?«, fragt er, dabei betrachtet er mich besorgt.

»Nein, ich komme zurecht. Bleiben Sie nur bei Miss … Misses Beal.« Ich wende mich ab und gehe los, auf dem Weg stelle ich die Champagnerflöte, in der sich der O-Saft befindet, auf das Tablett eines Kellners.

»Eine sehr hübsche Frau«, höre ich Mrs. Beal noch sagen, bevor ich außer Hörweite bin. Ich verlasse den

Festsaal und trete auf den großen Balkon, der geöffnet ist. Die kühle Abendluft tut mir und meinem Kopf unwahrscheinlich gut, doch der Lärm der Stadt und die Musik lassen mich die Migräne nicht vergessen. Sie kämpft sich wieder an die Oberfläche und mit ihr steigt Übelkeit auf. Ich reibe meine Wangen.

»Geht's Ihnen nicht gut, Miss?«

Ich sehe zur Seite, erkenne Mr. Freeman. »Oh, guten Abend, George.«

»Helena?«

Ich nicke.

»Du siehst krank aus.«

»Es geht mir gut, mir ist bloß warm.« Ich greife in meine Handtasche und hole die andere Hälfte der Triptan aus dem Blister. »Und mir ist ein wenig flau im Magen, deshalb sollte ich eine Tablette nehmen.«

»Soll ich dir ein Glas Wasser holen?«, erkundigt er sich.

Ein Kellner kommt an uns vorbei, da sich auf dem Balkon auch einige Gäste aufhalten.

George bestellt ein Glas Wasser bei ihm, anders kann ich mir das kurze Gespräch nicht erklären. »Es kommt gleich«, wendet er sich schließlich an mich. »Wo ist Adrian?«

»Er unterhält sich mit Esme Beal.«

Überrascht reißt er die Augen auf. »Esme Beal?«

»Ja. Ist das schlecht?«, möchte ich wissen.

»Na ja, sie ist seine Ex-Freundin und hat einen reichen Unternehmer aus Frankreich geheiratet, zudem die Firma ihres Vaters übernommen … Seine Eltern haben sich immer gewünscht, dass Adrian sie heiratet.«

»Ah, ist wohl anders gekommen, als gewünscht«, sage ich schlicht.

Der Kellner bringt mein Wasser.

»Merci, Monsieur«, bedanke ich mich, woraufhin er sich ein wenig verneigt. Ich stecke die halbe Triptan in meinen Mund, trinke einen großen Schluck und schließe die Augen.

»Ist wirklich alles okay? Sie sehen blass aus.«

»Vorhin haben Sie mich noch geduzt«, erwidere ich. »Lassen Sie uns doch zum Du wechseln.«

»Sehr gern«, sagt er freundlich. »George.«

»Ich weiß.« Ich trinke noch etwas. »Also Misses Beal ist Adrians Ex-Freundin?«

»Ja, die beiden waren während des Studiums und noch eine Weile danach zusammen.«

Ich nicke. »Sie sagte, dass er drei Jahre zu spät käme, weil sie geheiratet hätte.«

»Sie hat ihn mit ihrem jetzigen Ehemann betrogen, er hat sie schließlich verlassen, aber die beiden verstehen sich immer noch ganz gut, denke ich«, erzählt er.

»So, wie sie miteinander umgegangen sind, verstehen sie sich auf jeden Fall«, entgegne ich.

»Kann es sein, dass du eifersüchtig bist?«, fragt George interessiert, dabei legt er den Kopf schief und grinst mich an.

»Nein, warum sollte ich eifersüchtig sein? Er ist mein Boss, aber wirkte vorhin nicht so unterkühlt wie sonst.«

George sieht mich überrascht an. »In deiner Gegenwart ist er unterkühlt?«

Daraufhin nicke ich. »Ziemlich.« Nein, er ist es nicht, aber ich kann George nicht auf die Nase binden, dass ich mit Adrian schlafe und wirklich eifersüchtig bin, weil eine andere Frau ihn angefasst hat. Und es wahrscheinlich immer noch macht.

»Das kam mir bisher gar nicht so vor. Er wirkte vorhin sogar ziemlich warmherzig, als ich euch beide miteinander gesehen habe. Ich habe dich in dem Kleid und mit der Frisur bloß nicht erkannt.«

»Er bestand darauf, dass ich mir die Haare hochstecke, weil es für den Anlass passender ist.«

»Da muss ich ihm wohl zustimmen, aber du siehst toll aus.« George schenkt mir ein Lächeln, sein Blick fällt auf mein Glas, das inzwischen leer ist. »Möchtest du noch etwas trinken?«

Mich fröstelt es ein wenig. »Ich glaube, ich sollte wieder reingehen und mich zu Mister Whiteman gesellen.«

»Ich begleite dich.« Anschließend bietet er mir seinen Arm an.

Lächelnd hake ich mich bei ihm ein. Gemeinsam gehen wir zurück in den Festsaal und bahnen uns unseren Weg zwischen den Gästen, die es ebenfalls nicht mehr auf ihren Plätzen gehalten hat, hindurch. »Ich glaube, die beiden unterhalten sich immer noch.«

»Nein, inzwischen steht noch jemand bei ihnen. Ich glaube, das ist Esmes Ehemann.«

»Woher kennst du Adrian eigentlich?«

»Ich bin mit ihm und Leon aufgewachsen. Wir waren Nachbarn, haben dieselben Schulen besucht und schließlich miteinander studiert. Nach dem Studium bin ich nach Europa gegangen«, erzählt er.

»Was hat dich dazu veranlasst?«

»Die Herausforderung, den Job zu meistern.«

»Dann hast du kein Firmenimperium übernommen?«

»Ich bin in die Firma meines Onkels eingestiegen und sitze inzwischen in der Chefetage, aber anders als Adrian musste ich mich beweisen und hocharbeiten.«

»Dann verstehe ich die Sache mit der Herausforderung«, entgegne ich. Mir ist immer noch viel zu heiß und ich spüre, dass ich anfange, zu schwitzen. Außerdem fühlt sich meine Zunge an, als wäre sie geschwollen. Ob das eine Nebenwirkung der Triptan ist? Vielleicht ja, vielleicht nein, aber es ist definitiv unangenehm.

Adrian erblickt uns, seine Gesichtszüge spiegeln vielerlei Emotionen wider, aber keine davon wirkt besonders glücklich darüber, dass ich mich bei seinem Freund eingehakt habe. »Da sind Sie ja wieder«, sagt er laut, als wir ihn und seine Gesprächspartner erreicht haben. »Francois, das ist meine Assistentin Helena Johnson«, stellt er mich vor. »Miss Johnson, das ist Francois Fontaine, Esmes Ehemann.«

»Freut mich sehr, Sie kennenzulernen, Monsieur Fontaine«, begrüße ich Mrs. Beals Ehemann.

»Es ist mir eine Ehre, Mademoiselle Johnson«, erwidert er freundlich, ergreift meine Hand und haucht einen Kuss auf meinen Handrücken.

Perplex ziehe ich meinen Arm zurück. »Mir ebenfalls.«

»Und der Herr ist …«

»George Freeman«, mischt Esme sich ein. »Ein guter Freund von Adrian, Darling.«

Auch er wird von Francois begrüßt.

Das Gespräch geht weiter, doch diesmal werden auch

wir involviert. Ich halte mich allerdings weitestgehend heraus, da ich sowieso keine Ahnung von ihren Themen habe. Ich habe mich nie besonders viel mit Aktien beschäftigt, auch wenn die Firma meines Vaters ein börsennotiertes Unternehmen ist. Jedoch hält mein Vater immer noch einundfünfzig Prozent des Unternehmens, um die Entscheidungsgewalt nicht zu verlieren.

Schließlich verabschieden sich Esme und Francois freundlich.

»Möchten Sie tanzen?«, fragt mich Adrian, als sich Stille über uns drei legt.

Ich schaue ihn überfordert an. »Ich bin keine besonders gute Tänzerin, Mister Whiteman.«

»Einen Walzer werden wir sicher hinbekommen«, sagt er gut gelaunt, dann streckt er seine Hand aus.

Ich atme tief durch, dann lege ich meine Finger in seine Handfläche.

»Entschuldige uns, George«, wendet er sich an seinen Freund.

»Nur zu.« George lächelt uns an, während ich ihm einen Hilfe suchenden Blick zuwerfe.

Ich möchte nicht tanzen, auch wenn ich es entgegen meiner Behauptung kann. Es gehörte ebenfalls zur Erziehung meiner Eltern, allerdings habe ich ewig keinen Walzer mehr getanzt. Das letzte Mal auf der Hochzeit meiner Cousine vor viereinhalb Jahren. Sollte ich Adrian auf die Füße treten, wird es peinlich.

»Geht's dir besser?«, erkundigt er sich, als wir die Tanzfläche erreicht haben.

»Ja, es wird«, lüge ich, ohne ihn anzusehen.

Er legt seine Hand auf meine Seite, ich meine auf

seine Schulter. Mit der linken ergreift er meine rechte. »Bereit?«

»Wenn du es bist«, entgegne ich. Mein Herz rast, doch es liegt nicht daran, dass ich ihm so nah bin. Ich habe Schweißausbrüche und meine Zunge schwillt weiter in meinem Mund an.

»Dann legen wir los.« Adrian beginnt mit den Schritten, ich folge und versuche, wegen der Drehungen kein Schwindelgefühl zu bekommen, doch setzt es viel schneller als befürchtet ein. Vor meinen Augen dreht sich der Saal, die Gesichter verschwimmen und vermischen sich mit den Farben der Abendkleider und Smokings, bis sie eine gallertartige Masse ergeben.

»Um Gottes willen«, ist das Letzte, was ich höre, bevor ich gegen Adrian falle.

Ich finde mich in einer vollkommen fremden Umgebung wieder. Es ist nicht mein Schlafzimmer, aber auch kein Krankenhaus.

»Madame ist aufgewacht«, sagt eine fremde Stimme in schlechtem Englisch.

»Was ist passiert?«, frage ich schwach und blinzle gegen die Helligkeit an.

Adrian sitzt auf der Bettkante. Seine Fliege liegt geöffnet um seinen Hals, sein sonst so akkurat gestyltes Haar ist zerzaust und er sieht müde aus. »Du bist ohnmächtig geworden.«

»Ich erinnere mich nicht mehr daran.« Ich möchte

mich aufrichten, doch er legt seine Hände auf meine Schultern.

»Bleib liegen, Helena.«

»Aber …«

»Tu, was ich dir sage, auch wenn es in diesem Fall nicht um die Arbeit geht«, verlangt er herrisch, weshalb ich nachgebe.

»Es tut mir leid, dass ich dich bloßgestellt habe.«

Adrian schüttelt den Kopf. »Wir hätten im Hotel bleiben sollen.« Sein Blick fällt auf meine Augen, ich erkenne die Sorge, nein, sogar Angst in seinen.

»Monsieur Whiteman?«

Ich schaue zu dem Fremden. »Wer ist das?«

»Ein Arzt, ich wusste ja nicht, was passiert ist«, antwortet Adrian. »Entschuldige mich kurz.« Er erhebt sich und verlässt mit dem Doktor den Raum.

Ich höre, dass die beiden sich auf Französisch unterhalten, aber nicht, worüber sie sprechen. Ich sollte dringend meine Sprachkenntnisse aufbessern, damit ich mich auch in Frankreich problemlos verständigen kann. Außerdem haben wir auch Kunden in Kanada, womit ich zwei Fliegen mit einer Klappe geschlagen hätte.

Das Gespräch verstummt, eine Tür wird geschlossen, dann kommt Adrian zu mir zurück. Er sieht nicht begeistert aus. »Du hast einen sehr niedrigen Blutdruck und dein Herzschlag ist unregelmäßig. Ich konnte ihn gerade noch davon abhalten, dich in die nächste Klinik einweisen zu lassen, aber du sollst morgen in seine Praxis kommen und deinen Arzt in New York konsultieren.«

»Woran mag das liegen?«, möchte ich wissen.

»Korrigiere mich, wenn ich falsch liege, aber du hast

Triptan genommen, wenig getrunken, noch weniger gegessen und während wir uns mit Francois und Esme unterhalten haben, hast du ein Glas Champagner getrunken. Lange Rede, kurzer Sinn: Ein Zusammenspiel aus vielen Faktoren, so hat es Doktor Martiné vermutet.«

Ich seufze schwer. »Ich muss dringend aus diesen Sachen raus.«

»Wir werden gleich in unser Hotel fahren. Ich möchte bloß kein Aufsehen erregen, weshalb ich auf Pasquales Anruf warte. Er wird uns in der Tiefgarage in Empfang nehmen«, erklärt er.

Erneut wage ich den Versuch, mich aufzurichten, doch Adrian hält mich davon ab. »Es geht mir gut.«

»Ich glaube dir kein Wort«, sagt er ernst, als er in meine Augen sieht. »Das hast du heute Abend ein bisschen zu oft gesagt und du weißt, was passiert ist.«

»Ja, ich habe dich vor der High Society Frankreichs bloßgestellt«, erwidere ich beschämt.

»Frankreichs High Society ist mir egal, wichtig ist, dass es dir gut geht. Ist der Job vielleicht zu stressig für dich? Hast du deine Tage bekommen und deshalb Migräne? Passiert es dir öfter, dass du bewusstlos wirst?«

Seine Fragen prasseln nur so auf mich ein und ich weiß gar nicht, welche ich zuerst beantworten soll, obwohl die Antwort immer dieselbe ist. »Nein.«

»Was Nein?«

»Das ist die Antwort auf alle Fragen, die du mir gerade gestellt hast.«

Adrians Augenbraue flippt in die Höhe. Bevor er noch etwas sagen kann, klingelt sein Handy. »Bonsoir«, meldet er sich und spricht auf Französisch weiter.

Anschließend erhebt er sich. »Merci, Pasquale.« Adrian beendet das Telefonat. »Fühlst du dich in der Lage, mit mir in die Tiefgarage zu fahren?«

Ich nicke ihm zu.

»Trink noch einen Schluck«, meint er und deutet auf die Nachtkonsole.

Langsam richte ich mich auf, nehme das gefüllte Wasserglas an mich und trinke es in einem Zug leer. Meine Zunge fühlt sich immer noch geschwollen an, doch das Mineralwasser lindert dieses Gefühl ein wenig.

~

In unserem Hotel angekommen, schiebt Adrian mich geradewegs in sein Schlafzimmer. Meine Einwände, dass ich mich noch umziehen muss, ignoriert er.

»Ich sollte mir zumindest die Zähne putzen«, wende ich ein.

»Du wirst es überleben, sie dir einmal nicht zu putzen, oder ich hole dir deine Zahnbürste und Zahnpasta.«

Ich seufze und setze mich auf sein Bett. »Dann hol mir bitte die Sachen.«

»Brauchst du auch einen Kamm oder eine Bürste für dein Haar?«

Ich nicke. »Und Hilfe beim Lösen der Haarklammern.«

»In Ordnung.« Er lässt mich allein.

Ich greife in meinen Rücken, um den Reißverschluss des Abendkleids zu öffnen. Mit ein paar Verrenkungen gelingt es mir schließlich und ich ziehe den Zipper herunter. Ich befreie mich von dem Kleid und meinen Schuhen. In Unterwäsche und halterlosen Strümpfen bleibe ich auf dem Bett sitzen.

»Hier ist …« Adrian bleibt stehen und sieht mich überrascht an. »Fast alles, was du brauchst«, fährt er fort, nachdem er sich gefangen hat. »Einen Becher Wasser hole ich dir noch.« Danach verschwindet er noch mal.

Ich sehe ihm hinterher, trage Zahncreme auf die Zahnbürste auf und fange an, mir die Zähne zu putzen. Am liebsten würde ich ins Bad gehen, aber meine Beine fühlen sich wie Pudding an. Noch immer hege ich Zweifel daran, dass die Tabletten schuld waren, aber Adrian ist fest davon überzeugt. Und er ist sauer, weil ich trotz der Migräne mit zu dieser Spendengala gegangen bin. Er ist der festen Überzeugung, dass die Klatschblätter morgen voll davon sind. Glücklicherweise hat er mir versprochen, meinen Namen aus der Presse herauszuhalten, sodass niemand die Verbindung von mir zu meinem Vater knüpfen kann. Andererseits sind Journalisten unerbittlich und finden alles über jeden heraus.

Adrian stellt den Wasserbecher auf den Nachttisch, dann streift er seine Schuhe ab. »Du hast mir einen ordentlichen Schrecken eingejagt.«

Ich nuschle ein »Tut mir leid«, das wegen des Schaums in meinem Mund kaum zu verstehen ist, und wende meinen Blick ab. Es ist nicht nur peinlich, dass ich umgekippt bin, es ist auch total unprofessionell. Aber ich wurde so erzogen, dass ich, egal wie schlecht es mir geht, zur Schule gehe oder eben arbeite.

»Es war nicht deine Schuld. Ich hätte darauf bestehen müssen, dass du hier im Hotel bleibst.«

»Hm.« Ich bin fertig, doch will ich den Schaum nicht in den Becher spucken, ebenso wenig möchte ich ihn herunterschlucken, weshalb ich langsam aufstehe.

»Bleib sitzen, Helena.«

»Hm«, mache ich noch einmal und deute auf meinen Mund.

»Dafür ist der Becher da.«

Fragend sehe ich ihn an.

»Du nimmst den Schluck Wasser in den Mund, gurgelst und spuckst ihn zurück in den Becher.«

Schnaubend schüttle ich den Kopf und gehe langsam ins Bad. Während der paar Meter wird mir nichts passieren. Ich bin mir ganz sicher.

Adrian folgt mir und reicht mir ein Handtuch, als ich meinen Mund ausgespült habe. »Kannst du wirklich nicht einmal das tun, was ich dir sage?«

Ich richte mich auf, trockne meinen Mund ab und sehe in seine Augen. »Nein, tut mir leid, ich bin äußerst renitent, wenn es um mich geht.«

Seine Augenbraue flippt in die Höhe. »Wie gern ich dich gerade übers Knie legen würde.«

»Mhm«, gebe ich zurück und zucke mit den Schultern. »Ich gehe ins Bett.«

»Deine Haare.«

»Das kriege ich auch im Bett hin.«

Wieder folgt er mir. »Wo willst du hin?«, hakt er nach, als ich die Schlafzimmertür ansteuere.

»Ins Bett.«

»Es wäre mir lieber, wenn du heute Nacht bei mir schläfst.«

»Ich denke, es ist besser, wenn ich in meinem Bett schlafe.«

Daraufhin schüttelt er den Kopf. »Hier habe ich dich im Auge. Bitte, Helena.«

Seufzend gebe ich mich geschlagen, laufe zu seinem Bett und setze mich ans Fußende. »Kannst du mir bei meinen Haaren helfen?«

»Sicher.«

Er kommt zu mir, dann setzt er sich neben mich. »Wie viele Haarnadeln müssen wir finden?«

»Circa zwanzig.«

»Oje«, stößt er aus.

Ich greife an meinen Hinterkopf und ziehe die ersten Haarnadeln heraus.

Adrian geht mir zur Hand.

Als wir eine Viertelstunde später fertig sind, hat er mir auch mein Nachthemd aus meinem Schlafzimmer geholt. Ich habe es seit Nächten nicht getragen, weil wir meist nackt geschlafen haben.

Ich habe es angezogen und meine Kleidung, die ich am Abend getragen habe, liegt auf dem Boden verstreut. »Glaubst du, die reden jetzt alle über mich?«

Er schnaubt nachdenklich. »Ich gehe davon aus, dass sie nun rätseln, warum ich mich so aufopfernd um dich gekümmert habe.«

»Du hast dich aufopfernd um mich gekümmert?«, hake ich nach.

»Nun ja, ich habe dich aus dem Festsaal bis in die Suite, in der wir waren, getragen, nachdem George sie organisiert hatte, und dich nicht eine Sekunde aus den Augen gelassen.«

»Das nennst du aufopfernd kümmern?«

»Jeden anderen hätte ich nicht durch das ganze Hotel getragen.«

Ich hole tief Luft. »Danke, dass du dich um mich gekümmert hast.«

»Gern geschehen.«

Ich lege mich auf den Rücken und starre an die verspiegelte Decke, die mir in den letzten Nächten immer wieder sehr nette Blicke auf seinen muskulösen Rücken und Hintern ermöglicht hat.

»Was ist los?«, möchte Adrian wissen, dreht sich auf die Seite und legt seine Hand auf meinen Bauch.

»Ich bin müde.«

»Dann schlaf, Helena.«

»Hel.«

»Hm?«

»Die meisten sagen Hel.«

»Helena gefällt mir besser.« Er streichelt mich sanft. »Schlaf ein wenig.«

»Morgen stehen keine Termine an«, sage ich noch, drehe mich mit dem Rücken zu ihm und ziehe die Decke bis hoch an meine Nase.

»Sehr gut. Wenn es dir besser geht, können wir uns die Stadt ansehen.«

»Ich soll doch zum Arzt.«

»Nach deinem Arztbesuch.«

»Hm, mal sehen. Es wäre ganz schön, wenn ich ein wenig Zeit für mich hätte«, sage ich leise. Es ist zwar schön, Zeit mit ihm zu verbringen, in der er sich nicht wie ein komplettes Arschloch verhält, aber ich brauche meine Freiheit. Ich kann nicht ständig herumvögeln oder mich stundenlang unterhalten, manchmal brauche ich eine Pause von anderen Menschen.

»In Ordnung, dann sag mir morgen, wonach dir der Sinn steht.«

Ich nicke, bin mir allerdings sicher, dass er es wegen der Dunkelheit im Zimmer nicht sieht, dann schließe ich die Augen.

9

Ich war beim Arzt. Mein Zusammenbruch lag an einem Zusammenspiel vieler Faktoren, so wie Adrian es vermutet hatte. Ich habe gestern nicht ausreichend gegessen und getrunken, zudem die Tabletten genommen und den ganzen Tag im Bett gelegen. Mein Kreislauf war sowieso im Keller und dann rauschte er gänzlich gen Boden. Dr. Martiné meinte, dass ich mir keine Sorgen machen müsste, aber mir dringend ein anderes Migränemittel verschreiben lassen soll, weil alle Triptane diese Wechselwirkungen haben. Ich habe seinen Rat dankbar entgegengenommen, auch die Medikamentenprobe, die er mir mitgegeben hat. Er sagt, ich soll diese Tabletten nehmen, wenn ich noch mal Migräne bekomme, da er bei seinen Patienten sehr gute Erfahrungen damit gemacht hat. Ich bin gespannt, hoffe aber, dass ich sie nicht brauchen werde.

Adrian ist im Hotel. Ich möchte das Sightseeing gern allein erleben. Dafür will er, dass ich ihn heute Abend am

Eiffelturm treffe. Ich weiß nicht, warum ich dorthin kommen soll, da ich mir den Turm schon vor ein paar Tagen angesehen habe, aber er bestand darauf.

Notre Dame habe ich bereits besichtigt und war von der Erhabenheit der Kathedrale beeindruckt. Die Schlange am Louvre war zu lang, als dass ich mich hätte anstellen wollen. Vielleicht komme ich irgendwann noch mal nach Paris, dann werde ich mir die vielen Gemälde, die dort ausgestellt sind, ansehen. Als Nächstes möchte ich zum Triumphbogen. Die Menschen sind unheimlich freundlich, viele von ihnen sprechen Englisch oder schaffen es, mir zumindest mit Gesten den Weg zu zeigen. Oder sie zeichnen ihn auf Google Maps, das ich schon zweimal zur Hilfe genommen habe, den Weg nach. Ich will nicht die ganze Zeit mein Handy in der Hand halten, vor allem, da Google nicht in der Lage ist, vernünftig Französisch zu sprechen. Diverse Straßennamen erinnerten mich deshalb mehr an Schimpfwörter. Vorhin hieß es, dass ich über eine *Rue du Fotze* statt *Rue du Fossés irgendwas* gehen sollte. Für mich war es der Lacher schlechthin, aber der Franzose, der neben mir an der Ampel stand, hat mich sicherlich für verrückt erklärt. Zumindest habe ich Spaß auf meinem Ausflug, auch wenn ich ihn allein unternehme. In wenigen Tagen hat mich die Wirklichkeit wieder eingeholt, dann ist die Geschäftsreise vorüber und Adrian und ich sind zurück in der Firma. Dort wird er mich bestimmt wieder von oben herab behandeln. Sofern er mich wegen meines gestrigen Zusammenbruchs nicht entlässt. Es ist mir immer noch schleierhaft, wie ich ihn einschätzen soll. Am besten spreche ich mit Jo und erzähle ihr von den Dingen, die sich hier in Paris zugetragen haben. Sie wird sicher einen Rat für mich haben, denn sie hat die Weisheit buchstäblich mit Löffeln gefressen. Ich wünschte, ich wäre mehr wie Jo. Sie weiß immer, was zu tun ist. Das wird allerdings daran liegen, dass sie wesentlich mehr Lebenserfahrung als ich hat. Zwar hat sie nicht studiert, aber sie ist in unschönen Verhältnissen aufgewachsen und musste viel früher erwachsen werden als ich. Sie kennt das Leben, auch das auf der Straße. Und hätte sie keine Zeichenbegabung gehabt, säße sie laut ihrer eigenen Aussage immer noch dort.

Der Triumphbogen ist zwar nicht so überwältigend wie Notre Dame, aber ebenfalls beeindruckend. Der Tag ist wie im Flug vergangen und ich bin langsam müde, allerdings erwartet Adrian mich am Eiffelturm. Ich bin gespannt, was er vorhat. Dass es dort ein Restaurant gibt, weiß ich, aber er will sich weiter oben mit mir treffen. Auf der Aussichtsplattform.

Ich drehe mich um und sehe den Turm bereits über der Stadt aufragen. Seufzend mache ich mich auf den Weg. Laut Google Maps brauche ich eine halbe Stunde, vielleicht schaffe ich es schneller, aber darauf verlasse ich mich nicht. Adrian will sich in zwanzig Minuten mit mir treffen. Es wird ihn nicht begeistern, dass ich zu spät komme, aber so ist das Leben. Ich war, wenn es um mein Privatleben geht, noch nie besonders gut im Zeitmanagement. Aus diesem Grund räume ich mir bei meinen Freunden immer dreißig Minuten Gleitzeit ein, damit sie nicht behaupten können, dass ich unpünktlich bin. Das Krasseste, was mir mal passiert ist, waren zwei Stunden, die ich zu einem der Abende mit Alec und Jo zu spät kam. Allerdings lag das am Jahresabschluss bei Whiteman Inc. Mein damaliger Chef hatte mich einfach nicht früher gehen lassen und der Handyempfang in der Firma ist grausam. Man sitzt quasi in einem Funkloch, wobei ich inzwischen denke, dass es im Firmengebäude Störsender geben muss. So würde ich Adrian einschätzen, denn er legt Wert darauf, dass man seinen Job erledigt.

Der Verkehr ist ziemlich dicht, als ich die Straße entlang spaziere. Für den Ausflug habe ich Sneakers angezogen, die ich mir am Vormittag gekauft habe, damit ich keine Blasen an den Füßen bekomme. Meine High Heels habe ich in einer Tasche, mit der ich ein wenig schwenke. Ich werde die Schuhe wechseln, wenn ich im Aufzug auf die Aussichtsplattform stehe, damit Adrian mich nicht für geisteskrank hält, weil ich ein Businesskostum mit Nike Airs kombiniert habe. Ja, ich hätte auch günstigere Turnschuhe kaufen können, aber diese kann ich immer noch zum Joggen anziehen. Auch wenn sie in den USA günstiger gewesen wären. Ich meine, ich habe einhundertneunundzwanzig Euro für die Dinger hingeblättert. Mir ist bewusst, dass man für den Namen statt das Produkt bezahlt, aber ich finde diese Preise unverschämt. Von meinen Pumps und High Heels war kein Paar teurer als fünfzig Dollar, weil ich es nicht einsehe, so viel Geld auszugeben. Doch die Nikes waren die einzigen Schuhe, die mir in dem kleinen Sportgeschäft gepasst haben.

Inzwischen ist es dunkel geworden und die Straßen

sind beleuchtet. Ich hebe den Blick und sehe, dass der Eiffelturm ebenfalls in hellem Licht erstrahlt. Vom Hotelzimmer aus ist dieses Lichterspiel nicht besonders beeindruckend, aber wenn man direkt auf die Sehenswürdigkeit schaut, ist es der Wahnsinn. Ich wünschte, in New York würde es solche Bauten geben, doch dort gibt es fast nur Wolkenkratzer. Die Freiheitsstatue ist zwar keiner, aber die habe ich schon so oft gesehen, dass sie mich nicht mehr vom Hocker reißt. Ich war allerdings noch nie drin, weil ich bisher keine Zeit dafür hatte.

Als ich vor dem Eiffelturm stehe, lege ich den Kopf in den Nacken. Vor mir ragen mehrere hundert Meter Metall in den Himmel und ich muss zugeben, dass mir etwas flau im Magen ist, weil ich den Aufstieg wagen muss. Indirekt, da ich den Aufzug nehme, aber ich mag es trotzdem nicht, in so luftigen Höhen zu sein. In der Firma ist es kein Problem, dort habe ich Fenster und kein Wind, der mir um die Nase pfeift, aber hier ist es sicher nicht windstill. Ich mache mich auf den Weg zur Kasse für die Fahrt mit dem Aufzug.

»Bonsoir, Madame.«

»Bonsoir, eine Fahrt auf die dritte Etage bitte.«

»Wir haben schon geschlossen«, sagt die Dame freundlich auf Englisch.

»Mein … Ich werde dort erwartet«, lasse ich sie wissen.

»Sind Sie Helena Johnson?«, fragt sie.

Ich nicke. »Ja, die bin ich.«

»Okay, dann dürfen Sie durch.« Sie gibt mir ein Ticket. »Es wurde schon bezahlt.«

»Danke.« Ich gehe an der Kasse vorbei zum Aufzug, der mich erst mal in die zweite Etage bringt. Ich sitze ganz allein in der Kabine und in mir keimt der Verdacht auf, dass Adrian etwas damit zu tun hat. Ich möchte gar nicht wissen, wie viel ihn dieser Abend gekostet hat, andererseits hat der Mann mehrere Milliarden Dollar auf dem Konto. Er wird es verkraften. Schnell wechsle ich die Schuhe, damit er keine Fragen stellt, warum ich Sneakers trage.

Die Fahrt hat nicht besonders lang gedauert, ein Aufstieg der siebenhundertvier Treppen hätte wesentlich mehr Zeit in Anspruch genommen. Ich verlasse die Aufzugkabine und gehe zur nächsten, die mich zur Aussichtsplattform bringt. Der Aufzug ist kleiner, aber das wird wohl daran liegen, dass man hier keine riesengroßen Kabinen anbringen konnte. Oder vielleicht doch, bloß wollte man Geld sparen. Ich habe keine Ahnung.

Schließlich betrete ich die Plattform und sehe Adrian die Stadt überblicken. Sein Anblick ist atemberaubend. Erhabener als je zuvor. Dieser Mann strahlt Macht aus und besonders in diesem Augenblick ist sie greifbar. Ich trete an seine Seite.

»Schön, dass du da bist.«

Ich sehe zu ihm hoch und verziehe meine Lippen zu einem Lächeln. »Danke für die Einladung.« Ich schaue mich um. »Sind wir hier ganz allein?«

»Ja.« Er dreht sich um und deutet zu einem Tisch.

»Ich dachte, es wäre der perfekte Abschluss des letzten freien Tags in Paris.«

Ich bin sprachlos, weshalb ich mich räuspere. »Das ist … eine gelungene Überraschung.« Zum Glück konnte ich noch umlenken und nicht sagen, dass es bloß nett ist.

Adrian ergreift meine Hand und führt mich zu einem Tisch. »Das Essen kommt gleich.«

»Wie konntest du das organisieren? Der Turm schließt doch um …«

»Ich habe ein paar Kontakte spielen lassen.«

Daraufhin nicke ich. »Das ist wirklich toll.«

Er zieht mir den Stuhl zurecht. »Möchtest du den Mantel ausziehen?«

»Das ist sicher zu kalt.«

Er deutet zur Seite. »Der Heizstrahler wird gleich eingeschaltet. Du kannst den Mantel ruhigen Gewissens ausziehen und dir die Decke über die Beine legen.«

»Hättest du etwas dagegen, wenn ich den Mantel trage?«

»Nein«, erwidert Adrian lächelnd.

»Dann behalte ich ihn lieber an, weil ich bezweifle, dass der Heizstrahler hier oben viel bewirkt.« Ich nehme Platz und bedanke mich für seine Hilfe beim Zurechtrücken des Stuhls.

»Er erledigt seine Aufgabe sehr zuverlässig.« Adrian nimmt mir gegenüber Platz. Er betrachtet mich einen Moment. »Was hast du dir alles angesehen?«

»Notre Dame, den Triumphbogen und ein wenig von der Stadt, weil mir der Louvre zu voll war«, erzähle ich.

»Wie hat dir Notre Dame gefallen?«

Ich seufze verträumt. »Es ist eine wunderschöne

Kathedrale. Insbesondere die Rosenfenster haben es mir angetan.«

Adrian legt den Kopf schief und hört meinen Ausschweifungen über die Kirche zu. Er lächelt immer wieder mal, nickt und stellt mir Fragen. Es ist bewundernswert, dass er sich all das anhört, obwohl er eine Weile hier gelebt hat und sicher jede Sehenswürdigkeit kennt.

»Ich kam auf meinem Weg durch die Stadt sogar am Moulin Rouge vorbei, als ich von der Arztpraxis in Richtung Notre Dame gegangen bin«, erzähle ich weiter.

Seine Augenbraue flippt in die Höhe. »Warst du drin?«

»Nein, aber ich habe ein Foto von der Windmühle gemacht.« Ich hole mein Handy aus meiner Manteltasche und rufe es auf. »Hier.«

Er wirft einen Blick darauf. »Ich war früher öfter mit Freunden dort.«

»Oh, dann kennst du es ja.« Ich stecke das Smartphone wieder weg.

»Ja, aber ich sehe mir deine Fotos gern an.«

»Womit hast du den Tag verbracht?«, erkundige ich mich.

»Ich habe gearbeitet.«

»Woran?«

»An der Wolfram Übernahme. Ich habe das Meeting für Freitag vorbereitet.«

»Das sollte ich doch machen«, entgegne ich irritiert. »Warum hast du dich darum gekümmert?«

»Weil ich Zeit hatte«, erwidert er schlicht.

»Manchmal nehme ich meiner Assistentin auch etwas Arbeit ab, sofern ich selbst nicht darin ertrinke.«

Ich verziehe meine Lippen zu einem Lächeln. »Dann danke, dass du mir etwas Arbeit abgenommen hast.«

»Oh, glaub mir, wenn wir wieder in New York sind, wirst du noch einiges zu tun haben, damit der Vertrag noch vor Ort unterschrieben werden kann.«

»Wie meinst du das?«, möchte ich wissen.

»Wolfram ist eine harte Nuss, du bist eine Frau. Du musst ein wenig flirten, damit ich die Firma kaufen kann.«

»Geht's noch?«, hake ich perplex nach.

Adrian lacht auf. »Das war ein Scherz, Helena. Du musst bloß die Verträge aufsetzen, aber dabei wird dir Misses Burkley zur Hand gehen.«

Ich atme auf. »Ich dachte schon, dass du es ernst meinst.«

»Um Gottes willen, nein, bei aller Liebe nicht. Ich konnte bisher jede Firma kaufen, ohne meine Assistentinnen zur Prostitution zu zwingen.«

»Das beruhigt mich«, sage ich überfordert.

Amüsiert betrachtet er mich. »Du musst keine Angst haben, dass ich dich um so etwas bitten würde. Das wird nicht passieren. Abgesehen davon habe ich etwas dagegen, dass meine Angestellten mit CEOs von Firmen, die ich aufkaufen will, ausgehen.«

Ich nicke langsam, um ihm zu signalisieren, dass ich ihn verstanden habe. Allerdings brennt mir eine Frage auf der Zunge. »Wenn wir zurück in New York sind, führen wir diese Sache fort?«

»Das liegt ganz daran, ob du es willst oder nicht.«

Adrian räuspert sich. »Ich gebe zu, dass ich dem nicht abgeneigt wäre.« Er legt den Kopf schief. »Aber wie sieht es mit dir aus?«

Mir wird flau im Magen. »Ich weiß es nicht.« Ich hole tief Luft. »Ich meine, die Kollegen werden es früher oder später merken und ich weiß nicht, ob das so gut wäre.«

»Du willst es also nicht vertiefen, weil wir auffliegen könnten?«, hakt er mit hochgezogener Augenbraue nach.

»Nein, ich weiß einfach nicht, ob ich es vertiefen will.« Ich seufze resigniert. »Gib mir ein wenig Zeit zum Nachdenken.«

Adrian nickt. »Eine Sache sollte dir klar sein.«

Fragend sehe ich ihn an. »Die wäre?«

»Wir haben eine Affäre, keine Beziehung und du wirst keine Treue von mir erwarten können.«

Damit hat sich das Ganze sowieso schon erledigt. Ich bin kein Mensch für Polygamie oder offene Beziehungen, sondern bin monogam, aber Adrian ist es offensichtlich nicht. Ich meine, er hatte so viele verschiedene Frauen auf seinem Schreibtisch, seit ich für ihn arbeite, weshalb ich mich treten könnte, weil ich schwach geworden bin.

»Du bist auf einmal so schweigsam.«

»Ja, weil ich nach dieser Offenbarung auf den Entschluss gekommen bin, dass wir es nach dieser Reise begraben sollten«, entgegne ich vorsichtig.

»Dann sollte ich die letzten Tage und Nächte mit dir genießen«, meint er, doch wirkt er keineswegs enttäuscht, eher geschäftsmäßig.

»Wahrscheinlich«, sage ich leise und sehe auf die weiße Tischdecke vor mir. Mir ist es vergangen, den heutigen Abend weiterzuführen, aber ihm sicher nicht.

»Was wirst du als Erstes tun, wenn wir zurück in Manhattan sind?«, erkundigt er sich, als wären die letzten Sätze nie von uns gesprochen worden.

»Wäsche waschen«, antworte ich grinsend. »Und mich mit einem großen Becher Schokoladeneis auf meine Couch zurückziehen und alte Filme schauen.«

Er verzieht seine sinnlichen Lippen, die mich so sanft und auch hart geküsst haben, zu einem Lächeln. »Klingt gut.«

»Was wirst du tun?«, möchte ich wissen.

»Ich schätze, dass ich mich mit meinem Bruder und meiner Mutter treffen werde. Das ist eine kleine Tradition bei uns, wenn einer von uns von einer Geschäftsreise zurückkommt.«

Ich ziehe die Augenbrauen zusammen. »Deine Mutter arbeitet noch?«

»Für diverse Wohltätigkeitsvereine«, antwortet er und verdreht die Augen. »Aber das war alles, was sie je getan hat. Ihr Job war es immer, die Frau meines Vaters zu sein.«

»Und eure Mutter«, ergänze ich seine Aussage.

Er lacht leise. »Die war sie selten, dafür waren Nannys verantwortlich.«

»Dann haben wir wohl etwas gemeinsam«, stelle ich wispernd fest.

»Haben wir.« Adrian räuspert sich. »Aber du hast nichts mehr mit dieser Welt zu tun, also hast du im Gegensatz zu mir den Absprung geschafft.«

»Na ja, als deine Assistentin habe ich wohl das Becken verfehlt.«

Diesmal lacht er etwas lauter. »In Manhattan wirst du mich nicht zu Empfängen begleiten müssen.«

»Das beruhigt mich.« Ja, das tut es wirklich. Ich habe mich schon auf der gestrigen Spendengala fehl am Platz gefühlt, deshalb bin ich froh, dass ich ihn zu keiner weiteren Veranstaltung begleiten muss. Adrian kennt sicher eine ganze Menge Frauen, die er fragen kann, wenn er eine Begleitung braucht. Einmal mehr werde ich vom Stachel der Eifersucht gestochen. Ich will diejenige sein, die an seiner Seite über rote Teppiche läuft. Er soll keine andere mitnehmen. Nur mich. *O Gott, was denke ich denn da?* Ich darf diese Gedanken nicht haben. Adrian ist mein Boss, nicht mein Freund, nicht meine Affäre, da wir bereits geklärt haben, dass die Sache beendet ist, sobald wir wieder New Yorker Boden unter den Füßen haben.

»Madame, Monsieur«, sagt jemand, weshalb ich den Blick hebe. Ein Keller steht neben uns, er trägt zwei Teller, auf denen Servierglocken sind.

»Ich hoffe, es macht dir nichts aus, dass ich das Menü ausgewählt habe«, wendet sich Adrian an mich.

»Solange es keine Stopfgans ist, ist alles in Ordnung.«

»Gut, es ist Steak, blutig.«

Ich hebe eine Augenbraue. »Dann macht es mir doch etwas aus.«

Er grinst mich an. »Keine Sorge, es ist etwas, das du isst.«

»Du hast Spaß daran, mich zu verarschen, oder?«, hake ich nach.

»Ein wenig vielleicht«, grinst Adrian und bedankt sich beim Kellner, nachdem dieser die Teller vor uns gestellt hat.

»Merci«, danke ich ihm ebenfalls, dann hebt er die Glocken von den Gerichten.

»Bon appétit.«

Adrian sagt etwas zu ihm, woraufhin er nickt. Am liebsten würde ich ihn fragen, was er gesagt hat, aber ich lasse die Sache lieber auf sich beruhen, damit ich nicht allzu neugierig wirke.

Der Kellner verabschiedet sich, ich sehe ihm hinterher. Er steigt in den Aufzug, der einen zurück auf die zweite Etage bringt, dann ist er schon verschwunden.

»Warum siehst du dem Kellner nach?«

Ich schaue wieder zu Adrian. »Ich wollte bloß wissen, ob er wirklich geht.«

Er wirkt skeptisch. »Wie meinst du das?«

»Ich dachte, er bleibt vielleicht hier, um uns zu bedienen.«

»Ah.«

Ich blicke auf den Teller. »Was hast du bestellt?«

»Das ist Coq au vin«, antwortet er. »Auf eine Vorspeise habe ich verzichtet, weil das Gericht sehr sättigend ist.«

»Was ist mit einer Nachspeise?«, möchte ich wissen.

»Wenn du eine möchtest, werde ich dafür sorgen, dass du eine bekommst.« Er zwinkert mir zu. »Ich hoffe, es schmeckt dir.«

»Danke.«

Wir wünschen uns guten Appetit, dann fangen wir an zu essen.

Das Abendessen haben wir vor eineinhalb Stunden beendet, doch wir sitzen immer noch an dem Tisch auf der Aussichtsplattform des Eiffelturms. Ich trinke einen Schluck Wein, anschließend erhebe ich mich. »Ich glaube, der Ausblick ist atemberaubend.«

»Das ist er tatsächlich«, erwidert er, steht ebenfalls auf und geht mit mir an das Gitter. Adrian bleibt hinter mir stehen und legt seine Arme um mich. Seine Hände faltet er auf meinem Bauch. »Gefällt es dir?«

»Es ist genauso, wie ich vermutet habe.«

»Was hast du denn vermutet?«, fragt er mit rauer Stimme.

»Dass es mir die Sprache verschlägt, hier oben zu stehen und Paris überblicken zu können«, sage ich leise.

Adrian haucht einen Kuss auf meine Wange. »Es ist atemberaubend, mit dir hier zu stehen.«

Ich will mich zu ihm umdrehen, doch er lässt es nicht zu.

»Genieß den Ausblick, Helena.« Er streichelt meinen Bauch, dann öffnet er den Gürtel meines Mantels.

»Was hast du vor?«, frage ich irritiert, dabei schaue ich auf seine Hände.

»Schh«, macht er, knöpft meinen Wollmantel auf und zieht die Bluse aus meinem Rock.

»Adrian, wir können doch nicht«, gebe ich zu bedenken.

»Wir können, weil wir nicht gestört werden«, raunt er, dann dreht er mich zu sich um. Er schiebt mich gegen das Gitter, legt seine Finger an meine Wangen und sieht mir in die Augen. »Du hast wunderschöne Augen«, sagt er mit rauer Stimme.

»Danke«, hauche ich, während ich seinen Blick halte.

Er beugt sich zu mir runter, seine Lippen treffen sanft auf meine. Adrian küsst mich leidenschaftlich, dabei gleiten seine Hände auf meinen Hals, weiter auf meine Brüste und schließlich unter meine Bluse. Seine kalten Fingerspitzen lassen mich zusammenzucken und sorgen dafür, dass ich mich unter seinen Berührungen winde.

Ich greife vor, öffne seinen Gürtel, anschließend seine Hose und lasse meine Hand hineingleiten.

Er keucht, als ich seinen Schwanz umfasse. Ich massiere ihn langsam, doch fest, was ihn hart werden lässt. Adrian schiebt meinen Rock hoch, entblößt meine Oberschenkel und fasst an meinen Hintern. Er hebt mich hoch, ich schlinge meine Beine um seine Hüften, und er drängt mich mit dem Rücken gegen das Gitter. Es tut weh, aber in diesem Moment erregt es mich. Adrian zieht meinen String zur Seite. Mit einer fließenden Bewegung dringt er in mich ein, was mich laut aufstöhnen lässt. Er lässt sich keine Zeit, mich zu dehnen, sondern füllt mich gleich gänzlich aus. Ich dränge meine Zunge in seinen Mund, fordere seine zu einem leidenschaftlichen Tanz heraus, auf den er sich einlässt.

Adrian stößt mich am Gitter hoch. Ich umfasse zwei Streben, halte mich an ihnen fest und lasse mich von unserem Kuss mitreißen. Die Lust schnürt mir beinahe die Kehle zu und bringt mein Herz zum Rasen. Es kämpft gegen den knöchernen Käfig, den meine Rippen darstellen. Obwohl ich das Gefühl habe, kaum Luft zu bekommen, keuche und stöhne ich in seinen Mund.

Adrians Stöße sind nicht fest oder kraftvoll, diesmal scheint er es genießen zu wollen. Adrian beendet den Kuss und sieht mir kurz in die Augen. Dann lässt er meinen Hintern los, stützt mich mit seinem Oberschenkel und öffnet meine Bluse. Als er meinen Oberkörper entblößt hat, beugt er sich vor und küsst die Ansätze meiner Brüste, dabei zieht er die Cups meines BHs herunter. Seine Zungenspitze kreist um meinen Nippel, im nächsten Moment knabbert er daran, was mich wieder stöhnen lässt. Er zieht sich aus mir zurück, um sich dann erneut in mir zu versenken. Irgendwie kriegt er es hin, diesen einen Punkt in mir zu berühren, der meine Lust noch einmal beflügelt. Er lässt sein Becken kreisen, intensiviert das Gefühl und sorgt dafür, dass ich lauter werde.

Als er an meiner Brustwarze knabbert, sie heftig mit seinen Zähnen neckt, beginnt mein Unterleib zu pulsieren. Das Zucken meiner Nerven erschwert es ihm, in mich einzudringen. Adrian lässt von meinen Brüsten ab, sieht mir abermals in die Augen und küsst mich stürmisch. Ich lege meine Hände in seinen Nacken, damit er sich nicht von mir löst, sondern ich diesen Kuss vollkommen auskosten kann. Adrian umschlingt mich mit seinen Armen, stößt fester in mich und vor meinem inneren Auge bricht ein Feuerwerk los. Ich komme mit einer Wucht, die ich bisher noch nicht erlebt habe. Adrian presst sich fest gegen mich, ich spüre, dass er ebenfalls seinen Höhepunkt erlebt. Er drängt mich noch einmal gegen das Gitter, sieht mich schwer atmend an und verzieht seine Lippen zu einem Lächeln. Adrian lehnt seine Stirn gegen meine. Ich schließe die Augen und genieße das Gefühl, langsam von diesem Höhenflug herunterzukommen. Ein Schauer nach dem anderen fegt über meinen Körper hinweg, doch liegt es daran, dass ich mich beruhige und der Wind unheimlich kalt ist.

Vorsichtig stellt Adrian mich auf meine Füße und hilft mir dabei, meine Kleidung zu richten, bevor er sich um seine kümmert. Er streichelt meine Wange. »Kaum zu fassen, dass wir das in New York nicht mehr teilen werden.«

Ich erstarre, sehe ihn wortlos an.

»Findest du nicht auch?«, fragt er, als wir wieder zum Tisch gehen.

»Hm«, mache ich schlicht und setze mich auf meinen Platz. Über uns hat sich der Himmel verdunkelt, aber wegen der Beleuchtung des Eiffelturms kann man keine Sterne sehen. Die Stadt ist viel zu hell, als dass man überhaupt welche entdecken könnte.

»Wonach suchst du?«, erkundigt sich Adrian.

»Ich suche nach Sternen«, antworte ich lächelnd und schaue zu ihm.

»Sollen wir noch etwas an der Seine spazieren gehen und dann zurück ins Hotel?«

»Klar«, erwidere ich gut gelaunt.

~

Adrian hält meine Hand, als wir an der Seine spazieren.

Ich fühle mich in seiner Gegenwart wohl, aber ich weiß, dass nächste Woche alles vorbei sein wird. Wir werden nicht mehr Hand in Hand durch die Straßen laufen, sondern wieder ein Verhältnis führen, dass für einen Firmenchef und seine Angestellte angemessen ist. Dieser Traum, dieser wirklich ungewöhnliche Traum wird vorbei sein. Ich werde aufwachen und dann ist alles so, wie es war, bevor wir in New York aufgebrochen sind. Er wird wieder Adrian Whiteman, der CEO, der ein Arschloch ist, sein – ich werde wieder Helena Johnson, die Frau, die wegen des gebrochenen Versprechens ihres Vaters den Kontakt zu ihrer Familie aufgegeben hat, sein. Wir beide sind grundverschieden und uns doch so ähnlich. Sowohl er als auch ich kennen die Tücken des Reichtums, aber ich habe mich davon abgewandt. Irgendwie habe ich es geschafft, mich in Schulden zu stürzen, meinem Vermieter wegen der Miete aus dem Weg zu gehen und einen Job zu bekommen, der mir dabei hilft, meine Gläubiger einigermaßen ruhigzustellen, da ich mit meinem höheren Gehalt problemlos die Raten und meine Mietschulden bezahlen kann.

»Was geht dir durch den Kopf?«, möchte er wissen, als ich meinen Kopf an seinen Oberarm lehne.

»Wie wir miteinander zurechtkommen, wenn wir zurück in Manhattan sind.«

Adrian sieht zu mir runter. »Wie immer, schätze ich.«

»Das heißt, du wirst mich wieder von oben herab behandeln?«

»Es muss doch glaubwürdig bleiben«, sagt er gelassen.

»Schon, allerdings könntest du etwas weniger das Arschloch raushängen lassen, denn es ist wirklich schwer, nett zu bleiben, wenn du mich so mies behandelst«, entgegne ich nach einem tiefen Durchatmen.

»Keine Sorge, ich werde dich gut behandeln.«

»Ob ich das glauben soll?«, hake ich grinsend nach.

»Lass dich überraschen, Helena.«

Die Art und Weise, wie er meinen Namen ausspricht, lässt mein Herz höher schlagen. Verdammt, ich habe dieses Spiel angefangen, ohne zu wissen, dass er es beherrscht. Dieser Mann wird mein Untergang sein.

Ich weiß es.

10

Drei Tage später

Ich habe wieder New Yorker Boden unter den Füßen und meine Pläne verfolgt. Am ersten Abend, an dem wir zurück waren, habe ich meine Wäsche gewaschen und mich mit einem großen Becher Schokoladeneis auf meine Couch verzogen. Das iPhone, das Adrian mir auf dem Weg nach Paris gegeben hat, habe ich immer noch. Er meint, dass es ab sofort mein berufliches Telefon ist, weil ich für ihn immer erreichbar sein soll. Wenn ich zu Hause bin, ist es allerdings aus. Ich will nicht, dass er mich während meiner Freizeit anruft. Andererseits hat er auch die Nummer meines privaten Handys. Er wird mich so oder so erreichen. Seufzend greife ich zum iPhone und schalte es wieder ein. Es ist das neueste Modell und ich bin total begeistert, denn ich habe in Paris einige tolle Fotos mit dem Smartphone gemacht. Mein altes Nokia-Modell hat lange keine so gute Kamera.

Kaum ist es eingeschaltet, gehen einige Nachrichten ein.

Wie geht's dir?, schreibt Adrian.

Ich verziehe meine Lippen zu einem Lächeln. *Gut, und dir?*, antworte ich ihm.

Es vergehen nur Sekunden, bis ich eine weitere WhatsApp-Nachricht von ihm bekomme. *Ich kann nicht klagen, jedoch denke ich an die Zeit in Paris.*

Ich sehe erstaunt auf das Display, lese die Worte wieder und wieder. *Warum denkst du an Paris?*

Wieder gibt das Handy einen Nachrichtenton von sich. *Weil mir die gemeinsame Zeit mit dir fehlt.*

Daraufhin seufze ich. *Es war schön, aber diese Zeit ist vorbei, Adrian … Sorry, Mr. Whiteman. ;-)*

Ms. Johnson, niemand kann uns hören, lassen Sie uns bei unseren Vornamen und beim Du bleiben … Und ich denke daran, weil es mir fehlt, dich in meinen Armen zu halten und mit deinem Duft in der Nase aufzuwachen. ;-)

Ich schlucke. Meint er das etwa ernst? *Adrian, du bist mein Boss.* Mehr fällt mir nicht ein, um ihm den Wind aus den Segeln zu nehmen. Die Zeit in Paris war schön, der Sex sagenhaft und doch war es ein Fehler. Ich hätte ihn abweisen müssen, aber ich war zu schwach, und jetzt rächt es sich, weil ich diesen Mann nicht mehr aus meinem Kopf bekomme. Er besucht mich in meinen Träumen, stiehlt sich in meine Gedanken und ich glaube, er hat sich auch in mein Herz geschlichen. Scheiße!

Du solltest nicht immer deinen Boss in mir sehen, Helena.

Das kann ich leider nicht abstellen, schreibe ich zurück und lege das Handy weg.

~

Als ich am nächsten Morgen zur Arbeit aufbrechen will, stoße ich vor der Tür mit einer Wand aus feiner Wolle zusammen. »Wow, sorry«, stoße ich aus, als ich ein paar Schritte nach hinten stolpere.

»Kein Problem«, sagt Adrian.

Ich hebe den Blick und starre ihn an. »Ich … Äh … Was tust du hier?«

»Ich komme dich abholen, weil wir einen Kundentermin haben.«

Meine Augenbraue flippt in die Höhe. »Wie bitte?«

»Wir haben einen Kundentermin.«

»Mit wem?« Ich krame den Terminkalender aus meiner Handtasche. »Ich habe keinen Termin eingetragen.«

»Weil ich ihn kurzfristig gemacht habe.« Er deutet zu seinem Wagen. »Kommst du?«

»Okay.« Ich folge ihm zu seinem Auto, doch entgegen meiner Erwartung, sitzt kein Chauffeur hinterm Steuer. »Seit wann fährst du selbst?«

»Gelegentlich tue ich das.« Adrian öffnet mir die Beifahrertür, lässt mich einsteigen und schließt sie wieder. Danach nimmt er hinterm Steuer Platz. »Ich hoffe, du magst Austern.«

»Das ist hoffentlich ein Scherz«, entgegne ich angewidert.

»Nein, leider nicht. Ich bin auch kein Fan davon, aber für eine Firmenübernahme würde ich auch Kaviar essen«, meint er, startet den Motor und fädelt sich in den fließenden Straßenverkehr ein.

»Mit wem ist der Termin?«, erkundige ich mich.

»Mit Jonathan Barlow.«

»Von dem habe ich noch nie gehört«, sinniere ich. »Wer ist das?«

»Er ist der Finanzberater eines Unternehmers, dessen Firma ich kaufen will.«

Ich hebe eine Augenbraue. »Welche Firma?«

»Ein Hedgefonds Unternehmen«, erwidert er.

Ich seufze. »Warum sagst du es mir nicht einfach?«

Adrian hält an einer roten Ampel. »Ich kann nicht direkt mit ihm über diese Firma sprechen, weil ich ziemliche Probleme bekommen kann, da ich mir Geschäftsgeheimnisse erschleiche. Ich ziehe dich lieber nicht in die Sache hinein.«

»Warum nimmst du mich dann überhaupt mit?«, hake ich misstrauisch nach.

»Weil ich Zeit mit dir verbringen wollte. Ich kann mich noch nicht so richtig von den Erinnerungen an Paris lösen.«

Ich starre ihn an. »Was soll das heißen?«

Adrian seufzt resigniert. »Dass wir gar keinen Termin haben, sondern ich dich zu einem meiner Lieblingsorte bringe.«

Daraufhin ziehe ich die Augenbrauen zusammen. »Wieso sagst du das mir nicht einfach?«

»Damit du dir die Überraschung selbst verderben kannst«, sagt er und grinst mich schalkhaft an.

Ich seufze schwer. »Adrian, bring mich bitte in die Firma.«

»Helena, lass einfach zu, dass ich dich in mein Leben

lasse«, meint er und legt seine Hand auf meinen Oberschenkel.

Ich schüttle den Kopf. »Nein, es ist besser, wenn das, was in Paris passiert ist, in Paris bleibt. Wir haben abgemacht, dass diese … Liaison ein Ende nimmt, sobald wir New Yorker Boden unter den Füßen haben«, flüchte ich mich in Ausreden.

»Falsch.«

»Wie bitte?«, bohre ich nach.

»Du hast es beschlossen, ohne mich zu fragen. Wäre es nach mir gegangen, wärst du vom Flughafen aus mit zu mir gefahren.«

Ich beiße auf meine Unterlippe. »Ich möchte zur Arbeit.«

»Ich bin dein Boss, wir arbeiten dort, wo ich es sage.«

»Adrian, ich meine es ernst. Ich möchte in die Firma«, sage ich entschieden.

»Nun gut. Fahren wir in die Firma.« Die Ampel springt auf Grün und er biegt an der nächsten Kreuzung rechts ab.

Ich habe keine Ahnung, ob wir nun wirklich auf dem Weg zu seinem Unternehmen sind oder nicht.

~

Wegen des Berufsverkehrs haben wir eine halbe Stunde zur Firma gebraucht. Ich bin genervt, weil er mein Nein zu unserer Affäre nicht akzeptieren wollte. Adrian gehört zu den Männern, denen alles zufliegt. Aber ich werde nicht kampflos aufgeben. In Zukunft werde ich stark bleiben und mich nicht mehr auf ihn einlassen. Unser Verhältnis muss wieder professionell werden, statt zu einer Affäre auszuarten. Es würde sowieso schiefgehen, denn wir sind zu verschieden, auch wenn wir aus einer Welt stammen.

Ich bin in meinem Büro verschwunden, um ihm aus dem Weg zu gehen. Adrian hat bisher keinen Versuch gewagt, mit mir zu sprechen. Schon nicht mehr, seit ich ihm sagte, dass ich in die Firma, statt zu ihm fahren will. Ich setze mich an meinen Schreibtisch, schalte den Computer ein und rufe die E-Mails ab. Es sind fast nur Terminbestätigungen eingegangen. Ich notiere sie auf mein Klemmbrett, das so unglaublich klischeebehaftet ist, dass es mir eiskalt den Rücken hinunterläuft. Anschließend erhebe ich mich von meinem Schreibtisch, klopfe an die Verbindungstür und betrete Adrians Büro.

Er sitzt an seinem Schreibtisch, als wäre er über die ganze Welt herrschen. »Was gibt's, Miss Johnson?«

»Ich habe hier verschiedene Terminbestätigungen für die kommenden Wochen, die ich Ihnen geben wollte, Mister Whiteman.«

Adrian winkt mich zu sich, ich trete näher und gebe ihm die Notizen, die ich gemacht habe. »Tragen Sie die Termine bitte in meinen Kalender ein.«

»In Ordnung.«

»Und besorgen Sie mir bitte die aktuellen Quartalszahlen von Evening Enterprises.«

»Wie soll ich daran kommen?«, möchte ich wissen.

»Sie haben Charme, lassen Sie sich etwas einfallen, wenn Sie mit deren Insolvenzverwalter sprechen.«

Ich hebe eine Augenbraue. »Wie soll mir deren Insolvenzverwalter weiterhelfen?«

»Der wird die Zahlen haben, also bitte, Miss Johnson, schalten Sie Ihren Kopf ein«, sagt er überheblich.

Ganz das alte miese Arschloch, dabei war er vor einer Dreiviertelstunde noch unheimlich charmant. »Ja, Mister Whiteman«, entgegne ich freundlich, obwohl ich ihm ganz gern andere Dinge an den Kopf werfen will. Was bildet er sich eigentlich ein? Ich sage Nein zu ihm und er behandelt mich wieder von oben herab? Vielleicht hält er mich sogar für eine Kakerlake, die er mühelos mit seinen italienischen Designertretern zerquetschen kann? Ich sollte diese Gedanken verwerfen und den Kerl ignorieren, wenn es nicht gerade um die Arbeit geht.

Ja, das wird das Beste sein.

»Hey, hey, Cheftippse«, ruft Jo, weshalb ich mich mit großen Augen zur Verbindungstür umdrehe, da ich bei Adrian bin.

»Cheftippse?«, hakt er amüsiert nach.

Ich sehe wieder zu ihm. »Ich weiß nicht, woher sie das hat.«

»Fakt ist, dass Sie noch eine Stunde zu arbeiten haben, sagen Sie das der Dame, die gerade so nett herumgeschrien hat.«

Ich nicke ihm zu.

»Und Sie müssen mich gar nicht fragen, ob Sie früher gehen dürfen«, fährt er fort.

»Das hatte ich nicht vor, Mister Whiteman.«

»Gut, dann gehen Sie zurück an die Arbeit und bitten Sie Ihre Freundin darum, unten auf Sie zu warten.«

Abermals nicke ich. »Ja, Sir.« Danach wende ich mich ab und gehe in mein Büro. Die Verbindungstür schließe ich hinter mir.

»Sorry«, sagt Jo, statt mich zu begrüßen.

»Hey, schon okay.« Ich laufe zu ihr und drücke sie fest. »Allerdings hat der Chefaffe mitbekommen, dass du gekommen bist.«

Sie seufzt schwer. »Tut mir leid. Hast du schon Feierabend?«

Daraufhin schüttle ich den Kopf. »Nein, ich muss noch eine Stunde.«

»Hast du viel zu tun oder kann ich dich nebenbei vollquatschen?«

Ich atme tief durch und setze mich hinter meinen Schreibtisch. »Mein Boss meinte, dass ich dich darum bitten soll, im Foyer auf mich zu warten. Er mag es nicht, wenn Firmenfremde in den Büros sind.«

Jo verdreht die Augen. »Was für ein kleinlicher Pimmel.«

Ich starre sie mit heruntergeklapptem Kiefer an. »W-wie bitte?«

»Der Kerl ist ein Arsch.«

»Ich weiß«, entgegne ich und lehne mich zurück. »Ich muss dir später unbedingt etwas erzählen.«

Sie hebt eine Augenbraue. »Was?«

»Später, okay? Jetzt könnte er es mitbekommen und das muss nicht sein.«

»Na gut.« Jo geht zur Tür. »Kann man sich im Foyer irgendwo hinsetzen?«

»Ja, gegenüber des Empfangs ist ein großer Wartebereich.«

»Dann warte ich dort auf dich«, sagt sie lächelnd. »Bis nachher.« Jo schaut hinter mich, dann verlässt sie den Raum.

»Bis später«, erwidere ich und sehe ihr nach, bis sich die Bürotür hinter ihr geschlossen hat.

»Eine sehr … bunte Dame«, vernehme ich Adrians Stimme.

Ich drehe mich mit dem Stuhl zu ihm um. »Sie haben gelauscht?«

»Nein, ich bin gekommen, um Sie um etwas zu bitten, Miss Johnson.«

»Das wäre?«, hake ich nach.

»Kommen Sie mit.« Er geht zurück in sein Büro.

Seufzend erhebe ich mich und folge ihm bis zu seinem Schreibtisch, doch im Gegensatz zu ihm bleibe ich davor stehen, während er dahinter Platz genommen hat. »Wobei soll ich Ihnen helfen?«

Adrian greift nach einer Akte und reicht sie mir. »Bei einer Entscheidung.«

Ich nehme den braunen Hefter an und schlage ihn auf. Meine Gesichtszüge entgleisen. »Was soll das sein?«

»Die Firma hat Insolvenz angemeldet und ich bin mir nicht sicher, ob ich sie kaufen soll. Du hattest bei Harlow Enterprises einen guten Riecher, als du mir in deiner ersten Woche davon abgeraten hast, da der Kasten nur zwei Tage später bis auf die Grundmauern niedergebrannt wurde.«

Ich werfe einen Blick in die Unterlagen. »Warum werde ich mit eingebunden?«

»Wie ich bereits sagte: Du hattest bei Harlow einen

guten Riecher, ich möchte wissen, was du von dieser Firma hältst.«

Die Zahlen sind gut, weshalb es mich wundert, dass die Firma Konkurs angemeldet hat. Es ist ein Unternehmen, das auch am Aktienmarkt stets erfolgreich war. Ich verstehe es nicht und wundere mich, dass ich nirgendwo den Namen des Unternehmens entdecken kann. »Um welche Firma handelt es sich?«

»Preston Carmichaels Company«, lässt er mich wissen.

»Mister Carmichael ist pleite?«, hake ich überrascht nach.

»Ja, zumindest behauptet er das, aber ich finde auch keine Hinweise darauf in der Akte.«

Ich räuspere mich. »Vielleicht will er einfach nur das Unternehmen abtreten.«

»Dann würde er es zum Verkauf anbieten, statt Konkurs anzumelden.«

»Aber die Zahlen sprechen dafür, dass er solvent ist«, gebe ich zu bedenken. »Ich muss zugeben, dass ich verwirrt bin.«

Adrian nickt. »Das bin ich auch.«

»Wie kriegen wir raus, was da los ist?«, möchte ich wissen.

Er lehnt sich zurück, legt die Fingerspitzen beider Hände aneinander und sieht mich darüber hinweg an. »Wenn ich einen legalen Weg kennen würde, würde ich ihn einschlagen, allerdings fällt mir diesmal nichts ein.«

»Kennst du Mister Carmichael nicht?«, frage ich interessiert.

»Nein, ich habe ihn nie getroffen.«

Ich nicke verstehend.

»Kennst du ihn?«

»Ja, er ist ein guter Freund meines Vaters und hat mir damals vor meinem Studium angeboten, dass ich jederzeit für ihn arbeiten könnte.«

Adrian betrachtet mich nachdenklich. »Würdest du ihn besuchen und fragen, warum er trotz so guter Zahlen Konkurs gegangen ist?«

»Das ist Industriespionage und ich habe nicht vor, mich für dich strafbar zu machen, Adrian«, entgegne ich entschieden. »Aber ich kann ihn anrufen und ein Gespräch anfangen, vielleicht wird er mir dabei etwas verraten.«

»Das wäre nichts Anderes als Industriespionage, Helena.«

»Ich weiß.«

»Also hätte es keinen Sinn, wenn du dich bei ihm erkundigst. Wir müssen es auf eine andere Weise herausfinden.« Adrian atmet tief durch. »Ich bin mir nicht sicher, ob er wirklich pleite ist oder das Geld zur Seite geschafft hat. Es stand jahrelang nicht gut um seine Firma, aber niemand konnte sich erklären, warum das der Fall war. Der Mann war immer ganz groß im Geschäft.«

Ich denke darüber nach, was mein Vater immer über Preston Carmichael gesagt hat. Firmenchefs müssten heutzutage – womit damals gemeint ist – Geld zur Seite schaffen, damit sie auf der sicheren Seite sind. Ich weiß nicht, ob er jemals Geld auf die Cayman Islands geschafft hat oder Preston es getan hat, aber der Verdacht liegt nahe. Wobei mein alter Herr immer ehrlich war.

Quatsch, das war er nicht, sonst hätte er mir nie angeboten, dass ich an Elisabeths Stelle Johnson Trust übernehmen kann. Am Ende stellte es sich als große Lüge heraus.

»Na gut, ich habe dich lange genug beansprucht. Mach Feierabend für heute.«

»Danke«, entgegne ich und stehe auf. »Bis morgen.«

»Morgen ist Samstag. Wir sehen uns Montag, Helena.«

»Dann bis Montag, Adrian.« Ich wende mich ab und gehe zurück in mein Büro.

Nachdem ich den Computer abgeschaltet habe, habe ich meine Sachen zusammengepackt. Mit meinem Mantel über dem Arm gehe ich zum Aufzug.

Es dauert nicht lang, bis Adrian zu mir stößt. »Und was liegt heute Abend an?«, erkundigt er sich.

»Ich muss jetzt erst mal herausfinden, warum meine beste Freundin hier aufgetaucht ist.«

»Der Paradiesvogel ist deine beste Freundin?«

»Ja und meine Tätowiererin«, antworte ich aufrichtig.

»Sie hat das Tattoo auf deiner Schulter gestochen?«

Ich nicke. »Hat sie.«

»Ah, gute Arbeit.« Er deutet zu seinem privaten Aufzug. »Soll ich dich nach unten bringen?«

»Wohin musst du denn?«, möchte ich wissen.

»Ich habe eine Verabredung, die ich in Empfang nehmen muss, sonst kommt sie nicht herein«, erklärt er lächelnd.

»Ach so.« Ich sehe zu seinem Privatlift. »Ja, es wäre nett, wenn du mich mitnimmst, bringst oder … wie auch immer.« Ich ringe mir ein Lächeln ab.

Er erwidert es auf seine charmanteste Art und Weise. »Dann komm.«

Ich gehe an seine Seite.

Nachdem Adrian die Schlüsselkarte in den Kartenleser gesteckt hat, öffnen sich die Türen. »Hereinspaziert.«

»Danke.« Ich betrete die Kabine und lehne mich an die Wand.

Er folgt mir, gibt einen Code ein, dann schließen sich die Aufzugtüren. »Und glaubst du, es ist uns geglückt, die Fassade von Chef und Assistentin aufrechtzuerhalten?«

»Heute auf jeden Fall«, antworte ich aufrichtig. »Andererseits hat Misses Burkley ein paar Andeutungen gemacht, die Gegenteiliges vermuten lassen.«

Er schnaubt. »Bevor oder nachdem sie bei mir im Büro war?«

»Danach.«

»Dann lag es wohl daran, dass ich ihr gesagt habe, dass sie es sich nicht mehr herausnehmen soll, dich oder mich zu beleidigen, weil sie ihren Job nicht machen will, auch wenn wir sie deshalb zu nachtschlafender Zeit wecken«, sagt er nachdenklich.

»Vermutlich war sie sauer«, sinniere ich und seufze. »Aber egal, im Laufe des Tages hat sie sich mir gegenüber freundlich verhalten, bis auf die kleinen Andeutungen, die sie gemacht hat.«

»Welcher Natur?«

»Dass ich dein Liebling sei, weil ich kürzere Röcke als meine Vorgängerin trage und sie mit Mitte Vierzig nicht damit mithalten könnte.«

»Wo sie recht hat«, erwidert er amüsiert. »Was sagte sie noch?«

»Ich möchte lieber nicht darüber sprechen.«

»Nun gut.«

Der Aufzug hält im Erdgeschoss, die Türen gleiten zu den Seiten. »Schönen Feierabend, Mister Whiteman.«

»Den wünsche ich Ihnen auch, Miss Johnson«, verabschiedet er sich, nachdem wir die Aufzugkabine verlassen haben.

Ich schenke ihm ein knappes Lächeln, dann gehe ich zu dem großen Wartebereich, in dem meine beste Freundin es sich gemütlich gemacht hat.

Jo steht auf, als sie mich kommen sieht. Sie läuft ebenfalls auf mich zu. »Und jetzt lass dich noch mal drücken«, sagt sie, als sie mich erreicht hat. Anschließend umarmt sie mich fest.

Mir bleibt fast die Luft weg, weil sie mich so kraftvoll an sich drückt. »Okay, okay, lass mich los.«

Daraufhin löst sie sich von mir und grinst mich an. Sie ist etwas größer als ich, wenn ich flache Schuhe trage, doch heute können wir uns wegen meiner High Heels und ihrer Sneakers in die Augen schauen. »Lass uns abhauen, Alec wollte später dazustoßen und wir haben so viel zu bequatschen, bevor er auftaucht.«

»Klar, ich kann es kaum erwarten, ins Wochenende zu starten«, entgegne ich geschafft.

»Du machst aber nicht schon schlapp, oder?«

»Erst nach dem vierten Cosmopolitan, danach übergebe ich Alec und dir die Verantwortung für den Abend«, scherze ich.

»Ah, die Vierer-Regel, clever, Miss Johnson.«

»So bin ich, Miss Steinman.« Ich erwidere ihr Grinsen, dann hake ich mich bei ihr ein. »Wohin gehen wir?«

»Ins *Fourty*.«

»Also dorthin, wo der Name beim Publikum Programm ist.«

Sie lacht. »Wir gehen stramm auf die Dreißig zu, außerdem sind wir jetzt in einem Alter, in dem wir vierundzwanzigjährige Kerle *und* ihre Väter heiß finden dürfen.«

Ich lache, dabei kommen wir an Adrian vorbei.

»Bis Montag, Miss Johnson.«

»Mister Whiteman«, erwidere ich amüsiert und nicke ihm zu.

Auf dem Weg zur Tür kommt uns eine Frau in einem engen schwarzen Kleid entgegen. Ihr Trenchcoat ist offen und ihre Lippen zeichnen ein sehr breites Lächeln. Sie ist unglaublich stilvoll, blond, hat eine verdammt üppige Oberweite und ein anbetungswürdiges Gesicht.

»Was hältst du von Alec? Er hat mich letzte Woche, als du in Frankreich warst, gefragt, ob ich mal allein mit ihm ausgehen würde«, plappert Jo drauf los.

»Ich mag ihn, aber als seine beste Freundin bin ich befangen.« Ich sehe über meine Schulter, um zu sehen, zu wem sie geht. Sie läuft geradewegs auf Adrian zu.

Statt ihm die Hand zu reichen, fällt sie ihm um den Hals und küsst ihn.

Den Kloß in meinem Hals hinunterschluckend schaue ich wieder vor Jo und mich.

»Warum bist du befangen? Du bist doch mitten im Geschehen.«

Ich höre ihr gar nicht zu. Ich weiß nicht, warum mich

das Gesehene so aus der Fassung bringt, aber ich wage noch einen Blick hinter mich.

Adrian sieht zu mir, sein Blick ist kühl, doch als er die Frau vor sich ansieht, strahlen seine Augen. So geht er also damit um, dass ich die Dinge, die in Paris passiert sind, in Paris lassen will. Ich bin so dumm. So unsagbar dumm.

»Was ist denn auf einmal mit dir los?«, möchte sie wissen.

Ich gucke sie an. »Was?«

»Du bist plötzlich wie ausgewechselt. Was ist los?«

»Nichts«, entgegne ich, dann verlassen wir das Foyer von Whiteman Inc.

Eine halbe Stunde und einen Cocktail später, ist meine Stimmung nicht besser. Immer wieder blitzt das Bild von Adrian, der diese wunderschöne Frau küsst, vor meinem inneren Auge auf.

Mit der Fingerspitze kreise ich um den Rand des Cocktailsglas.

»Hel, hey, Erde an Hel, Erde an Hel«, sagt Jo und fuchtelt vor meinen Augen herum.

Ich schüttle den Kopf und sehe sie an. »Hm?«

»Wo bist du nur mit deinen Gedanken? Du bist wie ausgewechselt, seit uns diese Frau entgegengekommen ist und mit deinem Chef geknutscht hat.« Jo schnappt nach Luft. »Nein!«

»Was meinst du?«, hake ich irritiert nach.

»Du stehst auf Adrian Whiteman!«, ruft sie triumphierend aus.

Ich verberge mein Gesicht in der Hand, mit der ich vorher die ganze Zeit meinen Kopf gestützt habe. »Geht's vielleicht noch ein bisschen lauter? So drei bis vier Oktaven?«

Sie verdreht die Augen. »Du stehst wirklich auf deinen Boss, hm?«, möchte sie leiser wissen.

»Kann man so sagen.«

Jo legt ihre Hand auf meine, die den Rand des Glases umrundet. »Was ist in Paris passiert?«

Ich beiße mir auf die Unterlippe.

»Oh nein, du hast doch nicht …«

Ich hebe den Blick, sehe sie niedergeschlagen an.

»Scheiße, du hast«, stößt sie aus und lässt sich nach hinten, gegen die Lehne ihres Stuhls fallen. »Und jetzt hast du dein Herz an ihn verloren?«

»Na ja, ich weiß es nicht. Er wollte diese Liaison weiterführen, aber ich wollte, dass die Pariser Affäre mit unserer Landung in New York beendet ist.« Ich atme tief durch. »Heute Morgen wollte er mich mit zu sich nehmen, aber ich wollte unbedingt in die Firma, damit die Sache sexmäßig nicht eskaliert.«

Jo betrachtet mich skeptisch. »Du hast dich total – und ich meine wirklich *total* – in diesen Kerl verliebt, dabei dachte ich, dass er so ein mieser Hund ist.«

»Der war er auch. Wir sind das erste Mal miteinander im Bett gelandet, nachdem wir uns wegen meiner Bewerbungen gestritten haben. Ich habe wutentbrannt das Restaurant, in dem wir einen Freund von ihm getroffen haben, verlassen und im Foyer des Hotels gewartet … Er war ebenfalls wütend, ich habe ihm gesagt, was für ein Arschloch er ist, und er hat mich geküsst«, erzähle ich. »Und von jenem Abend an haben wir mehrmals täglich und jede Nacht miteinander geschlafen.« Ich seufze, als ich mich an den Abend auf dem Eiffelturm erinnere. »Wir hatten sogar Sex auf der Aussichtsplattform des Eiffelturms.«

Die Gesichtszüge meiner besten Freundin entgleisen. »Zwischen all den Besuchern?«

Ich schüttle den Kopf. »Nein, ich … er hatte es irgendwie geschafft, dass wir abends ungestört dort oben essen konnten. Ich bin zu diesem Gitter, mit dem die Plattform gesichert ist, gegangen, er mir gefolgt und dann ist es passiert.«

»Wow«, stößt sie aus und ich kann den Neid in ihrer Stimme hören. »Das klingt so unglaublich … sexy, auch wenn es total krass ist, dass du da oben Sex hattest, aber wow. Wirklich wow, Hel. Das muss der Wahnsinn gewesen sein.«

»Jedes einzelne Mal war der Wahnsinn, aber ausgerechnet dieser Abend war unheimlich romantisch. Irgendwie ist er mir am meisten im Gedächtnis geblieben.«

»Nur diese Nacht?«, hakt sie nach.

»Nein, ich erinnere mich an jedes Mal.«

Jo betrachtet mich. »Um dich ist es wirklich geschehen, hm?«

»Ja und das ganz unfreiwillig. Ich wollte Adrian das Leben zur Hölle machen, stattdessen hat er den Spieß einfach umgedreht.« Ich verberge mein Gesicht in meinen Händen. »Oh Mann, ich wollte Adrian in diesem Spiel fertigmachen, stattdessen hat er mich besiegt.«

»Hey.« Jo zieht meine rechte Hand von meinen Augen. »Entweder du beginnst ein neues Spiel, das nur du gewinnen kannst, oder du lässt den Kerl ziehen.«

»Ich denke, ihn ziehen zu lassen wäre besser, immerhin hat er sich schon getröstet.«

»Du weißt doch gar nicht, ob das seine Neue ist. Oder vielleicht vögelt er die Frau einfach nur.«

»Mich hat er auch nur gevögelt.«

»Aber er wollte, im Gegensatz zu dir, eure Affäre weiterführen.« Sie trinkt einen Schluck ihres Cocktails. »Hm, vielleicht will er dich auf diese Weise aus der Reserve locken.«

»Und was ist mit den anderen Frauen, die er auf dem Tisch hatte? Waren das auch nur ein Mittel zum Zweck, um mich aus der Reserve zu locken?«

Jo sieht mich einen Moment lang perplex an, dann fängt sie an, aus tiefster Kehle zu lachen. So laut, dass sich schon die anderen Gäste zu uns umdrehen. »Gott, Hel, du bist so herrlich sarkastisch.«

»Dabei war das nicht mal Sarkasmus.«

Sie kichert immer noch.

»Bei euch ist ja richtig gute Stimmung«, sagt Alec, als er sich zu uns setzt. »Worum geht's?«

»Um Hels Boss«, antwortet Jo und sieht mich amüsiert an.

»Was hat er schon wieder angestellt?«, fragt er neugierig.

»Nichts, ich habe Jo bloß gesagt, dass ich ihm seine

italienischen Ledertreter am liebsten in den Arsch schieben würde«, lüge ich.

Jo hebt eine Augenbraue. Sie kann es nicht leiden, wenn jemand lügt, weshalb ich ihre Verurteilung äußerst gut verstehen kann, obwohl sie nichts sagt.

»Klingt so, als hätte er sich wieder ein ordentliches Ding geleistet«, meint er, dann winkt er die Kellnerin heran. »Ach, sie sieht mich nicht. Ich gehe eben an die Bar, um mir ein Bier zu holen. Möchtet ihr auch noch etwas trinken?«

»Noch einen Cosmopolitan«, antworte ich.

»Ich nehme noch so einen Blue Rush.« Sie trinkt ihr Glas leer. »Das Zeug ist wirklich gut, ich glaube, das wird mein neuer Lieblingscocktail.«

»Eine Zuckerbombe mit Blue Curacao, klingt nach viel Sport, den du in nächster Zeit treiben darfst«, sagt Alec lachend.

Ich kichere.

»Ich kann ja mit Hel und dir joggen gehen.«

»Du kannst gern meinen Platz einnehmen«, mische ich mich ein. »Alec ist gnadenlos und davon kann ich eine Pause gebrauchen.«

Alec sieht mich skeptisch an. »Quatsch nicht, wir beide legen morgen wieder los, immerhin hast du zehn lange Tage geschwänzt.« Dann grinst er. »Oder bist du in Paris joggen gegangen?«

»Dafür hatte ich leider keine Zeit, aber ich war im Fitnessraum des Hotels … Einmal.«

Er lacht auf. »Dann starten wir morgen wieder durch.«

Ich seufze schwer. »Du bist ein Sadist.«

»Und du bist eine Masochistin, sonst würdest du mir gar nicht so viel Macht über dich geben.« Er zwinkert mir zu. »Oder siehst du das anders, Jo?«

»Nein, ich denke, ab morgen können wir Hel gemeinsam quälen.« Sie verzieht das Gesicht. »Ah nein, geht nicht, ich muss morgen den ganzen Tag ins Studio.«

»So, einen Blue Rush und einen Cosmopolitan.« Alec steht auf. »Ich hole uns etwas zu trinken.«

»Danke«, sagen Jo und ich im Chor.

Er verschwindet und kaum ist er weg, sieht sie mich vorwurfsvoll an. »Warum lügst du Alec an?«

Ich atme tief durch. »Ich wollte ihn ja gar nicht anlügen, aber ich möchte nicht, dass er weiß, dass ich mit meinem Boss geschlafen habe. Alec fand ihn nach meinen Erzählungen so unsympathisch, dass ich mich seinem Urteil nicht stellen will.«

»Irgendwann wird er es sowieso erfahren.«

Abermals schüttle ich den Kopf. »Nein, er wird es nicht erfahren, aber dafür musst du auch die Klappe halten.«

Sie schnaubt. »Ich werde nicht für dich lügen, Hel.«

»Du sollst nicht lügen, sondern einfach nichts zu dem Thema sagen.«

Sie seufzt resigniert. »Helena, ich kann dir genau sagen, wie die ganze Sache enden wird, nämlich damit, dass du eine Beziehung mit Adrian Whiteman führen wirst. Willst du Alec immer wieder vertrösten, wenn er deinen neuen Freund kennenlernen soll?«

»Nein, das nicht. Nur im Moment möchte ich nicht, dass er etwas davon erfährt.«

»Dass wer was nicht erfährt?«, fragt Alec, der ausgerechnet in diesem Moment zurückgekommen ist.

»Nichts«, entgegne ich.

»Hel«, ermahnt Jo mich.

»Ach ja, die Cocktails kommen gleich.« Er trinkt einen Schluck Bier. »Also es scheint nicht Nichts zu sein, dann schieß los.«

»Nun mach schon, Hel, er wird dir schon nicht den Kopf abreißen oder dich verurteilen.«

»Hmpf«, stoße ich aus und verberge erneut mein Gesicht. »Okay, gut, ich habe mit meinem Boss geschlafen. Mehr als einmal, ich habe es genossen und jetzt bin ich seinetwegen durcheinander«, kläre ich Alec auf. »Und jetzt darfst du mich verurteilen.«

Mein bester Freund sieht mich sprachlos an. Dass sein Mund nicht offensteht, ist alles. Eigentlich hatte ich fest damit gerechnet, dass es passieren würde. Jetzt habe ich eher das Gefühl, dass er einen Schlaganfall erlitten hat, oder versteinert ist, da er keinerlei Regung zeigt.

»Okay, du hast Alec kaputtgemacht. Vielleicht hättest du es doch besser für dich behalten«, meint Jo, die ihn anstupst und genauso vergeblich auf eine Reaktion wartet wie ich.

Ich sehe in mein Glas, das ich fast ausgetrunken habe. Dieser Cocktail wird aber auch in viel zu geringer Menge ausgeschenkt.

»Du hast mit Whiteman geschlafen?«, fragt Alec schließlich.

Ich deute ein Nicken an.

»Warum machst du so einen Scheiß?«, hakt er nach.

Als ich ihn ansehe, kann ich die Enttäuschung in seinem Blick erkennen.

»Du hast immer gesagt, dass du dich niemals auf einen Kollegen oder Vorgesetzten einlassen würdest, weil es die Arbeit ungemein erschweren würde. Du bist seine Assistentin und nun hast du dir dein Leben selbst zur Hölle auf Erden gemacht.«

Okay, er verurteilt mich. Ich wusste es. »So ist es nicht, Alec.«

»Wie ist es denn dann?«, speit er mir förmlich entgegen.

»Adrian und ich …«

»Adrian, du nennst ihn also schon bei seinem Vornamen.« Er schüttelt den Kopf über mich und schnaubt. »Also, was haben Adrian und du?«

»Die beiden haben die Sache noch in Paris beendet«, mischt Jo sich ein. »Und du solltest Hel nicht verurteilen, du hast auch schon mit deiner Vorgesetzten geschlafen.«

Meine Gesichtszüge entgleisen. »Du Heuchler!«, stoße ich aus.

»Moment mal, das war mein Nebenjob als Schüler und sie die neunzehnjährige Restaurantleiterin. Das ist etwas vollkommen anderes«, verteidigt er sich.

»Natürlich«, sagt Jo sarkastisch. »Du sollst nicht mit zweierlei Maß messen, außerdem weiß Hel, dass es nicht richtig war, mit ihrem Boss zu schlafen.«

»Ja, das weiß Hel wirklich«, pflichte ich ihr bei und atme tief durch. »Aber Hel weiß im Moment auch nicht, wo ihr der Kopf steht.«

Beide schauen mich überrascht an.

Indes kommt die Kellnerin und bringt uns unsere Cocktails.

»Die gehen auf mich«, sagt Alec.

»Dann auf dich, Großer«, erwidert Jo, danach stoßen wir miteinander an.

»Na ja, du solltest dich von Whiteman fernhalten. Der Kerl wird dir nicht guttun«, beginnt mein bester Freund. »Glaub mir, Kerle wie der sind nur auf das Eine aus, die wollen keine Beziehung. Und das Schlimmste ist, dass die Frauen es mit sich machen lassen, weil sie denken, er heiratet sie und sie sind lebenslänglich versorgt.«

Ich hebe eine Augenbraue. »Schätzt du mich wirklich so ein?«

Er zuckt mit den Schultern. »Ich habe dich auch nicht so eingeschätzt, dass du deine Prinzipien über Bord wirfst und deinen Boss vögelst.«

Daraufhin schnaube ich. »Danke. Das ist wirklich sehr nett von dir.« Ich trinke mein Glas aus und stehe auf. »Tut mir leid, aber heute muss ich die Vierer-Regel brechen, Jo.« Ich schnappe mir meinen Mantel und meine Handtasche, dann wende ich mich ab.

»Hel, jetzt warte«, sagt sie laut und folgt mir bis vor die Tür. »Alec ist einfach enttäuscht, weil du wirklich immer herumgetönt hast, dass du niemals mit deinem Vorgesetzten ins Bett gehen würdest.«

»Deshalb muss er mir aber nicht solche Dinge unterstellen. Ich bin nicht hinter Adrians Geld her, auch wenn der Kerl meine Schulden binnen von weniger Sekunden aus der Welt schaffen könnte. Ich kriege mein Leben allein auf die Reihe und brauche keinen reichen Kerl, der mich aushält.«

Sie sieht mich mit trauriger Miene an. »Das weiß ich doch. Bleib hier und ignorier Alecs Sprüche einfach.«

»Nein, ich bin müde und gehe lieber nach Hause.«

Sie seufzt schwer. »Okay, schreibst du mir eine WhatsApp, wenn du zu Hause bist?«

»Ja, mache ich.«

Jo umarmt mich fest. »Wir hören uns.«

»Machen wir.« Ich lasse sie los. »Bis dann.«

»Pass auf dich auf.«

»Mache ich, du kennst mich doch«, erwidere ich grinsend, danach mache ich mich auf den Heimweg.

Zuhause habe ich es mir mit einer Flasche Wein bequem gemacht. Ich habe sie schon zur Hälfte geleert und der Alkohol ist mir zu Kopf gestiegen, als das iPhone, das ich von Adrian bekommen habe, klingelt.

»Hallo?«, melde ich mich mit matter Stimme.

»Helena?«

»Hm?«

»Warum rufst du mich an und sagst dann nichts?«

»Ich habe dich nicht angerufen«, erwidere ich. »Warte.« Ich rufe die Anrufliste auf und sehe, dass ich ihn sechsmal angerufen habe. »Sorry, das müssen Hosentaschenanrufe gewesen sein. Ich habe wohl vergessen, die Tastensperre zu aktivieren.«

»Ah. Also gab es nichts Wichtiges?«

»Nein, ganz und gar nicht«, erwidere ich und trinke einen großen Schluck Weißwein. »Willst du mir irgendwas sagen?«

»Das hatte ich nicht vor. Ich dachte, du hättest vielleicht Neuigkeiten über Preston Carmichael.«

»Ich werde ihn nicht anrufen.« Ein weiteres Mal setze ich das Glas an. In letzter Zeit neige ich zu Fehlern und ich weiß, dass ich, wenn das Weinglas leer ist, nicht mehr zu halten sein werde.

»Na gut.« Er räuspert sich. »Hab noch einen schönen Abend.«

»Dito, du bist ja in netter Gesellschaft.« Manchmal könnte ich mich für mein vorlautes sarkastisches Mundwerk treten.

»Was soll das heißen?«, hakt er lauernd nach. Wow, wenn ich betrunken bin, habe ich viel feinere Antennen für seine Stimmungsschwankungen. Vielleicht sollte ich ab sofort nur noch besoffen zur Arbeit gehen, das würde dafür sorgen, dass ich ganz in Ruhe meine Aufgaben erledigen könnte, weil ich genau wüsste, wann es besser ist, ihm aus dem Weg zu gehen.

»Nichts, ich habe nur gesehen, dass du diese Frau geküsst hast … Sehr innig sogar … Inniger als mich«, nuschle ich.

»Du warst diejenige, die alles, was in Paris geschehen ist, nicht in Manhattan weiterführen wollte«, sagt Adrian gelassen.

»Na und? Deshalb musst du vor meinen Augen aber nicht mit einer anderen rummachen«, gebe ich zu bedenken. Hoffentlich habe ich morgen einen Filmriss, damit ich mich nicht mehr an dieses Telefonat erinnern kann.

Aber er wird sich daran erinnern können und es mir ganz sicher vorhalten, wenn ich Montagmorgen zur Arbeit komme.

Er lacht leise. »Du machst dich lächerlich, Helena.«

»Ah, gut, dass du es sagst …« Ich lege einfach auf, dann leere ich das Glas. »Aufgeblasener, blöder, mieser, verschissener, abgefuckter … charismatischer, sexy, anbetungswürdiger …« Ich fasse mir an den Kopf. »Herrgott, verschwinde aus meinem Kopf!«, herrsche ich mich selbst an. Ich stelle das Weinglas auf den Tisch, dafür nehme ich mir die Flasche. Verzweifelte Momente erfordern verzweifelte Maßnahmen und ich werde mich heute Nacht so sehr betrinken, dass ich mich zeit meines Lebens nicht mehr an diesen Abend erinnern werde. Ich leugne ihn einfach. Er hat nie stattgefunden. Danach lösche ich meine Anrufliste sowie sämtliche Nachrichten von Adrian, damit ich meine kleine Lüge aufrechterhalten kann.

Ich bin sternhagelvoll. Den Weg in mein Bett werde ich sicher nicht mehr finden, weshalb ich mich auf der Couch ausbreite. Mir ist schlecht, aber ich bemühe mich, nicht zu kotzen.

Es klopft an der Tür, aber ich stelle mich tot. Es wird zum Hämmern. »Ich bin nicht da!«, rufe ich lallend und drücke mir das Zierkissen auf den Kopf.

»Öffne die Tür, Helena!«

Ich ziehe das Kissen weg und richte mich auf. Mein Blick fällt auf die Wohnungstür. »Wer ist da?«

»Ich bin's, Adrian.«

»Na klar, du lässt dein Date sausen, um zu mir zu kommen.«

»Jetzt mach die verdammte Tür auf!«

»Moment.« Ich stehe auf, schwanke bedrohlich und taste mich im Licht der Tischlampe voran. »Fuck«, rufe ich aus und lande bäuchlings auf dem Boden. »Autsch.«

»Ist etwas passiert?«

»Ja, der Beistelltisch hat sich mir in den Weg gestellt«, antworte ich, kämpfe mich auf die Beine und gehe zur Wohnungstür.

Adrian reißt die Augen auf. »Herrgott, wie viel hast du getrunken? Du stinkst wie eine Schnapsleiche und merkst nicht mal, dass du Nasenbluten hast.« Er schiebt mich in meine Wohnung. »Wo hast du Taschentücher?«

Ich fasse mir vorsichtig an die Nase und schaue anschließend auf meine Fingerspitzen. »Oh, du hast recht.« Mein Magen rebelliert beim Anblick meines Bluts. »Und ich muss ins Bad, sonst kotze ich den Teppich voll.« Ohne ihn aus den Augen zu lassen, taste ich mich mit meiner rechten Hand, an der kein Blut haftet, an der Wand entlang.

Adrian legt seinen Mantel ab und sieht mich an. »Das kann sich ja kein Mensch mitansehen.« Er kommt zu mir und stützt mich. »Wo ist das Bad?«

Ich deute in die Richtung, da ich das Gefühl habe, dass ich mich übergebe, sobald ich den Mund aufmache. Das ist so peinlich. Ich besaufe mich und mein Boss kommt, um es zu richten.

Als wir im Bad sind, schiebe ich die Tür vor seiner Nase zu. Eilig drehe ich mich zur Toilette …

Wenig später wasche ich mir das Gesicht. Das Blut verfärbt das Wasser rot, was ich zu ignorieren versuche, da ich mein eigenes nicht sehen kann. Ich kann es mir ansehen, wenn anderen welches abgenommen wird, aber mir selbst wird schlecht, sobald ich weiß, dass man mir etwas davon abzapft.

»Alles okay?«, fragt er, nachdem er erneut geklopft hat.

»Ja«, entgegne ich müde.

»Du hast übrigens den Wohnzimmerteppich mit deinem Blut versaut.«

»Scheiße«, maule ich, richte mich auf und betrachte mich im Spiegel. Meine Nase ist geschwollen, meine Augen verquollen und das Make-Up verlaufen. Ich sehe aus, als wäre ich aus einem Horrorkabinett geflogen. Und nun muss ich dieses Badezimmer verlassen und Adrian unter die Augen treten.

Bevor ich die Tür öffnen kann, übernimmt er es. »Alles in Ordnung?«

»Hm.« Ich schaue zu ihm hoch. »Was machst du hier?«

»Da ich dich nicht mehr erreicht habe, dachte ich, dass du Mist machst und dich ins Koma säufst, weil du vorhin schon sehr … angetrunken gewirkt hast.« Er räuspert sich. »Offensichtlich lag ich damit richtig.«

Ich schnaube. »Bilde dir bloß nichts darauf ein.«

»Warum hast du dich betrunken? Du bist doch sonst nicht so.«

»Woher willst du das wissen? Du kennst mich überhaupt nicht«, halte ich dagegen.

»Ich habe dich zehn Tage lang in Frankreich erlebt.«

»Oh, und du meinst, dass ich mich vor meinem Boss betrinke?«, hake ich lallend nach. Scheiße Mann, er wird mich so überhaupt nicht ernstnehmen. »Geh jetzt. Ich will dich nicht sehen.« Ich schubse ihn von mir weg, dann stolpere ich zurück ins Wohnzimmer.

»Jetzt mach dich nicht lächerlich, Helena.«

»Geh.«

Er schnaubt, seine Schritte werden lauter, kommen näher. »Ich bin gekommen, weil ich Angst hatte, dass du eine Dummheit machst. Du hast so verletzt geklungen und ich wollte nicht, dass du es dir so sehr zu Herzen nimmst, dass ich eine alte Freundin getroffen habe.«

»Du meinst, du hast eine alte Flamme getroffen«, entgegne ich überzeugt.

»Helena, ich sagte dir, dass du von mir keine Treue zu erwarten hast, wenn wir diese Affäre weiterführen. Du wolltest sie beenden, ich habe es hingenommen. Dann treffe ich eine andere Frau und du verurteilst mich dafür? Das ist sehr heuchlerisch.«

»Du nennst mich eine Heuchlerin?«, hake ich nach. Meine Gefühle kochen über. Ich werde wütend. »Ich bin keine Heuchlerin, sondern habe versucht, die Sache professionell zu sehen, damit ich nicht wie diese Schlampen auf deinem Schreibtisch lande, Adrian!«

Seine Augenbraue flippt in die Höhe. »Hüte deine Zunge.«

»Ich werde einen Scheiß tun! Weißt du was, geh und am besten kommst du nie mehr her. Ich werde nicht mehr arbeiten kommen und wir sind geschiedene Leute!«

»Ich werde deine Kündigung nicht akzeptieren. Wir

können uns Montagmorgen darüber unterhalten, wenn du nüchtern bist, aber nicht, wenn du so voll bist.«

Ich verenge meine Augen zu Schlitzen, sehe ihn vernichtend an. »Schön, dann schreibe ich sie am Wochenende, du Arschloch!«

»Mach das.« Adrian ist gelassen, obwohl ich ihm so viele gemeine Dinge an den Kopf werfe. »Ich verstehe allerdings nicht, was dein Problem ist. Du hast die Sache zwischen uns beendet.«

»Hm, aber vielleicht wollte ich es gar nicht beenden, sondern mich professionell verhalten.«

Mit großen Schritten kommt er zu mir und baut sich vor mir auf. Da ich keine High Heels trage, muss ich den Kopf in den Nacken legen, um ihn ansehen zu können. Adrian greift in mein Haar und sieht mir in die Augen. »Weißt du, worauf du dich einlässt, wenn wir die Sache nicht beenden?«

Ich gebe ihm keine Antwort, sondern schweige mich aus.

»Helena, du bist eine Heilige, ich bin ein Sünder und werde einer bleiben. Daran wirst du nicht rütteln können. Ich kann nicht treu sein, ich werde nicht treu sein, also werde ich dir auch *nicht* treu sein. Ich weiß nicht, ob es das ist, was du willst.« So unglaublich ruhig kann doch kein Mensch klingen.

Verzweifelt reiße ich die Arme hoch. »Wann habe ich dir signalisiert, dass ich dich will?«

»Du tust es die ganze Zeit.«

»Hmpf.« Ich schwanke an ihm vorbei.

»Was hast du jetzt vor?«

»Ich werde schlafen gehen«, erwidere ich ungehalten und stolpere in den Flur.

Er kommt zu mir und stützt mich. »Meine Güte, Weib, warum lässt du dir nicht helfen?«

»Weil ich allein auf mich aufpassen kann.«

»Das bezweifelt auch niemand, aber du solltest Hilfe annehmen, wenn man sie dir anbietet.« Adrian seufzt genervt. »Ich werde dich ins Bett bringen.« Im nächsten Moment hebt er mich hoch.

Ich lege meinen Kopf an seine Schulter, schließe die Augen und habe das Gefühl, in einer Achterbahn zu sitzen, die pausenlos Loopings überwinden muss. Alles dreht sich und dreht sich und dreht sich. Kurzum die Flasche Wein, die Cocktails und kaum etwas zu essen, weil ich meine Pause durchgearbeitet habe, waren definitiv eine meiner dümmsten Ideen. Den morgigen Kater werde ich ganz sicher nicht überleben.

11

Meine Wohnung brennt.

Sie muss brennen, denn ich rieche Rauch. Ich reiße die Augen auf, stöhne und schließe sie wieder, weil mich die Herbstsonne, die durch das Fenster scheint, blendet. Scheiß drauf, dass das Apartment in Flammen steht, ich verbrenne lieber, als noch einmal ins gleißende Sonnenlicht zu schauen.

Der Gestank ist penetrant und raubt mir den Verstand. Ich schlage die Decke weg und wundere mich darüber, dass ich meine Sachen noch trage. Ich lag im Arbeitsoutfit im Bett. Mühsam kämpfe ich mich hoch, ignoriere meinen rebellierenden Magen und gehe dem Geruch nach.

»Guten Morgen, Helena«, sagt Adrian munter und lächelt mich an.

Ich zucke zusammen, weil ich nicht mit ihm gerechnet habe. Was macht er hier? Habe ich ihn eingeladen? Das kann nicht sein. Ich weiß, ich war mit Alec und

Jo im *Fourty*, aber ich weiß nicht mehr, wie ich nach Hause gekommen bin. Dennoch habe ich keinen blassen Schimmer, wieso mein Boss in meiner Küche steht und droht, sie mit seinem Versuch, irgendwas zu braten – was ich an der qualmenden Pfanne auf dem Herd erkenne –, niederzubrennen. »O Gott, du bist viel zu laut«, stöhne ich. »Du hast quasi geschrien.«

Er lacht leise, doch in meinem Kopf fühlt es sich so an, als hätte jemand einen Presslufthammer angeworfen. »Tut mir leid. Auf dem Tisch steht etwas gegen deinen Kater.«

»Warum willst du meine Wohnung abfackeln?«, möchte ich wissen, weil Rauchschwaden durch den Raum ziehen.

»Mir ist der Frühstücksspeck angebrannt. Glücklicherweise habe ich vor meinem Kochversuch den Rauchmelder abgenommen, sonst hätte dich der Alarm geweckt«, flüstert er nahezu.

Ich schleppe mich zu dem kleinen Bistrotisch, der unter dem Fenster steht. »Und warum bist du hier?« Auf dem Tisch liegen Aspirin, ein Glas Wasser steht dort und daneben noch irgendwas undefinierbares Gelbes, das in einer Tasse ruht. Ich greife nach den Tabletten und nehme eine mit einem großen Schluck Mineralwasser ein. »Also?«

Er kommt zu mir und stellt einen Teller Rühreier mit Bacon an meinen Platz. »Willst du die Lüge oder die Wahrheit? Ich würde dir zur Lüge raten, denn die wäre wesentlich angenehmer als das, was sich wirklich zugetragen hat.«

»So peinlich?«, hake ich nach.

»Ziemlich, ja«, nickt Adrian und setzt sich, ebenfalls mit einer Portion Eiern mit Speck.

Ich nehme ihm gegenüber Platz und sehe ihn an. »Die Lüge?«

»Bist du sicher oder ist das eine Frage?«

»Beides … denke ich.«

Adrian hebt eine Augenbraue. Sein Blick taxiert mich skeptisch. »Die Lüge ist, dass wir uns gestern Abend noch getroffen haben, uns Wein genehmigt haben und du sehr betrunken ins Bett gefallen bist. Du hast mich gebeten, bei dir zu bleiben, weil du vorher über den Couchtisch gefallen bist und dir die Nase blutig geschlagen hast.«

»Und die Wahrheit?«, frage ich peinlich berührt.

»Bist du sicher?«, fragt er ernst.

»Ja, bin ich.« Es ist immer gut, wenn man jemanden hat, der die Erinnerungen an einen vergangenen Abend auffrischt. Es wird mir sicher nicht gefallen, aber wenn die Lüge schon so peinlich ist, wird die Wahrheit niederschmetternd sein.

Adrian beginnt, mir davon zu erzählen, dass wir gestern Abend miteinander telefoniert haben und ich zu dem Zeitpunkt wohl schon ziemlich betrunken war. Er sagt, er hätte sich Sorgen um mich gemacht und ist dann in seinen Wagen gestiegen, um nach mir zu sehen. Wir haben uns gestritten, ich betitelte die Frau aus dem Foyer, so wie alle anderen, die auf seinem Schreibtisch lagen, als Schlampen und kündigte meinen Job, doch er wollte meine Kündigung nicht annehmen.

Ich verberge mein Gesicht in meinen Händen. »Bitte sag mir, dass die Lüge die Wahrheit und die Wahrheit die Lüge ist.«

»Du kannst betteln, so viel du willst, aber leider erzähle ich dir gerade die Wahrheit.« Er fährt fort und erzählt mir, dass ich wohl, bevor ich ihm die Tür geöffnet habe, gestürzt bin und mir dabei die Nase blutig geschlagen habe, was der Blutfleck kurz vor der Wohnungstür beweisen würde. Danach hat er mich zum Bad gebracht, weil ich mich übergeben musste.

Während er von der letzten Nacht spricht, werde ich auf meinem Stuhl immer kleiner.

»Jedenfalls haben wir uns dann ziemlich in die Wolle bekommen, weil du davon angefangen hast, dass du professionell sein willst und unsere Affäre deshalb beendet hast, statt dich auf mich einzulassen. Ich sagte dir, dass ich kein Mensch bin, der treu sein kann, du hast gefragt, wann du mir signalisiert hast, dass du mich willst, und dann wolltest du ins Bett. Ich habe dich dorthin gebracht, du hast wieder den gesamten Baumbestand der westlichen Welt bedroht und seelenruhig geschlafen.«

»Wo hast du geschlafen?«, frage ich beschämt.

»Ich habe mich auf die Couch gelegt, was mir jetzt mein Nacken dankt.«

Ich nicke, nehme die Gabel in die Hand und stochere in den Eiern herum. Unter anderen Umständen würde ich sagen, dass sie wirklich gut riechen, aber in diesem Moment reizen sie bloß meine Kehle – allerdings nicht auf positive Weise.

»Du bist nicht hungrig, nicht wahr?«

Mein Magen knurrt infernalisch. »Doch, aber ich glaube, es ist keine gute Idee, wenn ich jetzt etwas esse. Das lädt die Kanone unnötig und ich will nicht wieder die Kloschüssel umarmen.«

Adrian gibt ein amüsiertes Schnauben von sich. »Hast du keine Tabletten gegen Übelkeit oder welche, die den Magen beruhigen?«

Daraufhin schüttle ich kaum merklich den Kopf. »Nein.«

Er seufzt, dann trinkt er einen Schluck Kaffee. »Geh das Risiko ein. Ich bezweifle, dass dir schlecht wird, es ist schon so, und ich rechne auch nicht damit, dass du dir die Seele aus dem Leib kotzt.«

»Du bist ja sehr zuversichtlich«, stelle ich leise aber trocken fest. »Adrian, was auch immer letzte Nacht passiert ist, vergiss es einfach, okay?«

»Warum sollte ich?«

Ich hebe den Blick und sehe in seine tiefblauen Augen. »Weil es mir wirklich peinlich ist, dass du mich so erlebt hast.«

»Es war dir auch peinlich, dass du bei der Spendengala von Beatrice Lefevre zusammengebrochen bist.«

Ich atme tief durch. »Ich werde einfach so tun, als wäre der gestrige Abend niemals passiert.« Anschließend picke ich mit der Gabel etwas von dem Rührei auf und schiebe es mir in den Mund. Es schmeckt gut, aber ich weiß, dass es ein böser Fehler sein kann, es in meinem derzeitigen Zustand zu essen. Sicher werde ich es gleich bei einem weiteren Anfall meines Katermagens wieder los, aber jetzt ist es einfach zu köstlich.

»Helena, lass mich dir eine Frage stellen.«

»Nein, es ist besser, wenn du mir keine stellst.«

»Doch.« Er räuspert sich, was in meinen Ohren wie eine startende Kettensäge klingt. »Warum machst du mir einen Vorwurf daraus, weil ich andere Frauen treffe?«

Ich schnaube. »Weil ich denke, dass du nicht ehrlich warst, als du sagtest, dass du unsere Liaison weiterführen willst. Ich weiß, wir hätten keine Beziehung geführt und Gott bewahre, das hätte ich gar nicht gewollt, aber du musst nicht direkt vor meinen Augen mit ihnen rummachen und mir so das Gefühl geben, dass es dir vollkommen egal war.«

»Es war mir nicht egal, allerdings war es für mich im selben Moment beendet wie für dich. Ich dachte, ich wage noch den einen Versuch, den ich gestern Morgen gewagt habe, jedoch hast du mir einen Korb gegeben. Man sagt nur einmal Nein zu mir, danach nicht mehr, Helena.« Adrian nimmt einen weiteren Schluck Kaffee. »Ich denke, wir beide hätten noch eine ganze Menge Spaß gehabt, allerdings warst du diejenige, die es nicht wollte. Deshalb hast du keinerlei Gründe, dich überhaupt zu beschweren. Ich lebe mein Leben, wie es mir gefällt, und nicht so, wie du es gern hättest.«

»Ich habe nie behauptet, dass du dein Leben nach meinen Wünschen ausrichten sollst.«

»Stimmt, aber du beschwerst dich, weil ich es so führe, wie ich es will. Ich sagte dir letzte Nacht schon, dass du, im Gegensatz zu mir, eine Heilige bist, da ich definitiv ein Sünder bin. Ich genieße die Freiheit, die ich habe und ich genieße es, schöne Frauen zu ficken.«

»Ist angekommen«, sage ich leise.

Adrian greift nach seiner Gabel und isst ein wenig. »Dennoch werde ich nicht billigen, dass du kündigst, denn wir beide sind ein unschlagbares Team. Jeder Termin, den wir gemeinsam wahrgenommen haben, verlief erfolgreich. Ich habe noch nie so viele Verträge unterzeichnet, während ich auf einer Geschäftsreise war, und das ist auch dein Verdienst. Ich brauche dich in meiner Firma und in der Position, die du innehast, aber ich brauche dich nicht in meinem Herzen. Ich bin ein Arschloch, das hast du gleich erkannt, aber ich werde mich für niemanden ändern.«

»Adrian, es reicht. Ich verlange nicht, dass du dich änderst. Ich verlange allerdings, dass du rücksichtsvoll bist. Wenn ich arbeite, will ich nicht vom Stöhnen deiner weiblichen Gäste abgelenkt werden. Du glaubst gar nicht, wie laut diese Frauen sind.«

»Es war keine Frau in meinem Büro, seit wir zurück sind, jedenfalls keine, die dort eigentlich nichts zu suchen hatte. Bloß du und Misses Burkley, allerdings gehört ihr zu denen, die ich in der Chefetage brauche.«

»Was war mit der von gestern?«

»Sie war mit mir in meinem Penthouse über der Firma.«

»Hm«, nicke ich und schiebe mir eine weitere Gabel voller Rührei in den Mund, so viel, dass es mir schwerfällt, vernünftig zu kauen. Aber das ist bei dieser Unterhaltung womoglich besser, damit ich ihm keine Gemeinheiten an den Kopf werfen kann, sollte er noch ehrlicher werden.

»Und mehr wirst du nicht erfahren.«

»Was ist, wenn etwas von gestern an die Presse dringt? Ich werde diejenige sein, die eine Erklärung rausgeben muss.«

»Es wird nichts an die Öffentlichkeit geraten, da die Dame verheiratet ist und ihren Mann sicher nicht verärgern will.« Er grinst diabolisch. »Ich bin, was meine …

Aktivitäten betrifft, sehr wählerisch und habe selten etwas mit unverheirateten Frauen.«

»Das ist ein klassischer Fall von zu vielen Informationen. Ich will es gar nicht wissen.«

»Dennoch sage ich es dir, damit du weißt, dass du keine Presseerklärung rausgeben musst.«

Ich lehne mich zurück und betrachte ihn nachdenklich. »Dafür legst du allerdings offen, dass du eine Hure bist. Eine richtiggehende Hure.«

»Na na, bekomme ich Geld dafür, dass ich diese Frauen habe?«, fragt er und klingt beinahe geschäftsmäßig.

»Woher soll ich das wissen?« Ein resigniertes Seufzen stiehlt sich aus den Tiefen meiner Brust. »Allerdings fühle ich mich mit jedem deiner Worte minderwertiger. Ich war wahrscheinlich nur der Zeitvertreib für die Pariser Nächte, nicht wahr?«

Adrian schüttelt den Kopf. »Nein, warst du nicht. Du warst die Frau, an der ich interessierter war als an anderen. Bilde dir keinesfalls ein, dass du minderwertig bist, Helena. Wärst du es, hätte ich nicht mit dir geschlafen.«

»Was ist mit dem Abend auf dem Eiffelturm? Mit wie vielen Frauen hast du diese Nummer abgezogen?«

Er schnaubt amüsiert, was mich innerlich aufkochen lässt. Wie kann er sich denn daran ergötzen, dass ich all diese Abende hinterfrage? »Das war keine Nummer, sondern ein Versuch, dich von mir zu überzeugen. Vielleicht wäre ich dir sogar treu gewesen, aber das kann ich dir nun nicht mehr beantworten. Fakt ist: Wir beide hatten etwas Echtes in Paris und nichts, was ich dir vorgegaukelt habe.«

Daraufhin nicke ich, jedoch bin ich unzufrieden mit seiner Antwort. Mit jeder, die er mir gegeben hat, denn nicht einmal sind Gefühle durchgesickert. Adrian beherrscht das Pokerface zu gut, als dass ich ihn in dieser Runde schlagen könnte. Er hat mich Schachmatt gesetzt, dabei war ich diejenige, die seine Königin schlagen wollte. Allerdings spielt er dieses Spiel um Welten besser als ich. Um das Thema zu wechseln, deute ich auf die Tasse mit dem undefinierbaren Inhalt. »Was ist das?«

»Ein isotonischer Drink. Ich hatte ihn bereits eingeschenkt, als ich die Gläser gefunden habe, deshalb ist er in der Tasse, aber er bringt deinen Elektrolyt-Haushalt ins Gleichgewicht«, erklärt er gelassen.

»Hm, danke.« Ich nehme die Tasse an mich und trinke die Hälfte des Inhalts. »Es ist trinkbar.«

Es klingelt an der Tür. »O Gott, wie spät ist es?«, hake ich nach.

Adrian wirft einen Blick auf seine Uhr. »Es ist gleich zwölf.«

»Verdammt.« Ich stehe auf und gehe an die Gegensprechanlage. »Hallo?«, frage ich möglichst schwach.

»Ich bin's, Alec, kommst du mit joggen?«

Ich stöhne in die Sprechmuschel. »Ich habe mich gestern Abend noch total betrunken, ich werde mich hüten, jetzt joggen zu gehen.«

»Dann lass mich nach oben kommen.«

»Nein, Alec, heute nicht. Ich habe tierische Kopfschmerzen und will meine Ruhe haben. Ich melde mich morgen oder Montag bei dir.«

»Komm schon, Hel, lass mich rein.«

»Heute nicht, Alec!«, wiederhole ich etwas energischer.

»Na schön, aber wenn das wegen gestern Abend ist, lass mich dir sagen, dass es mir leidtut, wie ich dich behandelt habe. Ich wollte dich wegen Whiteman nicht so angehen«, entschuldigt er sein Verhalten.

»Schon gut, aber daran liegt es nicht, dass ich mich betrunken habe.«

»Woran dann?«

»Es war ein beschissener Arbeitstag und der Abend danach verlief auch nicht viel besser, deshalb habe ich mich mit einer Flasche zu billigem Weißwein auf die Couch verzogen«, erkläre ich und bin angewidert von mir selbst. Ich wollte nie so eine einsame Schnepfe, die sich deprimierterweise mit billigem Wein betrinkt, sein. Eigentlich wollte ich nie zu denen gehören, die ihren Kummer ertränken, aber gestern passierte es auf fast schon exzessive Art und Weise.

»Alles klar, Hel, dann erhol dich gut und meld dich, wenn du etwas brauchst«, vernehme ich seine tiefe Stimme.

»Danke, Großer.«

»Bis dann.«

»Bye.« Ich lasse den Knopf der Gegensprechanlage los und drehe mich um.

Adrian betrachtet mich aufmerksam. »Was war gestern Abend los?«

Ich winke ab. »Du bist der Letzte, mit dem ich darüber sprechen will.«

»Im Moment bin ich der Einzige, mit dem du darüber reden kannst.«

»Außer ich rufe Jo an.«

»Wer ist das?«

»Meine Freundin, der Paradiesvogel, wie du sie so liebevoll getauft hast«, lasse ich ihn wissen und gehe zurück an den kleinen Tisch. Ich frage mich, wieso er nicht den Esstisch gedeckt hat, sondern diesen, doch verwerfe ich den Gedanken binnen eines Wimpernschlags. »Was hast du heute noch vor?«

»Ich werde dich im Auge behalten und überlege, ob ich dich wegen deiner Nase zum Arzt bringe.«

Vorsichtig taste ich sie ab, doch tue ich mir dabei nicht wirklich weh. »Die ist nur geschwollen, das wird schon wieder.« Mein Blick gleitet zum Teppich, scannt ihn regelrecht, bis ich den großen Blutfleck entdecke.

»Du siehst aus, als wärst du in die Faust eines Boxers gelaufen.«

Ich winke ab. »Lass gut sein. Es ist sowieso zu spät, es zu kühlen, und ein Arzt wird auch nicht viel mehr machen können.«

»Er könnte dir eine Salbe verschreiben.«

»Lass es gut sein«, bitte ich abermals und trinke den Iso-Drink leer. Anschließend stehe ich auf. »Ich werde jetzt versuchen, den Fleck aus dem Teppich zu schrubben, denn ich kann es mir nicht leisten, ihn zu ersetzen.«

»Hast du Natron im Haus?«, erkundigt er sich.

»Nein, muss ich so was haben?«

»Es wäre hilfreich. Andererseits: Hast du Waschmittel da?«

Ich nicke langsam. »Auf jeden Fall.«

»Okay, hol es und bring eine Schale mit kaltem Wasser mit.«

Ich sehe ihn skeptisch an. »Warum muss es kalt sein?«

»Blut ist eiweißhaltig und Eiweiß gerinnt bei Hitze …«

»Der Fleck ist schon eingetrocknet«, fahre ich ihm über den Mund.

»Das wollte ich auch noch sagen, aber du hast mich unterbrochen«, erwidert er lächelnd. »Könntest du bitte das Waschmittel holen?«

»Na schön.« Ich schlage den Weg in Richtung Badezimmer ein, um das Waschmittel zu holen. »Pulver oder flüssiges Waschmittel?«, rufe ich ihm zu und bereue es wegen meiner Kopfschmerzen im nächsten Augenblick. Die Kopfschmerztabletten haben ihren Dienst noch lange nicht erfüllt.

»Pulver und am besten eine Nagelbürste, damit wir das Blut rausschrubben können«, antwortet er hörbar.

Ich hole die Sachen, drücke sie ihm im Wohnzimmer in die Hände und laufe in die Küche, um dort eine Schüssel mit Wasser zu füllen, und werfe einen unbenutzten Küchenschwamm ins kalte Nass. Als sie voll ist, begebe ich mich zu Adrian.

Er krempelt die Ärmel hoch. »Ich übernehme das.«

»Woher weißt du, wie man Blutflecken entfernt?«, möchte ich wissen.

»Ich sagte dir, dass ich gern Extremsport mache, früher habe ich auch geboxt und musste mehr als einmal Blutflecken aus T-Shirts waschen. Man gewinnt an Erfahrung und weiß irgendwann, wie man sie entfernt, wenn die Haushälterin sich weigert, es zu tun.« Nachdem seine Ärmel oben sind, geht er auf die Knie. Er macht den Teppich nass, dann mischt er aus Waschpulver und

Wasser eine Paste, die er mithilfe der Nagelbürste einarbeitet.

Ich setze mich auf die Couch und sehe ihm dabei zu, bis er sich erhebt. Dann lehne ich mich zurück, lege meinen Kopf auf die Rückenlehne und schließe meine Augen.

Adrian gesellt sich zu mir. »Selbst verkatert und mit geschwollener Nase bist du eine wunderschöne Frau.«

»Ich will keinen Sex, also hör auf, Süßholz zu raspeln«, entgegne ich trocken.

Er lacht leise. »Ich hatte nicht vor, dich zu verführen, ich wollte dir lediglich sagen, dass dich nichts entstellen kann.«

»Sehr charmant«, erwidere ich gedämpft und atme tief durch. »Musst du nicht los?«

»Ich habe heute nichts weiter vor.«

»Hm, dann werfe ich dich jetzt raus, denn ich will noch ein wenig schlafen.« Ich stehe wieder auf und deute zur Tür.

»Ich möchte lieber bei dir bleiben, Helena. Ich will ein Auge auf dich haben, damit du dich nicht noch mal betrinkst.«

»Es wäre besser, wenn du gehst.«

Adrian erhebt sich ebenfalls und als ich meinen Blick hebe, um zu ihm hochzuschauen, sieht er mir in die Augen. »Leg dich hin, ich mache deinen Teppich sauber, danach verschwinde ich.«

»Na schön«, gebe ich mich geschlagen, anschließend drehe ich mich von ihm weg und gehe noch mal ins Bad. Ich habe das Gefühl, an einer Wolldecke gekaut zu haben, so fusselig fühlt sich mein Mund an. Ich will mir die Zähne putzen, vielleicht stelle ich mich auch unter die Dusche, danach werde ich mich noch für ein paar Stunden ins Bett legen.

~

Ich fühle mich frischer, als ich mich hinlege, doch höre ich auch, dass Adrian im Wohnzimmer ist. Er telefoniert. Mit wem? Ich habe keine Ahnung, doch ich erwische mich bei der Frage. Ich lausche angestrengt.

»Am besten gibst du der Steuerfahndung einen Tipp, damit sie sich die Zustände dort mal genauer ansehen und die Firma auf den Kopf stellen … Warum fragst du mich, was du sagen sollst, Leon? Du weißt, wie man so etwas macht … Halt mich auf dem Laufenden … Bis später.« Er verstummt.

Ich drehe mich auf die Seite und denke über das Gehörte nach. Sein Bruder soll die Steuerfahndung einschalten, damit die sich um irgendeine Firma kümmern. Wieso? Ich verstehe es nicht. Was plant er nur? Adrian Whiteman ist undurchschaubar, das durfte ich in Frankreich und auch in der Firma oft genug feststellen. Der Mann ist ein wandelndes Geheimnis. Was er nicht preisgeben will, gibt er nicht preis, sondern behält es strikt für sich. Ich gehöre nicht zum Kreis seiner Vertrauten, obwohl er mich in viele Angelegenheiten einbindet.

~

Ich wache auf, als ich etwas Warmes an meiner Wange spüre. Irritiert schlage ich die Augen auf und sehe Adrian, der mich betrachtet, an. »Willst du dich verabschieden?«

Er schüttelt den Kopf. »Nein, ich wollte dich berühren.«

»Bitte tu das nicht.«

»Warum nicht?«, raunt er, beugt sich vor und haucht einen Kuss auf meinen Mundwinkel.

Ich schiebe ihn weg. »Ich will es nicht, Adrian.«

Dennoch streichelt er meine Wange. »Du weißt gar nicht, wie sehr ich dich begehre.«

»Wenn dem so wäre, hättest du gestern nicht diese andere Frau getroffen.«

»Wenn ich es nicht getan hätte, hätte ich dich vor Feierabend auf meinem Schreibtisch genommen und dir das Hirn rausgefickt.«

Mein Herz schlägt unwillkürlich schneller. »Hör auf damit.«

»Warum?«

»Weil ich es nicht hören will.«

Er sieht mich fragend an.

»Du hast gewonnen, okay? Ich bin die Verliererin in diesem Spiel um mein unbeschwertes Leben. Du hast es völlig auf den Kopf gestellt und ich weiß nicht mehr, wo mir meiner steht. Du … warst in Frankreich so charmant, dass ich dachte, ich verliebe mich in dich.«

Adrian richtet sich auf. »Ist es geschehen?«

Ich beiße mir auf die Unterlippe. »Es wäre wirklich besser, wenn du jetzt gehst.«

»Ist es so gekommen? Hast du dich in mich verliebt?«

»Ich weiß es nicht.« Ein schwacher Versuch, seiner Frage auszuweichen. Hoffentlich durchschaut er es nicht.

Er hebt eine Augenbraue, sein skeptischer Blick kommt mir so vor, als könne er in die dunkelsten Tiefen meiner Seele schauen. »Du weißt nicht, wie deine Gefühle aussehen?«

»Ich weiß, dass ich eifersüchtig bin, wenn ich dich mit einer anderen Frau sehe«, gebe ich zu.

»Dann bist du zumindest auf dem Weg, den du eben beschrieben hast, aber ich bin kein Mann für etwas Festes, Helena.«

»Ich weiß, du bist der Sünder unter den Heiligen«, äffe ich ihn nach.

»So ungefähr.« Adrian legt seine Hand auf meine Wange. »Ich kann dir nicht versprechen, dass ich dich auf Händen tragen werde, auch nicht, dass ich keine andere Frau mehr treffe, aber ich kann dir versprechen, dass ich mir Mühe gebe, es nicht vor deinen Augen zu tun, während du dich langsam entliebst.«

»Wie bitte?«, hake ich aufgebracht nach. »Meinst du den Schwachsinn ernst?«

»Ich denke ja. Hör mal, du haust mir hier etwas um die Ohren, das kein Mann wie ich hören will und erwartest von mir, dass ich etwas Rationales dazu sage?«

»Von einem studierten Mann habe ich etwas mehr Rationalität erwartet.«

»So wie ich von einer studierten Frau, die Mitte zwanzig ist, erwartet habe, dass sie sich nicht nach ein paar gemeinsamen Nächten verliebt.« Und damit zerplatzt die Seifenblase. Der Mann hat wirklich gewonnen. Der Einsatz war mein Herz und er hat es vor meinen Augen zerschmettert. Mit der flachen Hand wäre er noch sanft gewesen, stattdessen hat er den imaginären Eispickel ausgepackt und ihn mitten in dieses zerbrechliche Etwas geschlagen.

»Geh jetzt.«

Adrian erhebt sich. »Als du geschlafen hast, habe ich die Mahnungen auf dem Tisch gesehen.« Er räuspert sich. »Wenn du Hilfe brauchst, sag mir Bescheid. Ich bin da.«

»Ich will deine Hilfe nicht«, wispere ich. »Ich will dich.«

»Du kannst mich nicht haben, Helena.« Mit diesen Worten dreht er sich um.

Es vergehen nur wenige Atemzüge, bis ich das vertraute Quietschen der Wohnungstür höre und er verschwunden ist.

Ich drehe mich auf die Seite, ziehe mich zusammen und zum ersten Mal, seit wir zurück in New York sind, lasse ich meinen Tränen freien Lauf. Dieser Mann hat mein Herz höher schlagen lassen, doch vor ein paar Minuten hat er es gebrochen. In China kittet man Risse mit Gold, aber geht das auch bei einem Herz? Ist ein zerstörtes Herz, das damit geflickt wurde, wertvoller als andere, die makellos sind?

Ich gebe mich meinen Gefühlen hin, lasse mich von ihnen übermannen, denn ich weiß, am Ende werde ich stärker sein. Nächstes Mal wird der Einsatz ein anderer sein, nächstes Mal werde ich diejenige sein, die gewinnt.

12

Zwei Wochen später

Der Kontakt zwischen Adrian und mir beschränkt sich inzwischen nur noch auf die Arbeit. Nachdem er meine Wohnung an jenem Morgen verlassen hatte, haben wir nicht mehr über jene Nacht gesprochen. Sie ist quasi nie passiert, worüber ich froh bin. Manchmal muss man peinliche Situationen aus seinem Gedächtnis loschen, um in Frieden weiterleben zu können.

Die Gegensprechanlage auf meinem Schreibtisch knackt. Jeden Moment wird Adrian sich melden.

Ich lege den Kugelschreiber hin und sehe die Anlage an, während ich darauf warte, dass er das Wort an mich richtet.

»Miss Johnson, kommen Sie bitte mit der Carmichael Akte in mein Büro.«

»Ja, Mister Whiteman«, erwidere ich, klappe den

Hefter zu und erhebe mich, dann mache ich mich auf den Weg zu ihm. Preston, ein Mann, den ich früher Onkel genannt habe, wurde wegen Steuerhinterziehung verhaftet. Er hat den Großteil des Firmenkapitals auf die Cayman Islands überwiesen, um Geld zu sparen, doch der Konkurs seiner Firma und das dadurch erweckte Misstrauen seiner Teilhaber hat die Steuerfahndung auf den Plan gerufen. Ich bleibe vor Adrians Schreibtisch stehen und reiche ihm die Akte.

»Rosemary Carmichael ist auf mein Angebot, die Firma zu aufzukaufen, eingegangen«, erklärt er, als er sie entgegennimmt. »Sie muss die Kaution für ihren Mann hinterlegen, aber hat keine geldwerten Mittel mehr, weil sie enteignet wurden.« Er lächelt, offensichtlich ist er wirklich gut gelaunt.

Ich hebe eine Augenbraue. »Es ist unglaublich, wie sehr Sie sich an dem Leid anderer erfreuen.«

»Ich freue mich darüber, dass ich bei der Übernahme von Carmichaels Firma über einhundert Millionen Dollar spare.«

Ich atme tief durch. »Gratuliere.«

»Danke.«

Es klopft an der Tür. »Adrian, hast du einen Moment?«, fragt Leon Whiteman und sieht zu mir, er schenkt mir ein charmantes Lächeln. »Hi, Helena.«

»Guten Abend, Mister Whiteman«, erwidere ich freundlich.

Adrian nickt. »Komm rein.«

»Störe ich wirklich nicht?«

»Nein, ich gehe gerade noch mal den Kaufvertrag für

Preston Carmichaels Unternehmen durch und markiere die Passagen, die geändert werden müssen.«

»Willst du die Firma wirklich kaufen?«

»Der Mann verkauft Flugzeugbauteile, etwas Besseres kann ich kaum aufkaufen«, erklärt Adrian und kreist einen ganzen Paragraphen ein.

»Und hat sicher einige Kunden verloren, weil er nicht mehr liefern konnte, nachdem er sein gesamtes Vermögen auf die Caymans gebracht hat«, gibt Leon zu bedenken.

»Ich wurde schon von einigen namhaften Kunden angerufen, nachdem herausgekommen ist, dass ich der einzige Interessent bin«, sagt Adrian gelassen. »Alle wollen mit mir arbeiten und ich denke, die Firma werde ich diesmal nicht abstoßen, sondern behalten.«

Ich falte die Hände vor meinem Bauch und warte darauf, dass er mir die nächste Anweisung gibt.

»Ist der Kauf unter Dach und Fach?«, erkundigt sich Leon, dabei kommt er näher und nimmt in dem Sessel, der neben mir steht, Platz. »Oder musst du noch Formalitäten klären?«

»Rosemary Carmichael muss nur noch ihre Unterschrift auf die Linie setzen, dann gehört das Unternehmen mir.«

Ich räuspere mich. »Mister Whiteman, brauchen Sie mich noch oder kann ich wieder an die Arbeit gehen?«

Er hebt den Blick von der Akte und sieht mich nachdenklich an. »Ich brauche Sie noch, immerhin müssen Sie den Vertrag neu aufsetzen, da Misses Burkley nicht mehr da ist.«

»Alle achtundzwanzig Seiten?«, hake ich perplex nach.

»Ja, diverse Paragraphen können gestrichen und der niedrigere Kaufpreis eingetragen werden, deshalb muss er neu geschrieben werden.«

Ich hebe eine Augenbraue. »Ich könnte die Passagen einfach aus der bestehenden Datei löschen und neu ausdrucken.«

»Wenn Sie die Datei auf Ihrem Computer haben, können Sie auch so vorgehen.« Er reicht mir den braunen Hefter.

Ich nehme ihm diesen aus der Hand. »Gut, ich denke, in zehn Minuten habe ich den Vertrag fertig und ausgedruckt.«

»Wunderbar, Miss Johnson.« Adrian wirft mir einen Blick zu, der mehr als tausend Worte spricht. Charmant, liebevoll, gleichzeitig aber auch entschieden. So hat er mich zuletzt in meiner Wohnung angesehen.

»Kann ich danach Feierabend machen?«, erkundige ich mich vorsichtig.

»Nein, der Termin mit Misses Carmichael erfordert Ihre Anwesenheit«, sagt er ruhig, obwohl ich genau weiß, dass ihn diese Frage ungemein ärgert.

»Wann kommt sie denn?«

Adrian schaut auf die Rolex an seinem Handgelenk. »In einer Stunde.«

»Alles klar.« Ich drehe mich weg und verlasse sein Büro durch die Verbindungstür. Ich lehne sie an, dann setze ich mich an meinen Schreibtisch.

Ich habe den gesamten Vertrag neu aufgesetzt, weil Mrs. Burkley ihren Account passwortgeschützt hat. Da ich sie nicht erreichen konnte, um an die Dateien zu kommen, musste ich alles, was Vertragsbestandteil bleiben soll, abtippen. Ich drucke die Seiten in zweifacher Ausführung aus, sortiere sie und hefte sie schließlich in zwei Schnellhefter. Adrian muss den Vertrag nur noch absegnen. Nachdem ich beide Mappen an mich genommen habe, gehe ich an die Verbindungstür.

»Du hast mit Helena Johnson geschlafen?«, höre ich Leon leise fragen.

»Mehr als einmal«, entgegnet Adrian kühl.

»Na super.« Leon klingt unzufrieden. »Es gibt in der Firma nur eine Frau, die ich ansprechend finde, und du legst sie flach.«

»Was spricht dagegen, dass du sie ansprichst und dasselbe machst?«, erkundigt sich Adrian ruhig, aber in seiner Stimme schwingt ein undefinierbarer Unterton mit.

»Ich gehe doch nicht mit deinen abgelegten Frauen aus, Adrian.«

Ich klopfe an die Tür, gehe auf den Schreibtisch zu und werfe die Akten darauf. »Eine Info, versichern Sie sich, dass ich nicht höre, worüber Sie sprechen, wenn Sie über mich sprechen!«, herrsche ich Adrian an. »Und noch etwas: Ich suche mir meine Partner selbst aus und bin keineswegs daran interessiert, noch einen Whiteman in mein Leben zu lassen!« Ich schaue Leon an. »Nichts für ungut, aber Sie und Ihr Bruder können mir gestohlen bleiben.« Anschließend mache ich auf dem Absatz kehrt und rausche aus seinem Büro.

»Kommen Sie zurück, Helena!«, sagt Adrian laut.

»Sie können mich mal!«

»Sofort!«

»Nein!« Ich werfe die Verbindungstür zu, danach sperre ich sie ab, damit er nicht hereinkommen kann. Gut, er könnte den Weg über den Empfangsbereich nehmen, aber ich werde nun meine Sachen zusammenpacken und gehen.

Als ich auf den Flur trete, baut Adrian sich vor mir auf. »Sie gehen jetzt sofort in mein Büro und entschuldigen sich.«

»Sie können mich mal«, wiederhole ich und will an ihm vorbeigehen, doch er streckt seinen Arm aus.

»Du bist so ein verdammt stures Weibsstück, weißt du das eigentlich?«

»Ich weiß, dass du das mieseste Arschloch an dieser Küste bist!«, schreie ich ihn an. »Und jetzt lass mich vorbei.«

»Du arbeitest für mich, du wirst bei dem Termin mit Rosemary Carmichael gebraucht, also wirst du deinen kleinen Arsch sofort zurück in mein Büro schwingen.« Adrian schiebt mich in Richtung Tür, doch ich wehre mich gegen ihn.

Es geht schließlich so weit, dass ich ihm die Ohrfeige meines Lebens verpasse. »Fass mich nie wieder an!«

Er fasst an seine Wange und sieht mich vernichtend an.

Ich gehe an ihm vorbei, rufe den Aufzug und verschränke die Arme vor der Brust.

»Das war ein Fehler, Helena.«

Daraufhin schaue ich zu ihm. »Nein, du warst der Fehler; mit dir zu schlafen, war ein Fehler; dich zu mögen, war ein Fehler. All das waren Fehler, die ich gemacht habe!« Die Türen öffnen sich, ich betrete die Kabine und lasse mich vom Aufzug ins Erdgeschoss bringen.

Tränen steigen in meine Augen, als ich die Firma verlasse.

»Miss Johnson?«, ruft jemand und plötzlich stürmt eine Horde von Journalisten auf mich zu. »Miss Helena Johnson?«

Scheiße, wie haben die mich gefunden? Ich wende den Blick ab, dann eile ich zur Straße. »Taxi!«, rufe ich, doch das erste, das kommt, fährt an mir vorbei. »Fuck!«

»Miss Johnson, seit wann arbeiten Sie für Adrian Whiteman?«, es ist die einzige Frage, die ich akustisch verstehe, denn es prasseln immer mehr auf mich ein.

»Lassen Sie mich in Ruhe!«

»Miss Johnson!«, ruft jemand.

Ich schaue mich um und erkenne Malcolm, Adrians Chauffeur. Verzweifelt bahne ich mir den Weg durch die Pressemeute und kämpfe mich zu ihm durch.

Er öffnet die hintere Beifahrertür, ich springe geradezu ins Auto und er schließt sie.

»Danke«, sage ich, als er sich hinters Steuer setzt.

Die Journalisten trommeln gegen die Fenster, doch Malcolm fährt los.

Ich atme tief durch.

»Warum haben die Sie so bedrängt?«, erkundigt er sich.

»Ich schätze mal, weil sie herausgefunden haben, wo ich lebe«, erwidere ich und schnalle mich an.

»Ich muss Mister Whiteman informieren, dass ich Sie nach Hause bringe«, sagt er und bedient die Freisprechanlage.

»Malcolm, worum geht's?«, vernehme ich Adrians Stimme. Er klingt wütend, was ganz bestimmt an meiner Ohrfeige liegt.

»Mister Whiteman, ich habe Miss Johnson vor einer Horde wild gewordener Journalisten gerettet. Ich bringe sie nach Hause und hole Sie danach vor der Firma ab.«

»Was gibt Ihnen die Befugnis, gegen meine Anweisungen zu handeln?«, möchte Adrian wissen.

Ich räuspere mich. »Lassen Sie mich aussteigen, Malcolm.«

»Mister Whiteman, bevor ich eine Stunde, wie bestellt und nicht abgeholt, vor der Tür stehe, bringe ich Miss Johnson, die von der Presse regelrecht überfallen wurde, nach Hause.«

Adrian schnaubt. »Na schön, ich erwarte, dass Sie vor der Tür stehen, wenn ich hier fertig bin.«

»Sehr wohl, Mister Whiteman.« Malcolm beendet das Telefonat seufzend. »Er hat wohl einen schlechten Tag.«

»Das wird sicher an der Ohrfeige liegen, die er heute kassiert hat«, murmle ich.

»Was sagten Sie?«

»Nichts«, weiche ich aus und sehe aus dem Fenster.

Eine halbe Stunde später fährt Malcolm in die Straße, in der ich wohne. Vor meiner Wohnung tummeln sich ebenfalls Journalisten, ich sehe sogar ein Fernsehteam. »Fuck!«, stoße ich aus und verziehe das Gesicht.

»Haben Sie Freunde, zu denen ich Sie bringen kann?«, möchte er wissen, als er etwas schneller an meinem Apartment vorbeifährt. Womöglich, damit wir nicht auffallen.

»Ich muss telefonieren«, entgegne ich und hole mein Handy aus meiner Handtasche. Ich wähle Jos Nummer.

»Hey, hier ist Jo. Ich bin gerade nicht zu erreichen, hinterlass mir eine Nachricht und ich rufe dich zurück … sofern ich Bock hab.«

Eine Spur verzweifelter wähle ich Alecs Nummer.

»Welsh?«, meldet er sich lachend.

»Hey, Alec, ich bin's, Helena. Bist du zu Hause?«

»Hey, Hel, ähm nein, Jo und ich sind doch gestern nach Vegas geflogen, weil ich die Reise gewonnen habe. Worum geht's denn?«

»Die Presse hat Wind davon bekommen, wo ich wohne, und blockiert den Weg ins Haus. Vorhin haben die mich schon vor der Firma abgefangen und ich brauche einen Ort, an dem ich mich verstecken kann«, erkläre ich.

Alec saugt scharf die Luft ein, während Jo im Hintergrund fragt, was los ist. »Ich habe nirgends einen Schlüssel hinterlegt, sonst hättest du in meine Wohnung gehen können. Jo hat auch nirgendwo einen deponiert.«

Ich sacke in mich zusammen. »Okay, trotzdem

danke.« Ein Hotel kann ich mir nicht leisten, weil ich vorgestern die ganzen ausstehenden Raten an meine Gläubiger überwiesen habe, und ich habe keine Ahnung, wie ich ungesehen in meine Wohnung komme. Ich komme nicht einmal auf den Innenhof, wenn ich nicht ins Treppenhaus komme, also fällt die Feuerleiter als Möglichkeit aus.

»Soll ich Sie in die Tiefgarage bringen?«, möchte Malcolm wissen.

»Dafür habe ich keinen Schlüssel, da ich kein Auto habe.«

»Wo können Sie die Sache aussitzen?«

»Können Sie mich an der nächsten Ecke aussteigen lassen? Ich werde mich in das Café setzen, bis die Luft rein ist«, antworte ich nachdenklich.

»In Ordnung, Miss Johnson.« Malcolm gibt Gas und fährt w weiter. Allerdings zwei Blocks.

Ich schaue aus dem Fenster. Der Gehweg ist so belebt, dass ich problemlos in der Masse untertauchen kann, bis ich im nächsten Coffee Shop bin. »Danke, Malcolm.« Anschließend steige ich aus, werfe die Tür zu und verschwinde in der Menge. Ich laufe den Weg zurück, damit ich aus dem Café, das schräg gegenüber von meiner Wohnung ist, das Haus beobachten kann.

~

Ich sitze bei meinem dritten Latte macchiato und hoffe, dass ich bald nach Hause gehen kann. Ich habe die Sonnenbrille, die ich noch vom Sommer in meiner Handtasche hatte, aufgesetzt und mein Haar zu einem Pferdeschwanz gebunden. Ich bin zwar immer noch zu erkennen, aber wenigstens bringen ihnen die Fotos nicht viel, wenn ich mein Gesicht vor ihnen verberge.

Das iPhone klingelt. Es ist Adrian, weshalb ich den Anruf ignoriere. Wenn er mich kündigen will, kann er mir auch eine E-Mail schicken. Ich habe keinen Bedarf, mit ihm zu sprechen. Er soll mich in Ruhe lassen, wenn ich Feierabend habe, auch wenn ich ihn mir vorhin einfach genommen habe, ohne ihn zu fragen.

Ich weise seinen nächsten Versuch, mich zu erreichen, ab, dann mache ich das Smartphone lautlos. Ein klingelndes Handy zieht unnötig Aufmerksamkeit auf mich, was ich vermeiden will.

Zwei weitere Getränke später, tobt vor meiner Wohnung immer noch der Bär. Ich weiß nicht, ob ich heute wirklich nach Hause kann, weshalb ich inzwischen mit meinem Handy nach einem sehr günstigen Hotel google. Die meisten sind ausgebucht oder immer noch zu teuer und in Hell's Kitchen will ich nicht absteigen.

»Ist hier noch frei?«

Ich hebe den Blick und sehe Adrian neben dem Tisch stehen.

»Was willst du hier?«

»Mich zu dir setzen.«

»Du ziehst nur unnötig Aufmerksamkeit auf mich, deshalb ist hier nicht mehr frei«, entgegne ich leise.

Er nimmt trotzdem Platz. »Hör mir zu, Helena.«

Ich lege den Kopf schief. »Was willst du?«, wiederhole ich genervt.

»Deine Wohnung wird von der Presse belagert und dass du hier auch nach vier Stunden noch sitzt, zeigt, dass du keine Ahnung hast, wohin du gehen sollst. Ich bin hier, um dir zu helfen.«

Misstrauisch hebe ich eine Augenbraue und betrachte Adrian durch meine große Sonnenbrille. Seine markanten Gesichtszüge verleihen ihm etwas Aristokratisches und so viel Sexyness, dass ich Sehnsucht bekomme. »Wie willst du mir helfen?«

»Ich bringe dich in meinem Penthouse über der Firma unter.«

»Und wo schläfst du?«

»Keine Sorge, es gibt ein paar Gästezimmer, du musst keine Angst haben, dass wir uns ein Bett teilen müssen.«

Ich atme tief durch. »Ich habe keine saubere Kleidung bei mir, geschweige denn eine Zahnbürste.«

»Das können wir auf dem Weg kaufen oder du schreibst auf, was du brauchst, und Malcolm wird es für dich kaufen.«

Nachdenklich sehe ich in meinen Latte macchiato. »Wird er das denn tun?«

»Ohne zu murren. Er war derjenige, der noch mal hier vorbeifahren wollte, um zu sehen, ob du noch hier bist, nachdem du meine Anrufe nicht entgegengenommen hast.« Adrian räuspert sich. »Es ist nur ein Angebot, du musst es nicht wahrnehmen, aber ich bezweifle, dass dieses Lokal vierundzwanzig Stunden geöffnet hat.«

Ich reibe meinen Nacken. Mir ist bewusst, dass es schiefgehen wird, wenn ich bei ihm schlafe, aber ich habe (fast) keine andere Möglichkeit. Ja, ich könnte in einem Hotel schlafen, aber dann müsste ich den Rest des Monats von Tütensuppen leben, wenn ich danach überhaupt so viel Geld übrig habe.

»Was sagst du?«

Es klingt einfach zu gut, um wahr zu sein. Hat er vielleicht Hintergedanken? »Warum willst du mir helfen, nachdem ich dich geohrfeigt habe?«

»Weil ich weiß, dass ich die Ohrfeige verdient habe. Ich hätte nicht so über dich sprechen sollen.«

»Eine Entschuldigung wäre angebracht.«

»Sagen wir, du hast es mir mit deiner Ohrfeige, die wirklich gesessen hat, vergolten, dass ich sagte, was ich sagte.« Er schenkt mir ein Lächeln. »Aber da du Wert darauf legst: Es tut mir leid, Helena.«

»Danke«, sage ich leise und trinke mein Glas aus. »Wenn es dir nichts ausmacht, würde ich gern bei dir unterkommen, aber nur bis morgen, dann stelle ich mich dieser Meute.«

Adrian nickt. »Lass uns gehen.«

»Ich muss noch bezahlen.« Anschließend erhebe ich mich und gehe an den Tresen, um meine Rechnung zu begleichen.

Adrian wartet an der Tür, als ich mich umdrehe. Ich gehe zu ihm. »Nach links, Malcolm hat um die Ecke geparkt.«

»Okay.« Gemeinsam laufen wir zu seinem Auto.

Er lässt mich zuerst einsteigen, dann setzt er sich neben mich. »Fahren Sie uns nach Hause, Malcolm.«

»Soll ich Sie nach Staten Island bringen oder zum Penthouse?«

»Zum Penthouse«, antwortet Adrian.

»Hast du auf Staten Island ein Haus?«

»Nein, dort steht mein Elternhaus und eigentlich war ich mit meiner Mutter verabredet, aber ich habe das Treffen auf morgen verlegt«, erwidert er.

»Du hast meinetwegen abgesagt?«

Er schüttelt den Kopf. »Ich habe abgesagt, weil mir nicht der Sinn danach stand, meine Mutter zu treffen, nachdem ich Misses Carmichael wegen des Verlusts der Firma trösten musste.«

Verwundert blicke ich ihn an. »Du hast sie getröstet?« Dieser Mann ist normalerweise kalt wie Eis, wenn er nicht gerade Sex haben will. Dass er die Frau eines Kontrahenten getröstet hat, weil sie nervlich am Ende war, überrascht mich wirklich. »Moment, wie hast du sie getröstet?«

Adrian lacht leise. »Ich habe ihr Taschentücher und ein Glas Cognac gereicht und ihr gesagt, dass der Verlust ein Ende sein mag, aber auch einen Neuanfang bedeuten kann.« Er räuspert sich. »Ich habe sie nicht flachgelegt, keine Sorge, dafür ist sie mir etwas zu alt. Abgesehen davon ist sie auch nicht mein Typ.«

»Sollte ich deinen Typ Frau kennen?«

»Du kennst meinen Frauentyp.«

»Ach ja?«

»Ich hätte nicht mit dir geschlafen, wenn du nicht meinem Typ entsprechen würdest«, sagt er knapp und holt das klingelnde Handy aus seiner Manteltasche. »Whiteman?« Es entsteht eine kurze Pause. »Es tut mir leid, Mutter, aber ich schaffe es heute nicht.« Adrian atmet tief durch und verdreht die Augen. »Ich bin gerade auf dem Heimweg, weil ich nach der Arbeit noch etwas erledigen musste … Ja, ich habe Carmichaels Firma gekauft … Ich werde sie nicht abstoßen, du kannst deine Interessenten zurückpfeifen … Weil ich so ein lukratives Geschäft nicht verkaufen werde … Nein, wir reden nicht mehr darüber, meine Meinung steht fest.«

Ich verstehe nicht, was seine Mutter sagt, bloß, dass sie sehr aufgebracht ist, da ihre Stimme nicht mehr so ruhig klingt wie zu dem Zeitpunkt, an dem er den Anruf angenommen hat.

»In Ordnung, ich werde morgen Nachmittag vorbeischauen. Gegen drei Uhr, denke ich, weil ich nicht weiß, ob ich es früher schaffe … Es kommt darauf an, wann ich von meinem Termin wegkomme … Du weißt, dass ich immer arbeiten muss, damit die Firma läuft … Leon auch, ja.«

Ich hebe eine Augenbraue, während ich ihn betrachte.

»Ja, wir sehen uns morgen, Mutter, bis dann.« Adrian beendet das Gespräch und seufzt. »Meine Güte.«

Ich sage nichts, sondern warte ab, dass er mir erzählt, was ihn wurmt.

»Das war meine Mutter.«

»Davon ging ich aus, nachdem du sie so begrüßt hast«, entgegne ich grinsend.

Er schaut mich ernst an. »Sie ist der Meinung, dass ich Carmichaels Firma schnellstmöglich abstoßen soll, um keinen Verlust zu machen.« Adrian reibt seine Augen.

»Und sie ist so anstrengend, wenn sie ihren Kopf durchsetzen will. Ähnlich wie du.«

»Ich bin nicht anstrengend.«

»Doch, weil du ziemlich renitent bist.«

Daraufhin zucke ich mit den Schultern. »Du musst damit zurechtkommen, nicht ich.«

»Du findest das auch noch witzig, was?«, hakt er nach.

Daraufhin schüttle ich den Kopf. »Nein, nicht witzig, es ist mir nur egal.«

»O Gott«, stößt er aus und legt seine Hand auf meinen Oberschenkel. »Glaub mir, ich stehe drauf, wenn du dich unnahbar gibst.«

Ich schiebe sie von meinem Bein. »Schön, auch das ist dein Problem und weniger meines.« Ob es eine gute Idee war, sein Angebot anzunehmen? Noch bin ich nicht davon überzeugt, aber vielleicht werde ich eines Besseren belehrt.

~

Wir haben sein Penthouse betreten und ich sehe mich erstaunt um. Hier oben erinnert nichts mehr daran, dass sich in den unzähligen Etagen, die wir hinter uns gelassen haben, eine Firma liegt. Dieses Penthouse ist der Hammer. Bodentiefe Fenster, helle Möbel, sicher ist es tagsüber lichtdurchflutet. An den Wänden hängen verschiedene Kunstdrucke, möglicherweise sind sie auch echt, und die Möbelstücke sind äußerst stilvoll.

»Ich zeige dir dein Schlafzimmer«, sagt Adrian und

deutet zu einer freistehenden Treppe mit chromfarbenem Geländer.

»Okay.« Ich folge ihm dorthin, er wartet am Fuß auf mich.

»Geh vor.«

»Aber ich weiß doch gar nicht, wohin ich gehen muss.«

»Das werde ich dir dann sagen.«

»In Ordnung.« Ich gehe vor ihm nach oben und spüre seinen Blick in meinem Rücken. Als wir oben angekommen sind, trete ich einen Schritt zur Seite, damit er vorgehen kann.

Adrian wendet sich nach rechts. Die dritte Tür auf der rechten Seite öffnet er. »Hier kannst du schlafen.«

Dahinter erstreckt sich ein großes Schlafzimmer, das ebenfalls bodentiefe Fenster hat. Das abendliche Licht der Stadt, die niemals schläft, erhellt es.

»Die Vorhänge lassen weder Licht noch Geräusche durch«, erklärt er gelassen. »Das Bad findest du hinter der linken Tür, die rechte ist der Wandschrank.« Er zeigt mir das Bad und ich staune.

Der Boden besteht aus weißen Fliesen, in denen Sternmuster zu erkennen sind, die Wände sind mit weißem Marmor, durch den sich feine schwarze Adern ziehen, verkleidet. Die Badewanne steht unter dem großen Fenster, das zur Abwechslung nicht bodentief ist, sondern knapp oberhalb der Wanne endet und oben abgerundet ist. Ich kann es nicht besser beschreiben, aber es ist atemberaubend. Auf jeden Fall bin ich wahnsinnig beeindruckt. »Das sieht toll aus.«

»Danke.«

»Und es ist wirklich kein Problem, dass ich bei dir übernachte?«, möchte ich wissen.

»Es ist keines. Ich bin ganz froh, wenn ich nicht allein bin.«

Ich betrachte ihn mit schiefgelegtem Kopf. »Es ist sicher einsam hier oben, nicht wahr?«

»Manchmal, allerdings habe ich mich daran gewöhnt, dass ich abends in totaler Stille lebe.«

»Du bist doch meistens länger im Büro.«

»Dennoch kommt irgendwann der Zeitpunkt, an dem ich mich hierher zurückziehe«, raunt er.

Kann es sein, dass er wirklich einsam ist? Es würde zumindest erklären, warum er lieber herumhurt, statt sich zu binden. In einer Beziehung kann man auch schnell vereinsamen, wenn man sich in zwei verschiedene Richtungen entwickelt. So war es bei mir, deshalb habe ich mich von meinem Ex-Freund getrennt. Eigentlich war es sogar eine einvernehmliche Trennung, weil wir beide uns nicht mehr wohlgefühlt haben.

»Ich werde dich jetzt allein lassen.« Adrian verlässt das Bad, anschließend das Schlafzimmer.

Ich laufe ihm bis zur Treppe, die er schon zur Hälfte hinter sich gelassen hat, hinterher. »Adrian?«

Er dreht sich um. »Ja, Helena?«

»Darf ich dir Gesellschaft leisten?«

Adrian wirkt nachdenklich. »Ich denke, ich werde heute nicht mehr allzu viel machen, Helena.«

»Vielleicht könnten wir ein Glas Wein trinken oder einen Film ansehen. Ich … habe im Schlafzimmer keinen Fernseher gesehen, vielleicht besitzt du gar keinen, aber ich kann sicher noch nicht schlafen.« Ich räuspere mich.

»Abgesehen davon habe ich gar keine Schlafsachen dabei.«

»Malcolm ist bereits auf dem Weg hierher, dann kannst du ihm aufschreiben, was du brauchst.«

»Hast du etwas zu schreiben für mich?«

»Klar.« Adrian bedeutet mir, ihm zu folgen. Er führt mich durch das riesige Penthouse, das locker einer Großfamilie Platz bieten würde.

Mein Blick schweift umher. Ich finde es atemberaubend schön. »Seit wann lebst du hier?«

»Seit meinem Studienabschluss. Mein Vater hat es damals kernsanieren lassen und es selbst nie bewohnt, Leon wollte es nicht, also habe ich es übernommen. Ich genieße es, über den Dächern von New York leben.«

»Hast du keine Angst?«

»Wovor?«

Ich ziehe die Schultern hoch. »Vor Stürmen oder so?«

»Nein, davor habe ich keine Angst.«

Wir betreten sein Büro. Adrian holt einen Block hervor und reicht mir einen Füller, in dessen Kappe sein Name eingraviert ist. »Danke.« Ich fange an, zu schreiben, doch halte ich schnell wieder inne. »Eigentlich brauche ich nur eine Zahnbürste, wenn ich morgen wieder nach Hause fahre.«

»Ich denke, im Badezimmerschrank findest du neue Zahnbürsten.«

»Auch Zahncreme?«

Adrian nickt.

»Könntest du mir vielleicht ein Schlafanzugoberteil oder ein T-Shirt für die Nacht leihen?«, frage ich vorsichtig weiter.

»Sicher.« Er nimmt den Notizblock aus meinen Händen, dann legt er ihn mitsamt des Füllers auf den Schreibtisch. »Möchtest du vielleicht ein Glas Wein mit mir trinken?«

»Vielleicht doch lieber ein Glas Wasser. Das letzte Mal, als ich Wein getrunken habe, wurde es peinlich.« Ich spüre, dass eine Mauer zwischen uns beiden hochgezogen wurde. Adrian und ich umkreisen einander, doch niemand ist bereit, den ersten Schritt zu machen.

»Das sollst du haben.« Er geht an mir vorbei, verlässt sein Büro und mein Blick fällt auf seinen Schreibtisch.

»Johnson Trust«, lese ich leise von einer Akte ab. Ich gehe hinter den Tisch, nehme den Hefter an mich und schlage ihn auf.

»Möchtest du Mineral- oder stilles … Wonach suchst du?«

Ich hebe den Blick von den Unterlagen. »Warum hast du Unterlagen über die Firma meines Vaters?«

»Ich kann es dir erklären, Helena«, entgegnet er mit ruhiger Stimme.

Ich sehe wieder hinein. Hier drin sind Bilanzen, Fotos, Auftraggeber, alles ist fein säuberlich aufgelistet. »Warum hast du diese Unterlagen?«

»Ich habe dir erzählt, dass ich Aktienanteile an der Firma deines Vaters halte.«

»Hm, aber ein Aktionär erhält keinen so detaillierten Einblick in die Bilanzen.« Ich klappe sie zu und presse sie an meine Brust.

»Die Firma deines Vaters steht im Verdacht, nach dem Ponzi-Schema vorgegangen zu sein. Außerdem fällt seit Monaten die Aktie, erholt sich kurzzeitig und stürzt wieder rapide ab. Ich halte zwanzig Prozent der Aktien und verliere mit jedem Tag Geld, deshalb habe ich mir diese Unterlagen besorgen lassen.« Er atmet tief durch. »Ich will diese Firma …«

»Kaufen, ausschlachten und weiterverkaufen? Du spielst hier um mein Erbe!«

»Moment mal, das sagte ich nicht …« Er verstummt und schüttelt den Kopf, anschließend nimmt er mir die Akte ab.

»Mein Vater ist kein Verbrecher.«

»Doch, denn, wenn die Gerüchte stimmen, hat er versucht, mit einem Schneeballsystem Kohle zu machen und einige Menschen um eine ganze Menge Geld betrogen. Wegen deines Vaters wurden ganze Familien in den Ruin getrieben und ich versuche zu retten, was zu retten ist, Helena. Dein Vater ist kein Heiliger und hat vielen Menschen die Existenz geraubt. Wolltest du dieses Vermächtnis wirklich annehmen? Wolltest du diejenige sein, die seinen Scherbenhaufen aufkehren muss? Ich bezweifle es und ich hatte gehofft, dass ich deinen Namen reinwaschen kann, wenn ich eingreife.« Adrian redet eindringlich auf mich ein.

»Du lügst doch, um diesen Verrat irgendwie zu erklären und unter den Tisch zu kehren.«

»Ich war immer ehrlich zu dir, aber warst du es zu mir? Hast du mir gesagt, dass du mich verrückt machen wolltest, als du angefangen hast, als meine Assistentin zu arbeiten? Du hast angefangen, dieses Spiel zu spielen, ich bin darauf eingestiegen und am Ende haben wir beide …« Er hat also durchschaut, dass ich ein Spiel gespielt habe. Der Mann ist unheimlich clever. Es ist klar, dass ich ihn von Anfang an unterschätzt habe und das rächt sich nun an mir.

»Du hast gewonnen. Am Ende wirst du das Unternehmen meiner Familie kaufen und mein Name wird verbrannt sein. Ich werde niemals auf eigenen Beinen stehen und diese Firma leiten können«, fahre ich ihm über den Mund.

»Nein, ich wollte mich vergewissern, dass es nur Gerüchte sind, aber heute Morgen ging es durch alle Zeitungen und Nachrichten. Es wundert mich, dass du es nicht mitbekommen hast. Es ging mir nie darum, dir dein Vermächtnis zu rauben, ich wollte irgendwie helfen, damit deine Familie dir überhaupt noch etwas außer Schulden vermachen kann, aber dein Vater war derjenige, der seine überaus kluge Tochter nicht auf den Chefsessel setzen wollte, deshalb lass diese Enttäuschung und Wut nicht an mir aus … Helena … Du bedeutest mir zu viel, als dass ich dich so hintergehen könnte. Ich habe mich in dich …«

Ich hebe die Hand, damit er schweigt. All das kann ich mir nicht anhören, es tut nur weh. »Der Sieger hat die Wahl, Adrian, nicht wahr? Du hast all diese Spiele um die Oberhand, die ich begonnen habe, gewonnen, nicht ich und jetzt … Jetzt bin ich wieder diejenige, die verloren hat.« Ich drehe mich um, laufe eilig zur Tür.

»Helena, du bist diejenige, die gewonnen hat«, sagt er in einem Ton, den ich noch nie bei ihm vernommen habe. Er wirkt verzweifelt.

Kopfschüttelnd gehe ich zum Aufzug.

Adrian bekommt mein Handgelenk zu fassen. »Bleib bei mir.«

»Nein, Adrian, ich …«

»Du hast gewonnen, Helena«, raunt er und will mich an sich ziehen, doch ich reiße mich los.

Ich steige in die Aufzugkabine, die seit unserer Ankunft offensteht.

Er tritt vor die Kabine und sieht mich an. »Bleib bei mir.« Adrian folgt mir hinein, doch ich schubse ihn hinaus.

»Du hast gewonnen, ich hatte bloß das bessere Pokerface«, sagt er heiser.

»Warum fühle ich mich dann wie eine Verliererin?« Ich gebe den Code ein, den ich schon öfter bei ihm beobachtet habe.

Adrian betrachtet mich und in seinen tiefblauen Augen tobt ein Sturm, der mein Herz gänzlich brechen lässt. »Ich will dich an meiner Seite haben.«

Die Türen schließen sich, bevor meine Tränen übertreten. Ich sacke in der Fahrstuhlkabine auf die Knie, verberge mein Gesicht in meinen Händen und lasse all die Gefühle, die ich seit zwei Wochen heruntergeschluckt habe, raus.

Ende Teil 1

13

WEITERE WERKE DER AUTORIN

Whiteman Inc.

Sinners & Saints

Angels & Devils (Demnächst)

Lovers & Liars (Demnächst)

Standalones

hashtag: #love

Special Unit Love (Coral Gables Serie Outtake)

Nights within Stardust

Hold me tight

Far from perfect

Gentlemen's Squad: What a night

Wild & Mild

Affection Trilogie

Honest Affection

Fatal Attraction

Sweet Obsession

Affection Sammelband: Honest Affection / Fatal Attraction / Sweet Obsession

Sobre reyes y reinas

El Rey: König der Nacht

La Reina: Königin der Nacht

Hartman Inc.

The Contract

The Business

The Love

His Royal Highness

Dacre

Nicholas

His Royal Highness - Sammelband

Die Coral Gables Serie

Rough: Raue Versuchung

Avery: Sinnliches Verlangen

Priest: Prickelndes Begehren

Nathaniel: Vertraute Liebe

Thierry: Verzweifelte Sehnsucht

Draven: Rockige Leidenschaft

When she arrives

Anson: Gefährliche Begierde

Callum: Sehnsüchtiges Prickeln

A Rough Christmas (Kurzgeschichte)

Garrett: Brennende Seelen

Kliv: Verräterische Sinnlichkeit

Vincent: Lehrende Herzen

Clayton: Gespaltene Gefühle

Sky: Geliebte Schatten

Beau: Verführerisches Verlangen Teil 1 & 2 sowie als Sammelband erhältlich

Die Hamptons Serie

Gavin: Pure Leidenschaft

Alexis: Liebende Noten

Azer: Chaotisches Laster

Mike: Verführerische Sinne

Our Rocking Christmas (Kurzgeschichte)

Die Heart vs. Head Serie

Addicted to Ridge

Addicted to Thorn

Addicted to Dax

Addicted to Trace

Addicted to Chase

Addicted to Misha

Addicted to Oren

Addicted to Crush

Addicted to Christmas (Kurzgeschichte)

McBannon Brothers

Logan: Ein Sommer auf der McBannon Ranch

Liev: Ein Herbst auf der McBannon Ranch

Die Darling Serie

Goodbye, Darling

Hello, Darling

ÜBER DIE AUTORIN

Drucie Anne Taylor, geboren 1987 in Köln, absolvierte eine Ausbildung im Einzelhandel, dem sie später wegen der Geburt ihres ersten Kindes den Rücken kehrte. Gemeinsam mit ihrer Familie, zu der auch Gouldamadinen, Nymphen- und Glanzsittiche gehören, lebt sie noch heute in der wunderschönen Stadt am Rhein.

Schon in ihrer Jugend entdeckte sie die Liebe zum Schreiben, weshalb sich heute noch viele Manuskripte in dunklen, seither nie wieder geöffneten Schubladen verbergen. Wenn sie nicht gerade schreibt, besucht sie gern Musicals oder sieht sich mit Vorliebe Musical-, Liebes- oder Horrorfilme an – sie erkennt diesen Widerspruch selbst. Ihr größtes Fandom sind jedoch die Serie »Supernatural« und das Musical »Tanz der Vampire«, ferner liegt sie unter der Nadel ihrer Tätowiererin und verschläft das Stechen ihrer eigenen Tattoos oder sie erkundet gemeinsam mit ihrer Familie die große weite

Welt. Ihr Leben ist bunt, auch wenn ihre Kleidung bevorzugt schwarz ist.

Zum Schreiben braucht sie nur wenige Dinge: Latte Macchiato, Musik oder der Gesang ihrer Vögel, da sie sich bei absoluter Ruhe nicht konzentrieren kann, Salzstangen und genug Papier, um sich weitere Ideen zu notieren.

Website: drucieannetaylor.de
Kontakt: drucie@drucieannetaylor.de

32638922R00155

Printed in Poland
by Amazon Fulfillment
Poland Sp. z o.o., Wrocław